KB253360

세계를 움직인
미녀들의 신화

세계를 움직인 미녀들의 신화

초판 1쇄 인쇄 : 2008 년 8월 5일
초판 1쇄 발행 : 2008 년 8월 5일

지은이 ㅣ김남석
펴낸이 ㅣ김정옥
디자인 ㅣ윤용주
펴낸곳 ㅣ도서출판 우리책

등록 ㅣ2002년 10월 7일(제 2-36119호)
주소 ㅣ서울특별시 중구 신당 3동 373-20
전화 ㅣ(02) 2236-5982
팩스 ㅣ(02) 2232-5982

저작권 ㅣ김남석
ISBN 89-90392-18-9 02890

이 책의 저작권은 저자에게 있습니다.
사진 · 알파감마

*가격은 표지에 있습니다.

너무 아름다워서 슬픈 여인들의 비망록

세계를 움직인
미녀들의 신화

글 | 김남석

우리책

너무 아름다워서 슬픈 여인들의 비망록을 내면서

《미녀들의 신화》가 처음 나온 지 어느새 10년의 세월이 되었습니다. 이 책을 출판했던 출판사가 사정으로 인해 문을 닫는 바람에 이 책은 길을 잃고 세상에 홀로 남게 되었습니다. 필자 또한 이 책을 아쉽지만 잊고 있었는데, 《미녀들의 신화》는 네티즌들 사이에서 열띤 토론을 통해 '사랑의 전설'이 되었습니다. 10년이 넘도록 꺼지지 않는 용광로의 불길처럼 뜨거운 혼이 살아 있었던 것입니다. 사실 저도 좀 놀랐습니다.

이 책을 사랑하는 네티즌들은 책을 읽고 나름대로 인물평을 하는가 하면 사진까지 넣어서 인터넷에 올려 소개하고, 또 토론의 장을 마련하는 수고를 해 주셨습니다.

필자조차도 잊고 있었던 자식 같은 이 책 《미녀들의 신화》에 대해 독자들이 그 동안 보내 준 아낌없는 정성을 보면서 솔직히 묘한 감정이 교차했습니다. 한편, 그 동안 독자들의 사랑을 듬뿍 받았으니 《미녀들의 신화》를 멋지게 다시 한 번 펴내야겠다는 생각을 갖게 되었습니다. 그래서 오랜 세월이지만 10년 만에 새로운 개정판을 내게 되었습니다.

개정된 《미녀들의 신화》는 미녀들의 다양한 사진과 새로 추가된

인물, 그리고 잘 다듬어진 매끄러운 글로 다시 태어났습니다. 애독자 여러분들 덕분에 잃어버렸던 자식을 되찾은 기분입니다. 참으로 기쁩니다.

10년이 넘도록 독자들의 사랑을 받게 된 것은 아마도 이 책이 그저 가볍게 읽고 흘려버리는 그런 이야기가 아니라, 파란만장한 굴곡적인 삶을 살았던 주인공들의 다양한 인생여정을 통해 자신의 삶을 비추어 보는 의미가 있었기 때문일 것입니다.

모든 인생에는 성공과 실패가 있습니다. 거기에는 그 내면에 감추어진 일과 사랑을 빼놓을 수 없습니다. 이 책 또한 미색을 겸비한 여인들이 성공을 향해 온몸을 던졌던 치열한 삶을 진솔하고 숨김없이 보여 주고 있습니다. 한편으로는 미색을 무기로 명예와 부를 차지했지만 뒤늦게 진정한 사랑을 찾아 몸부림치는 인간적인 모습에서는 '인생이 무엇인가?'라는 질문과 함께 서글픔을 자아냅니다.

세상을 뒤흔들었던 한 사람의 치열한 인생은 얼마나 파란만장하고 위대한지를 이 책을 통해 알게 될 것입니다. 또 너무 아름다워서 슬픈 운명을 타고난 미녀들의 신화를 통해 독자 나름대로 자신의 인생에 대해 한 번쯤은 생각하게 될 것으로 믿습니다.

2008년, 새로운 모습으로 다시 태어난 《미녀들의 신화》가 독자 여러분들의 가치관과 인생 행로에 조금이나마 보탬이 되면 좋겠습니다.

끝으로, 세월이 흘러도 《미녀들의 신화》를 계속 사랑해 주시기를 부탁드립니다.

2008년 여름 김 남 석

차례 • 너무 아름다워서 슬픈 여인들의 비망록

불타는 사랑 재가 되어 예술로 남고

자유를 사랑한 현대 무용의 선구자 | 이사도라 덩컨 • 10

명품 '샤넬'의 신화 | 코코 샤넬 • 20

사랑에 살고 노래에 산 샹송의 여왕 | 에디트 피아프 • 34

금세기 최고의 프리마 돈나 | 마리아 칼라스 • 46

고독한 영혼의 천재 작가 | 프랑소와즈 사강 • 62

채털리 부인의 화신 | 프리다 • 76

마성의 육체 뒤에 남은 슬픔

'전갈'이라 불린 전설적인 배우 | 마리네 디트리히 • 86

유럽 최고의 섹스 심벌 | 브리지트 바르도 • 98

사랑과 정열의 화신 | 카트리느 드뇌브 • 112

세계 최고의 부나비 | 엘리자베스 테일러 • 124

자존심 강한 세기의 스타 | 비비안 리 • 136

눈부신 마성의 육체파 | 마릴린 먼로 • 148

사랑은 전설이 되어

색녀인가 천하의 보물인가 ㅣ 양귀비 • 160

죽어서도 아름다운 미의 대명사 ㅣ 그레이스 켈리 • 180

비운의 영국 장미 ㅣ 다이애나 • 192

대영제국의 왕관을 버리게 한 여자 ㅣ 심프슨 부인 • 206

아르헨티나를 사랑했던 성녀 ㅣ 에바 페론 • 222

죽음보다 강한 사랑

'송도삼절' 이라 불린 사랑의 용광로 ㅣ 황진이 • 234

사랑으로 불행해진 1000일의 왕비 ㅣ 앤 블린 • 246

여명의 눈동자 ㅣ 마타 하리 • 264

현해탄에 잠긴 조선의 가수 ㅣ 윤심덕 • 276

불타는 사랑 재가 되어 예술로 남고

자유를 사랑한 현대 무용의 선구자 **이사도라 덩컨**

명품 '샤넬' 의 신화 **코코 샤넬**

사랑에 살고 노래에 산 샹송의 여왕 **에디트 피아프**

금세기 최고의 프리마 돈나 **마리아 칼라스**

고독한 영혼의 천재 작가 **프랑소와즈 사강**

채털리 부인의 회신 **프리다**

조용히 앉아있을 때에는 고혹적인 두 눈과 조용한 자태를 지닌 고전적인 여자.
그러나 막상춤을 추기 시작하면 격렬한 동작으로 세상을 향해 자유를 외쳤던 이사도라 덩컨.

이사도라 덩컨

춤은 변하지 않은 채 200년 동안이나 유럽을 지배했다.
하늘거리는 발레복과 슈즈를 신고 추는 유럽의 춤 발레는
오랜 세월 동안 견고한 철옹성처럼 굳게 닫혀 있었다.
슈즈를 벗어 던진 맨발에 자유스런 복장으로, 각본에 의한 동작이 아니라
인간 내면에서 우러나오는 감정을 춤으로 표현한 여자 이사도라 덩컨.
그녀는 유럽의 오랜 춤의 전통을 일순간 날려 버린 현대 무용의 선구지다.

혁명의 춤, 해방의 춤 

20세기 초 유럽은 춤의 전성기였다. 다 쓰러져 가는 유럽의 발레에 러시아가 새로운 바람을 몰고 왔다. 그 주인공은 바로 러시아 제일의 발레리나 파블로바와 안무가 포킨이다.

러시아가, 아니 전 유럽이 아꼈던 파블로바는 1917년 러시아 혁명 후 많은 갈등 속에서 생활하다가 조국 러시아와 결별을 선언한다. 혁명의 완성이 러시아와 파블로바가 영원히 만날 수 없는 갈림길로 들어서게 한 것이다. 파블로바의 춤은 혁명군이 원하는 그런 춤이 아니었다. 파블로바는 예술이 아닌 혁명의 도구로 전락한 그런 춤을 출 수가 없었다.

로마노프 왕정을 몰아내고 공산국가를 세운 혁명군은 파블로바가 자신들의 뜻대로 움직이지 않자 미국 출신 이사도라 덩컨에게 손짓을 보낸다. 파블로바의 전통적인 춤보다는 형식을 타파한 민중적인 그녀의 춤이 반드시 자신들에게 도움이 될 것이라고 생각했다.

"러시아 혁명군이 날 초청했어요."

이사도라 덩컨은 다소 떨리는 음성으로 사람들에게 말했다. 그렇지 않아도 이사도라는 혁명이 일어나던 날 밤, 맨발에 허름한 옷차림으로 밤새 열광적인 춤을 추었다.

"그 동안 자유를 위해 탄압받고 고문에 의해 고통스레 죽어가야
만 했던 그 모든 사람들이 해방됐다는 소식을 듣고 기쁨에 넘쳐
가슴은 터질 것만 같았어요. 그래서 밤새 추고 또 추었지요."

이사도라 덩컨이 밤새 열광적인 춤을 춘 데에는 또 다른 이유가
있었다.

그녀가 페테르부르크로 춤의 명인 파블로바를 만나러 가는 길에
긴 장례 행렬과 마주친 적이 있었다.

"도대체 누구의 장례식이지?"

그녀는 장례 행렬이 지나갈 때까지 그 자리에 서 있었다. 1905년
1월 5일, 차르의 겨울 궁정으로 빵을 달라고 탄원하러 갔던 노동자
들에게 러시아 군은 총알 세례를 퍼부었다. 그때 희생당한 사람들
의 장례 행렬이었다.

'난 앞으로 압제에 의해 고통받는 모든 사람들과 함께 하겠어.'

이사도라 덩컨은 장례 행렬을 보면서 속으로 이렇게 외쳤다. 이
런 의식을 지니고 있던 그녀는 혁명 정부의 초청에 흥분할 수밖에
없었다. 노동자 계급에 의해 이루어진 혁명의 나라, 그 곳에서 이사
도라 덩컨은 진정한 인간 내면의 춤을 허위와 형식 없이 마음껏 추
고 싶었다.

당시 그녀는 두 명의 애인에게서 난 딸과 아들을 교통사고로 모두
잃고 실의에 빠져 있었다. 게다가 자신의 춤을 전수할 제자들을 가
르치기 위한 학교 설립마저 지지부진한 상태였다. 마침 이때에 꿈
에 그리던 혁명 정부 소련은 1912년 이사도라를 초청한 것이다.

"내가 소련에 원하는 것은 춤을 출 아이들을 가르칠 학교와 학생,

간단한 식사와 무용복, 그리고 최고의 작품을 선보일 기회일 뿐입니다.”

이사도라의 요구에 소련 정부는 즉시 모스크바로 올 것을 제의한다.

그 해 7월, 이사도라는 미국에서 소련으로 건너간다. 그러나 그녀를 기다리고 있는 것은 가난과 추위와 부족한 시설뿐이었다. 유럽 최고의 발레 왕국 러시아 정도면 적어도 500명의 학생들을 가르칠 수 있는 시설과 뒷받침이 있을 거라고 생각했는데, 학생 수는 고작 50명 내외였다. 그나마 학교 운영비도 지원을 받지 못해 그녀가 가지고 있던 돈으로 운영을 해야만 했다.

“노동자 계급에 의해 이룩된 혁명 정부는 당연히 예술 쪽에도 공정하게 분배해야 합니다.”

그녀는 자신을 초청한 소련 정부에 그렇게 말했다. 러시아 혁명을 제2의 그리스 혁명이라고 생각했다. 그러나 혁명 정부 소련의 재정은 빈약했다. 그녀가 원하는 만큼 지원해 줄 수 있는 처지가 못되었다.

이사도라는 루나차르스키의 충고를 받아들여 소련 각지를 돌며 공연에 들어갔다. 학교 운영 자금을 얻기 위한 최선의 방법이었다.

1921년 11월, 이사도라는 처음으로 소련에서 춤을 추었다. 놀랍게도 차이코프스키의 ‘슬라브 행진곡’을 교묘하게 이용해 혁명의 당위성을 춤으로 보여 주었다.

슬라브 행진곡은 차이코프스키가 차르에게 헌정한 음악이다. 황제를 칭송하는 찬가를 이사도라는 재정 러시아에서 농민들이 노예적인

삶을 살다가 해방되는 기쁨으로 승화시키는 놀라운 재주도 보여 주었다.

교향악단에서 '신이여, 황제를 축복하소서'의 첫 음절이 나오면, 농민들이 채찍질에 쓰러지며 고통스런 얼굴로 무대에 나온다. 황제에 의해 농민들이 고통을 당하는 장면을 연출한 것이다. 그 후 혁명군에 의해 해방의 순간이 오고, 클라이막스에서 이사도라는 춤을 추며 최대의 효과를 거둔다.

당시 소련에서는 음악과 춤, 미술, 문학 등 모든 것들이 혁명의 내용을 담고 있어야 했다. 혁명의 당위성을 알리는 일에 소련은 모든 것을 다 바쳤다. 러시아 사람들 자체가 원래 춤과 음악을 사랑한 민족이므로 소련은 혁명을 알리는 데는 예술보다 더 좋은 도구가 없다고 생각했다.

이사도라는 재정적인 어려움 때문에 소련에서의 무용 학교 설립은 쉽지 않다고 생각했다. 그래서 그녀는 애인 에세닌과 함께 자금을 마련하기 위해 자신이 태어나 활동했던 미국으로 다시 건너간다.

그러나 미국은 예전처럼 그녀를 보아 주지 않았다. 사회주의를 위해 소련에 귀화한 이사도라에게 고운 눈길을 보낼 리가 없었다. 하지만 한때 미국인의 사랑을 받았던 그녀의 제의를 미국 측도 거절하기 어려웠다. 그래서 미국 정부는 혁명 정부의 당위성이 짙게 나타나 있는 '슬라브 행진곡'과 '인터내셔널'을 추지 않는다는 조건을 이사도라에게 제의했다. 결국 이사도라는 그 제의를 받아들였고, 공연은 어렵게 이루어졌다.

한편, 언론은 이사도라의 춤보다는 에세닌과 그녀와의 관계에 대한 스캔들을 알리는 데 더 열심이었다.

　그 당시만 해도 미국은 보수성이 강한 나라였다. 자신보다 한참 연하인 애인을 데리고 다니고, 게다가 공산주의를 추종하는 그런 춤꾼에게 대중 여론이 호의적일 리 없었다. 어떤 무용사가들은 이후부터 이사도라 덩컨의 춤과 업적을 아예 빼놓고 이야기하기도 한다.

슬픈 종말

　공산주의 이념으로 미국에 맞서려는, 소련에 우호적인 그녀에게 미국 사회는 부정적이었다. 또 소련에서 발레 학교를 세우려는 그녀의 뜻은 공연 실패로 어려움에 처했다.

　미국 공연 실패 이후 그녀에게 불행이 겹쳤다. 그녀의 마지막 남편이자 애인이었던 에세닌이 자살한 것이다. 이사도라 또한 운명의 장난인지 프랑스 니스에서 자동차를 몰고 가다가 사고를 당해 목숨을 잃는다. 어이없게도 목에 두른 스카프가 풀어져 자동차 바퀴에 감기는 바람에 목뼈가 부러져 그 자리에서 숨을 거둔 것이다.

　자신의 춤을 전수할 수 있다는 꿈과 희망을 이루지 못한 채 그녀는 어이없게도 슬픈 종말을 맞이했다.

　결국 모스크바 무용 학교는 운영난으로 설립되지 못했고, 그녀의 춤은 계승되지 못해 그대로 사장되어 오늘날 몇 편의 사진 자료로만 만날 수 있을 뿐이다.

　그래서인지 그녀의 마지막 남편 세르게이 에세닌이 춤과 시를 견

주어 이사도라에게 말한 의미가 새삼 돋보인다.

"지금 사람들은 당신과 당신의 춤에 열광하지만 춤은 곧 사라지고 말아. 그 춤을 본 사람들조차 죽고 나면 그 다음 세대는 당신을 잊고 말 거야. 그러나 시는 다르지. 내 시들은 영원히 살아 남는다고……."

춤의 혁명 

이사도라 덩컨의 춤은 사라졌다. 파리의 한 가든 파티에서 춤추는 덩컨을 포착한 장면이 짧은 기록 영화에 남아 있을 뿐이다. 과연 이사도라 덩컨의 춤은 완전히 끝난 것일까?

"미래의 무용가는 영혼의 자연스런 언어가 몸의 움직임이 될 만큼 몸과 영혼이 함께 조화롭게 성장하는 그런 무용가일 것이다. …그 무용가는 여성의 자유를 추구하며 춤추리라."

이사도라 덩컨은 이렇게 자유를 선언하고 발레리나들이 신던 슈즈를 벗어 버리고 맨발로 춤판에 나섰다. 그 당시로선 놀라운 발전이며 춤의 혁명 그 자체였다. 치장과 격식을 허물며 춤판에 나선 이사도라 덩컨을 현대 무용의 효시로 보는 까닭이 바로 여기에 있다.

그 당시만 해도 춤이라 하면 극장에서 화려하게 치장한 발레리나들이 무용복을 입고 슈즈를 신고서 추는 춤이 지배적이었고, 그 춤은 200년 동안이나 불문율이 되어 전해져 왔다. 이러한 전통을 무시하고 이사도라는 춤의 혁명을 이룬 것이다.

춤추는 사람도 가고 그 춤을 본 사람도 가고 나면 사람들 사이에서 춤은 곧 잊혀지게 될 것이라고 말했던 에세닌의 추측은 빗나갔다. 춤도 문학처럼 여전히 이어져 내려오고 있는 것이다. 이사도라 덩컨이 제자들을 길러 내지는 못했어도 오늘날 춤의 경향을 살펴보면 그녀의 춤이 결코 사라지지 않았음을 알 수 있다.

이사도라의 어린 시절은 가난했다. 어머니가 이혼한 후 음악 교습으로 간간이 입에 풀칠을 하며 살았기 때문에 그녀는 발레 학교에 다닐 생각도 못했다. 무용 학교는 고사하고 학교 교육도 열 살 무렵까지밖에 받지 못했다. 이사도라는 어려서부터 도서관에서 책과 씨름하며 독학으로 무용 공부를 하였다.

그렇게 공부하여 음악과 내면의 흐름을 일치시키는 춤으로 무대 진출을 시도해 보지만, 미국은 그녀에게 기회조차 주지 않았다.

뉴욕과 시카고의 최초 공연이 성공하지 못하여 어려운 생활이 계속되었다. 그녀의 가족은 미국 생활을 청산하고는 19세기 마지막 해에 가축 수송선을 타고 영국 런던으로 향한다. 그 곳에서 이사도라는 자신의 꿈을 키울 수 있는 기반을 잡을 수 있었다.

전통적인 투투와 토슈즈는 육체를 속박하는 것이라면서 거부했던 이사도라 덩컨. 형식과 틀에 얽매이지 않고 추는 맨발의 춤꾼 이사도라에게 영국은 열광했다. 이 곳에서 이사도라는 날개를 단 듯 자신의 춤의 세계를 구현하며 숱한 전설을 만들어 낸다. 알몸이 보일듯 비치는 하늘거리는 속옷 같은 무대복, 그리스 무녀 바코스를 흉내내어 격렬하게 머리를 뒤로 떨어뜨리면서 추는 이사도라 덩컨의 춤. 그것은 200년 동안 내려오던 굳건한 전통 발레를 일시에 무

너뜨린 놀라운 혁명이었다. 이로 인해 맨발의 이사도라 덩컨은 인
간 내면의 세계를 춤으로 표현한 '현대 무용의 효시' 라는 칭송을
받고 있다.

고아에서 세계적인 명품 디자이너가 된 코코 샤넬. 어린 나이에 살기 위해 유혹과 사랑이란
두 개의 정열을 몸으로 체험했던 샤넬이었다.

명품 '샤넬'의 신화

코코 샤넬

한 여인의 삶이 세계 여성들의 몸에서 향수(香水)로 영원히 남아 있다.
샤넬 No.5와 그녀의 생일인 8월 19일을 기념하는 No.19.
불행한 과거를 숨기고 과감히 부와 명성에 도전한 여자 코코 샤넬은
고아로 자라나 야심과 재치로 패션계의 정점을 차지한다.
그러나 그 고독한 내면의 그늘은 평생 그녀를 뒤쫓고…….

패션의 마술사 

"밤에 잘 때 무슨 옷을 입고 잡니까?"
기자가 짓궂은 질문을 던졌다.
세계적인 섹시 스타 마릴린 먼로는 서슴없이 이렇게 대답했다.
"샤넬 No.5."
샤넬이 만든 옷과 향수는 세계를 장악했다. 세계의 유명 스타들이 그녀가 만든 옷을 입기 위해 몸부림칠 정도였다. 그녀는 세계의 유행을 창조하고 변화시킨 패션의 마술사였다.

코코 샤넬은 명성과는 달리 어린 시절은 매우 가난하고 불행했다. 여섯 살 때 폐병으로 어머니가 세상을 떠났다. 그의 아버지는 오베르뉴의 이모에게 샤넬을 맡기고는 미국으로 떠나 버렸다. 그 당시 이모의 집은 가난해서 삯바느질을 하며 근근히 생활하고 있었다. 샤넬은 학교에 갈 나이가 되었지만 학교 문턱에도 가지 못하고 이모를 도와 바느질에 매달렸다. 부모의 사랑을 받지 못하며 자란 샤넬은 고아원을 전전하다가 열여섯 살 때 비시 성당의 신부에게 맡겨진다. 그녀에게 성당 생활은 참으로 답답했다.
어느 날, 샤넬은 경마장을 운영하는 남자가 주최하는 파티에 참석하게 된다. 부와 명성을 갖춘 그에게 첫눈에 반한 샤넬은 다음 날 그를 무작정 따라 나선다. 그녀는 일생 동안 많은 남자들을 만났지만 정작 자신이 사랑한 사람은 두 사람밖에 없었다고 고백했는데, 그가 바로 그 중 한 사람인 보이 카펠이다.

샤넬이 처음 일한 곳은 모자 가게였다. 그 곳은 일하고 싶어 안달이 난 그녀를 위해 카펠이 열어 준 것이다. 그녀가 만든 모자는 차양이 짧았는데, 그것은 그 당시 유행과는 거리가 먼 것이었다. 하지만 이 모자는 순식간에 인기를 얻어 날개 돋친 듯 팔려 나갔다. 그녀는 카펠에게서 빌린 돈을 금방 갚을 정도로 장사 수완이 좋았다.

다음엔 양장점에서 '저지' 라는 소재로 새로운 드레스를 만들어 큰 성공을 거두었다. 그 당시 저지는 내의로밖에 사용하지 않던 소재였다. 당시 여자들은 코르셋이나 고래뼈로 몸을 묶는 '장식 과다' 의 패션에 시달리고 있던 시대였다. 가벼운 저지를 사용함으로써 샤넬은 여자들의 육체를 해방시킨 것이다. 그리고 전설적으로 유명해진 '샤넬 블랙' 을 탄생시켰다.

"블랙은 가장 눈에 띄는 색이지요."

샤넬은 검은색이 여성을 아름답게 보이게 한다고 생각했다. 그리고 하얀색을 가장 우월한 색으로 생각했다. 갖가지 색이 넘친 당시 여자들의 패션 속에서 샤넬의 단순한 블랙과 화이트는 곧바로 충격적인 반응을 불러일으켰다.

"난 늘 새로운 시대를 위해 일해 왔어요."

그 당시의 디자이너들은 활동하지 않는 한가한 여자, 하녀에게 양말을 벗기게 하는 부유층 여자들을 위해 일했다. 마룻바닥을 길게 끌고 다니던 귀족풍이라든가 파리 사교계 모임에서 남자들과 춤을 추는 우아한 여성의 모습을 샤넬은 무척 싫어했다. 샤넬은 파리 사교계를 14세기와 같은 어리석음과 비현실성이 가득한 곳이라고 꼬집어 비판하였다. 물론 그녀는 단 한 번도 상류 사회의 사교 모임에 나간 적이 없었다.

샤넬은 한마디로 말해 대중적인 옷을 만들어 보급하는 데 노력했다. 긴 치마를 잘라 무릎까지 올렸고, 긴 차양이 달린 모자는 단순하게 고쳤다. 샤넬은 스커트의 길이를 짧게 하여 그 때까지 긴 스커트 밑에 숨겨졌던 여자의 다리를 해방시켰다. 샤넬은 짧은 스커트가 여자의 다리를 가장 아름답게 보이게 한다고 장담했다. 물론 여기에는 긴 치마보다는 짧은 치마가 생활하기에 훨씬 편하다는 생각도 있었다.

여자에게서 판탈롱을 처음으로 벗겨 낸 것도 그녀다. 그건 순전히 여성의 아름다움을 나타내기 위함이었다.

"나는 활동적인 여자들을 고객으로 맞이했지요. 드레스는 소매를 걷어올리지 않으면 안 되었어요."

샤넬의 숄더백도 그런 이유에서 나온 것이다. 활동적인 여성은 두 손을 다 써야 하는데 백을 들기 위해 한 손을 활용하지 못한다면 곤란하기 때문이다.

또 그녀는 셔츠도 만들었다. 우아하고 스포티하여 언제 어디서나 입을 수 있는 스타일이었다. 유행에 전혀 관계없이 점심때나 야외 활동에도 통용되는 신기한 셔츠였다. 그녀가 만든 이미테이션 진주 목걸이도 폭발적인 인기를 얻었다.

한번은 이런 일이 있었다. 샤넬이 어느 파티에 가 보니 17명의 여자들이 모두 샤넬이 만든 브랜드 옷을 입고 있었다는 것이다. 그런데 단 한 벌도 샤넬의 가게에서 만든 진짜는 없었다. 샤넬이 파티에 등장하자 가짜 옷을 입은 여자들은 모두 어찌할 바를 모르고 쩔쩔맸다고 한다. 그러자 샤넬은 이렇게 말했다.

"여러분, 걱정하지 마십시오. 내가 입은 이 옷도 진짜 내 가게에서 만들었는지 확실치가 않으니까요."

재치있는 유머인 동시에 통렬한 야유였다.

고아 출신의 샤넬이 세계 패션계를 움직이며 유행을 창조할 당시는 부르주아 시대와 결별하고 민주주의를 준비하는 시대였다. 여기에 샤넬의 귀족적이지 않은 실질적이고 대중적인 패션이 힘을 얻음으로써 날로 급성장한 것이다.

샤넬의 두 얼굴 

1912년, 스물여덟 살 샤넬의 가게는 불과 여섯 명의 종업원으로 시작되었다. 그러나 얼마 지나지 않아 종업원의 수가 3,500명에 이르렀다. 그리고 향수 '샤넬 No.19' 덕택에 샤넬은 성공한 여자라는 영예와 함께 최고의 부자가 되었다. 원래 샤넬 향수는 천연 재료를 사용해 만들었으나 나중에는 합성에 의해 향을 내는 원료를 사용함으로써 향수를 대중화하는 데 기여했다.

"코코가 만진 것은 무엇이나 황금이 된다."

많은 사람들이 샤넬의 성공에 대해 이렇게 말하자 그녀는 세상 사람들을 비웃었다.

"내 성공의 비밀은 끊임없이 노력하고 맹렬하게 일하는 데 있습니다."

실제로 샤넬은 일을 많이 했다. 하루 일과가 끝나면 손이 붓고 굳어질 정도로 그렇게 필사적으로 일했다.

"돈이 없으면 사람은 아무 가치도 없지요."

샤넬은 서슴지 않고 이렇게 말했다. 그건 남보다 불행하고 고생이 심했던 어린 시절 때문이기도 했다.

샤넬은 언제나 만족하지 못하고 자신에게 화를 냈다.

"나는 마음이 고약하고 화를 잘 내며, 도둑에다 거짓말쟁이 그리고 엿듣기의 명수죠. 그것이 어린 시절의 내 모습이었어요."

그것은 출생의 열등감에서 오는 것이었다. 1883년, 프랑스 남부에서 사생아로 태어난 과거를 코코는 몹시 부끄러워했다. 그녀는 자신의 유년기에 대해 이렇게 말하면서 그 사실을 부정했다.

"우리 아버지는 미국에 갔어요. 나는 숙모 집에서 자랐지요. 아버지가 성공하고 돌아올 때까지."

그러나 아버지는 두 번 다시 코코에게 돌아오지 않았고, 숙모 이야기도 꾸며 낸 말이었다.

샤넬은 코를 벌름거리며 심장이 멎을 정도로 자주 화를 냈다. 이런 버릇은 소녀 때부터 아무도 돌보는 사람 없이 버려진 몸으로 세상과 대항해 싸우며 살아온 삶에서 비롯된 것이다.

코코는 늘 지붕 밑의 방에서 꿈을 꾸었다. 새하얀 옷, 하얀 방, 그

리고 흰 커튼에 둘러싸여 사는 꿈을. 그 무렵부터 코코는 독특한 매력을 가진 여자가 되기를 원했다. 그리고 자기를 버린 아버지, 아니 아버지 같은 남자들 모두에게 복수하고 싶어 했다. 실제로 그녀는 성공한 후 어렸을 때의 꿈대로 하얀 방에서 흰 옷을 입고 살았다.

"내 유일한 단점은 사랑을 필요로 한다는 점이지요."

사실 많은 남자들이 그녀를 거쳐 지나갔다. 어렸을 때 아버지가 그녀를 홀로 남겨 두고 떠난 것처럼 말이다.

어린 나이에 무작정 영국인 보이 카펠을 따라간 그녀는 함께 동거에 들어갔다. 보이 카펠은 그녀에게 일과 교양의 기초를 가르쳤다. 아무것도 가진 것 없는 사생아를 지극 정성으로 뒷바라지하여 큰 성공을 거두게 한 것이다.

두 사람은 이상할 정도로 닮은 점이 많았다. 야심에 넘쳤고, 재능도 있는 데다 인생의 굴욕의 맛을 잘 알고 있었다.

10년 가까이 사랑을 나누었으나 두 사람은 결국 결혼에는 이르지 못했다.

어느 가을, 카펠은 코코와 다시는 헤어지지 말자고 굳게 다짐하면서 그녀와 결혼하겠다는 말을 하기 위해 칸으로 향했다. 그러나 카펠은 자동차 속도를 올리며 달리다 칸을 얼마 남기지 않고 낭떠러지로 미끄러져 저세상으로 떠나고 말았다.

보이 카펠의 사고 소식을 들은 샤넬은 엄청난 충격 속에서 한동안 빠져 나오지 못했다. 더 이상 살고 싶은 생각이 들지 않을 정도였다. 카펠은 그녀의 모든 희망이며 삶이었기 때문이었다.

샤넬은 땅을 치며 통곡했다. 생애를 통해 유일하게 사랑한 사나이 보이 카펠의 죽음은 그녀에게 많은 것을 느끼게 하였다. 하지만 그녀는 강한 여자였다. 한동안 사랑하는 사람을 잃었다는 충격 속에서 헤어나지 못했지만, 그녀는 일에 열중하면서 차츰 카펠의 사고를 잊게 되었다.

내게는 친구가 없다 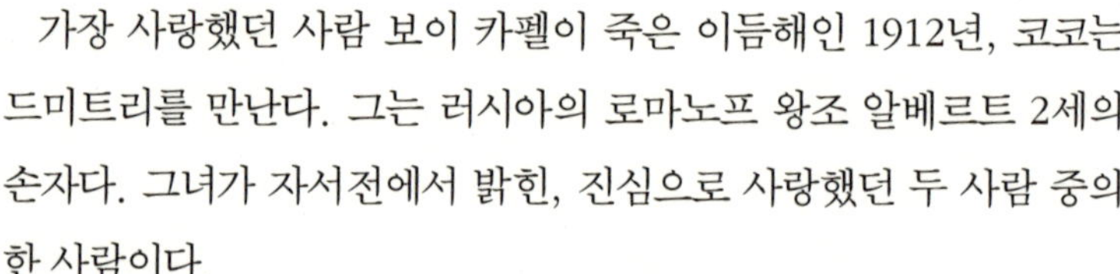

　가장 사랑했던 사람 보이 카펠이 죽은 이듬해인 1912년, 코코는 드미트리를 만난다. 그는 러시아의 로마노프 왕조 알베르트 2세의 손자다. 그녀가 자서전에서 밝힌, 진심으로 사랑했던 두 사람 중의 한 사람이다.

　드미트리는 샤넬보다 11년 연하로, 파리에서 망명 생활을 하고 있는 중이었다. 키가 크고 귀족풍의 미남인 그는 코코를 사랑했다. 그의 가슴에 안기면 쟈스민 향내가 났다. 코코를 향수의 세계로 이끌어 '샤넬 No.5'를 낳게 한 장본인이 바로 드미트리이다.

　샤넬 No.5는 사향노루의 분비물로 만든 샤넬 최초의 향수다. 이 향수는 미를 탐하는 세계 여성들의 아낌없는 사랑을 받았다. 코코는 '5'라는 숫자를 좋아했다. 그래서 'No.5'라는 이름을 붙였다.

　드미트리와 코코의 관계는 오랫동안 지속되지 못했다. 드미트리는 다소 여성적이었고 또 매사에 무엇인가 두려워하는 기피증이 있었다.

　드미트리와 헤어진 샤넬은 이번엔 웨스트민스터 공과 사귀었다.

사람들은 수군거렸다. 웨스트민스터라면 영국 제일의 부자로 소문이 난 인물이기 때문이다. 웨스트민스터는 샤넬에게 완전히 반해 버렸다. 그는 그녀를 자신의 품에 잡아 두려는 다소 권위적인 남자였다. 샤넬은 과감히 그와의 결별을 선언했다. 영국의 공작 부인은 많이 있지만 마드모아젤 샤넬은 단 한 사람밖에 없다는 이유에서였다. 한 남자에 속해 살아가느니 자신의 영역을 펼치며 삶을 꾸려 나가겠다는 도전적인 샤넬의 면모가 잘 나타나 있다.

그 밖에도 위대한 사나이들이 샤넬과 염문을 뿌렸다. 그녀는 세상에 이름이 알려진 남자들과 수없이 많은 교제를 했다. 피카소, 장콕토, 스트라빈스키 등등. 유명한 시인들, 화가들, 작가들이 그녀에게 영향을 주었고, 또 그녀로부터 무엇인가를 배우면서 그녀를 거쳐 갔다.

쉰 살 때, 디자이너 폴 일리브라는 사람이 샤넬의 애인이 되어 세상을 깜짝 놀라게 한 적이 있었다. 세상의 유명한 남자들과 염문을 뿌리던 그녀가 그 해 여름, 프랑스 남부에서 처음으로 결혼한다는 소문이 나돌았다. 그녀는 많은 남자들을 사랑하고 그들과 함께 연인 관계를 유지했지만 단 한 번도 결혼식을 올리지 않은 여자였다. 그런 성격의 샤넬이 뒤늦게 연하의 남자 일리브와 결혼을 한다는 소식에 많은 사람들은 의아해했다.

코코는 그녀의 별장에서 소녀처럼 웃으며 애인인 일리브와 사랑을 나누며 시간을 보냈다.

'나는 이제 결코 외롭지 않을 것이다. 이 사나이와 함께한다면.'

일리브가 테니스 치는 모습을 보며 코코는 이렇게 행복한 생각에 젖어 있었다. 흰색 테니스 웨어를 입은 사나이가 힘차게 뛰는 모습을 보며 코코는 사랑으로 가슴이 떨려 오는 것을 느꼈다. 그런데 일리브가 코코 쪽으로 손짓하며 달려오다 순간 갑자기 경련을 일으키며 쓰러졌다. 그리고는 그대로 숨을 거두고 말았다.

코코는 또다시 고독한 사람이 되었다. 어쩌면 그녀에게는 평생 고독한 인생을 살라는 운명이 정해진 것인지도 몰랐다.

훗날 코코는 "일리브와의 관계는 욕정이었다."라고 솔직하게 고백했다. 여자로서 마지막 불꽃을 태운 대상으로 불행하게도 일리브가 선택된 것이다.

제2차 세계대전이 일어나자 코코는 파리 가게를 닫아 버리고 13년 동안 침묵을 지킨다. 그런데 한동안 두문불출했던 쉰 살의 그녀가 서른 살밖에 안 된 젊은 연인이 생겼다는 소식이 전해졌다. 샤넬이 사랑한 젊고 미남인 이 사람은 독일 정보기관원으로, 그녀는 이 애인과 함께 사랑의 도피를 위해 스위스로 가려 했으나 뜻대로 되지 않았다.

코코가 선택한 사랑의 대상은 적대국의 남자였던 것이다. 그녀가 죽고 난 뒤 20년 후, 그녀가 젊은 애인을 위해 독일군 스파이 역할을 했다는 사실이 세간에 알려져 충격을 주었다.

샤넬은 그 일로 인해 생애 최대의 오점을 남겼으나, 여자로서 마지막 사랑을 불태우기 위해 적과의 동침을 선택한 용기 있는 여자였다.

다시 불사조처럼 일어나다 

　1954년, 샤넬은 파리로 돌아와 첫 컬렉션을 연다. 프랑스 파리에서는 실패하였으나 샤넬 슈트는 미국에서 호평을 받아 지금도 여성 정장의 고전으로 불리고 있다.

　고희의 나이에 샤넬은 다시 소생했다. 칼라를 떼고 둥근 목선에 테두리를 댄 샤넬 투피스는 미국을 중심으로 전 세계로 퍼져 나갔다. 그건 아무도 믿을 수 없는 일이었다. 이미 샤넬은 늙었고, 현대 감각에 맞는 새로운 패션이 무수히 쏟아져 나오고 있었다. 하지만 그는 불사조처럼 다시 일어섰다.

　어느 날 마리네 디트리히가 그녀에게 말했다.

　"왜 또다시 일을 시작하나요?"

　"심심하게 죽고 싶지는 않거든요."

　대답은 단순했다. 그녀가 할 수 있는 것은 오직 죽기 전까지 일에 매달리는 것밖에 없었다. 끝없는 창조와 정열을 바쳐 일을 하는 것, 그것이 샤넬의 아름다운 모습이며 진정 그녀가 사랑하는 모습이었다.

　코코는 일요일을 몹시 싫어했다. 크리스마스나 신년 휴일도 싫어했다. 고독한 노파에게는 휴일이나 명절이 견딜 수 없었던 것이다.

　코코에게는 이제 남자가 없었다. 그를 거쳐간 수많은 남자들이 있었지만 모두 요절을 하거나 아니면 그저 욕정의 대상일 뿐이었다.

　세상에 부러울 것 없을 정도로 돈과 명예를 가진 성공한 여자였지만 늙어서도 외로움 때문에 젊은 남자와 함께 잠을 자야만 했던 샤넬. 그러나 진정 그녀를 사랑하는 사람은 곁에 없었다. 오직 밤이면 외로움을 달래 주는 약과 일만이 있을 뿐이었다.

죽기 전날 밤에도 코코는 일을 했다. 그리고 이튿날인 일요일, 오 랫동안 살아온 파리의 리츠 호텔에서 코코는 세상을 마친다. 그녀 의 나이 여든일곱이었다.

코코를 추모하는 장례식의 꽃은 모두가 흰색뿐이었다. 그녀가 좋 아했던 색이다. 하얀 집에서 살고 싶었던 그녀는 소망대로 집안을 온통 하얗게 꾸며 놓고 살았다. 그리고 죽어서도 역시 하얀 꽃에 묻 혀 떠나갔다.

대량 생산 체제의 상업주의 패션 시대가 열리기 직전, 샤넬은 후 배들에게 패션의 여왕 자리를 넘겨 주고 세상을 떠났다. 그녀는 디 자이너로서는 마지막 예술가이자 운동가였다고 평가되고 있다.

"진정한 디자이너라면 지나치게 기발한 착상은 피하려고 할 것입 니다. 나는 지금까지 평균적인 여성을 위하여 옷을 만들어 왔지 요. 그로 말미암아 뛰어나게 아름다운 몇몇 여성들이 사장된다 하더라도 말입니다."

그녀는 여성에게 자유를 선물한 패션의 혁명가로서 불꽃 같은 삶 을 살다 간 패션의 여왕이었다.

샹송의 여왕이라 불린 에디트 피아프. 그녀를 거쳐 간 수많은 남자들이 있었지만,
그녀가 사랑한 남자는 오직 한 사람뿐이었다.

사랑에 살고 노래에 산 샹송의 여왕

에디트 피아프

1915년 12월 19일, 파리의 빈민굴, 그것도 노상에서 그녀는 태어났다.
에디트 피아프, 매춘굴에서 커 가며 세 살 때 백내장으로 실명되었으나
일곱 살 때 기적적으로 회복된 그녀는 어려서부터
아버지와 길거리에서 노래를 불렀다.
그러던 그녀가 〈사랑의 찬가〉, 〈장미빛 인생〉 등 불멸의 명곡을 남긴
샹송의 여왕이 되었다.
사랑에 상처를 입고서도 다시 사랑을 위해 노래를 계속했던
애처로운 여자, 파리의 빈민굴에서 태어나 노래만으로 출세한 그녀가
암으로 세상을 뜨던 날, 4만 명의 조문객이 울음을 터뜨렸다.

저 남자는 내 것

　에디트 피아프는 47년을 사는 동안 세 번 결혼했으며, 수많은 유명 인사들이 그녀를 거쳐 갔다. 물론 그녀 또한 남자 없이는 단 하루도 못 살 정도로 외로움을 많이 타는 여자이기도 했지만, 그녀의 명예와 아름다움으로 인해 주변에는 늘 유명 인사들이 들끓었다.

　그러나 그녀의 생은 불행의 연속이었다. 신은 한 사람의 위대한 인간을 탄생시키기 위해 시련과 고통을 준다고 했던가. 바로 에디트 피아프를 두고 하는 말인지도 모른다.

　그녀 곁에는 늘 남자들이 있었다. 남자와의 사랑과 이별의 아픔은 곧 그녀가 가슴으로 상송을 부를 수 있는 원동력이 되었다. 그는 사랑에 살고 노래에 산 가수였다.

　파리 빈민굴에서 태어난 에디트 피아프, 아버지는 거리의 악사였고 어머니는 거리의 가수였다. 피아프는 아버지를 따라 거리에서 노래를 부르며 생활고를 해결했다. 그러다 열일곱 살 때 석공인 루이와 동거하면서 딸 세세르를 낳는다.

　피아프는 아기를 유모차에 태운 채 길거리에서 노래를 불렀다. 그만큼 노래를 사랑했다. 그러나 운명의 신은 그 때부터 그녀를 괴롭혔다. 유일한 핏줄이었던 그녀의 딸이 세 살 때 병에 걸려 죽자 그녀는 루이와 헤어진다.

에디트는 푸른 눈과 금발의 남자를 병적으로 좋아했다. 가수로서 성공한 후에도 푸른 눈의 애인에게 옷을 사 주고 악어 가죽의 구두를 사 주는 것이 취미였다고 한다.

그러나 그녀가 마음속으로 사랑한 남자들은 푸른 눈이거나 금발이 아니다. 복싱 세계 챔피언 마르셀, 마지막 남편이었던 샹송 가수 테오, 그리고 이브 몽탕이나 무스타키……. 이들은 모두 밤색 머리에 갈색 눈동자의 남자였다.

"나는 연애를 많이 했지만 단 한 사람밖에 사랑하지 않았어요. 마르셀 세르당밖에."

그녀는 진정 마르셀을 잊지 못했다. 물론 마르셀을 만나기 전 그녀는 샹송 가수 이브 몽탕을 만나 열애했지만 가슴 아픈 이별로 끝이 나고 만다.

1944년 여름, 그녀는 물랑루주의 무대에서 이브 몽탕과 저음 만났다.

"옷은 서커스 복장, 제스처는 꼭두각시 같아요. 당신의 샹송은 천하고 속되네요. 마치 카우보이처럼 말이에요."

이브 몽탕은 그녀의 조소 섞인 비평을 듣자 얼굴이 창백해졌다.

"그러나 당신이 날 믿어 준다면 위대한 가수가 될 수 있어요."

이브는 에디트의 말에 문을 박차고 나가 버렸다. 자존심이 강한 이브 몽탕은 마르세유 출신답게 여자에게 충고 받는 것이 체질상 맞지 않았던 것이다.

에디트는 문을 한동안 바라보더니 중얼거렸다.

"바보군! 하지만 황홀할 정도의 미남이야. 언젠가 저 사나이는 샹송의 혁명을 일으킬 거야. 그리고 언젠가는 꼭 내게로 돌아올 거야."

바로 그대로였다. 이브는 에디트의 마력에 끌려 그녀의 제자가 되었고, 뒤이어 그녀의 애인이 되었다. 에디트의 말대로 이브 몽탕은 샹송 가수로서 파리에서 인정을 받기 시작한다.

"저 사나이는 내 거야. 내가 만들었지."

그의 무대 모습을 지켜보면서 에디트는 이렇게 확인했다.

눈 깜짝할 사이에 이브 몽탕은 유명 인사가 되었다. 그러자 그는 에디트의 은혜는 생각도 하지 않았다. 오히려 자신이 출세하는 데 에디트는 걸림돌이 된다고 귀찮게 생각하기에 이르렀다.

두 사람은 집에서 늘 소리 높여 싸웠다. 어떤 때는 이브 몽탕에게 맞아 얼굴이 멍들고 상처가 났다. 이제 에디트의 얼굴을 칠 정도로 이브 몽탕은 인기가 치솟고 있었다. 그럴 때마다 에디트는 울부짖고 괴로워하며 밖으로 뛰쳐나갔다가 다시 들어와 화해하고 웃고 떠들고 사랑했다. 이브 몽탕과 에디트는 여느 부부들처럼 그렇게 살았다.

사랑하므로 떠난다 

이브 몽탕의 공연을 즐겨 지켜보던 그녀는 어느 날 진지한 충고를 하였다.

"무대에선 땀을 닦지 마. 마치 선창가의 인부같이 보이니까."

"뭐라고? 내가 내 손으로 이룬 성공이야. 다른 사람이 참견할 바 아냐!"

이브는 의기양양하게 말했다.

"몇 번 앵콜을 받았는지 알아? 자그마치 열세 번이야."

그녀가 잠자코 이브의 얼굴을 올려다보았다.

"앵콜을 여러 번 받았다고 해서 인기가 있는 건 아니야."

두 사람 사이의 공기가 싸늘해졌다. 매번 그렇게 싸우면서도 에디트는 그를 깊이 사랑했다. 이브도 그랬다.

에트와르좌에서의 공연으로 이브 몽탕의 인기는 하늘을 찌를 듯했다. 관객들로부터 앵콜 소리와 박수가 끊일 줄 몰랐다. 이런 모습을 흐뭇하게 지켜보고 있던 그녀는 그날 밤 한 가지 결심을 하게 된다.

'이번에야말로 끝장이다. 그에게는 더 이상 내가 필요하지 않아.'

그날 밤, 그녀의 방문에 노크 소리가 들렸디.

"이브라면 돌아가!"

에디트는 냉정하게 말했다. 노크 소리가 미친 듯이 울렸다.

"열어 줘, 어서!"

그러나 문은 열리지 않았다.

에디트 피아프는 그런 여자였다. 사랑하는 사람이 성공한 것을 지켜본 후 그의 곁을 말없이 떠나는 그런 여자였다.

권투 선수와의 사랑

　그녀는 길거리 생활 때부터 수많은 남자들을 만났지만 죽을 때까지 사랑한 사람은 오직 한 사람이었다는 말을 했다. 그 주인공이 바로 마르셀 세르당이다. 마르셀은 가수도 아니고 외인 부대의 병사도 아니었다. 때리고 얻어맞으며 사각의 링을 맴도는 권투 선수였다.
　뉴욕 공연 때였다. 그녀가 호텔 방에 혼자 있는데 전화가 걸려 왔다.
　"권투 선수 마르셀 세르당입니다. 기억하십니까?"
　"물론 기억해요."
　첫 데이트부터 그들은 헤어질 수가 없었다.
　그들은 뉴욕 아일랜드에서 청룡열차 같은 제트 코스터를 탔다. 에디트는 그에게 꼭 안겨 비명을 질렀는데, 그것은 공포의 비명이 아니라 기쁨의 함성이었다.
　언젠가 마르셀은 그녀에게 시합을 보러 와 달라고 부탁했다.
　"무서워서 보고 싶지 않아요."
　에디트는 머리를 흔들었다.
　"당신이 노래할 때 나도 두렵지만 들으러 갑니다."
　마르셀은 이렇게 대답했다.
　그는 그날 밤 피투성이가 된 채 이겼다. 놀라서 달려온 에디트를 마르셀은 부드럽게 껴안았다.
　"괜찮아요, 에디트. 아무렇지도 않아요. 이게 내 일인걸요."
　넉넉한 그 사나이다움에 에디트는 반하고 말았다. 이브 몽탕보다도, 자신이 지금껏 만나 왔던 어느 남자보다도 마르셀은 그녀에게 잘 어울리는 사람이었다.

에디트는 마르셀과 만나기 위해 따로 스케줄을 짤 정도로 사랑했다. 물론 마르셀에게는 가족이 있었다. 그래서 가족이 없다면 마르셀은 에디트와 결혼할 것이라고 당당하게 말하곤 했었다.

그러던 어느 날, 에디트는 뉴욕에서 공연이 있었고, 마르셀은 프랑스에서 시합을 하였다. 두 사람은 국제 전화를 하였다.

"마르셀, 사랑해요. 보고 싶어요."

"나도 당신이 보고 싶어요. 시합이 끝나는 대로 달려갈 테니 기다려요."

그러나 운명의 신은 에디트에게 행운을 주지 않았다. 그것은 그녀가 계속해서 고통을 이겨 내며 좋은 노래를 부르게 하기 위해서였는지도 모른다.

마르셀은 시합을 마치고 비행기에 올랐다. 하지만 끝내 마르셀은 에디트 곁으로 오지 못했다. 그날 밤, 마르셀이 탄 비행기가 추락하고 말았다.

그녀는 거의 실신할 정도로 얼굴이 창백해졌다. 보다 못한 매니저가 공연을 취소하자며 위로의 말을 건넸다.

"무슨 말이에요. 전 노래할 거예요."

무서운 집념을 가진 에디트였다. 세상에서 제일 사랑하는 사람이 죽었는데도 그녀는 관중들 앞에서 노래를 부르겠다는 것이다. 무대에 오른 에디트는 창백하고 지쳐서 평소보다도 더 작아 보였다.

"오늘 밤은 마르셀 세르당을 위해서 노래하겠습니다. 오직 그 사람 하나만을 위해서……."

그는 마지막까지 창백한 얼굴로 노래했다. 유명한 〈사랑의 찬가〉를 마르셀을 위해 불렀다.

"당신의 타오르는 손으로 나를 안아 줘요. 내가 바라는 영원의 사랑을 위해……."

그녀의 나이 서른넷, 샹송의 여왕 그녀는 운명적으로 또다시 외톨이가 되었다.

노래는 나의 생명 

에디트는 노래를 부르지 않고는 살 수 없듯이 남자 없이는 존재할 수도 없었다. 사랑한 사람은 단 한 사람뿐이었지만, 그녀의 외로움을 달래 줄 남자들을 만나지 않고는 살 수가 없었다. 마르셀이 죽은 후 각양각색의 남자들이 그녀를 스쳐 지나갔다. 샤르르 아즈나블, 에디 콘스탄티스, 재크 필스…….

샹송 가수 재크 필스를 만나는 날 에디트는 목욕탕으로 달려가 모르핀 주사를 맞았다. 그녀가 진통제를 맞기 시작한 것은 1951년 자동차 사고 때 팔을 다쳤을 때부터였다.

"이걸 맞으면 통증도 없어지고 기분이 좋아져요. 이게 없었더라면 나는 아마 살지 못했을 거예요."

에디트는 재크 필스에게 관절약이라고 거짓말을 했다. 그녀는 안정된 생활을 위해 뒤늦게 결혼을 선택한다. 재크와의 결혼이 약물 주사를 맞아야만 평온을 얻는 악습으로부터 자신을 구해 줄 것이라고 그녀는 기대했다.

정식으로는 첫 결혼이었다. 에디트는 서른여섯, 재크는 마흔이었다. 1952년 9월 20일, 뉴욕에서 그녀의 결혼식이 거행되었다. 친구인 마리네 디트리히가 옆에서 거들어 주었다. 그러나 그 결혼은 5년 만에 실패로 끝이 나고 만다.

그 때부터 죽기까지 약 10년간은 술과 약과 노래와의 사투라 할 수 있는 생활이 연속되었다. 그리고 사고와 병이 쉴 새 없이 밀어닥치는 불운의 시절이었다.

차 사고 네 번, 자살 미수 한 번, 마약 치료를 위한 입원 네 번, 발작, 알코올 중독, 폐렴, 그 밖에 수술 일곱 번……. 그녀는 그야말로 만신창이가 되었다.

그러나 이 시기에 그녀는 조르쥬 무스타키와 사랑을 나눈다. 이때 카네기홀에서의 공연이 대성공적이었고, 올림피아에서의 리사이틀 레코드가 2만 장이나 팔렸다.

그런데 몸은 더욱더 나빠져 더 이상 노래를 할 수가 없을 지경이 되었다.

"더 이상 노래하는 것은 자살 행위입니다!"

가수에게 노래를 부르지 말라니……. 사형 선고나 다름 없는 의사의 진단을 받게 된 그녀는 이렇게 말했다.

"자살이라도 좋아. 노래는 내 생명이니까."

노래 없는 인생은 에디트에게 죽음과도 같은 것이었다.

테오 사라보와 만났을 때도 그녀는 암 때문에 고통당하며 하루하루를 술과 약으로 연명했다. 그러면서도 그녀의 존재는 여전히 상송계의 여왕이었다.

그녀 나이 마흔일곱에 미남 가수 테오와 두 번째 결혼을 한다. 사람들은 그가 돈 때문에 에디트와 결혼했다고 경멸했지만 실제는 그렇지 않다. 에디트는 그 동안 무분별한 열애 때문에 이미 파산하고 병을 앓고 있었다. 그녀가 죽은 후 남은 것이라고는 4,500만 프랑의 빚더미뿐이었다고 한다.

테오는 그녀와 결혼하기 전에 이미 그녀가 무일푼이며 앞으로 곧 죽게 될 것이라는 것을 알고 있었다. 그런데도 그는 에디트와 결혼했다. 어쩌면 자신이 존경했고 사랑했던 스승의 마지막 생을 함께 해 주고 싶다는 뜻이었는지도 모른다.

암으로 고통받고 생활고에 쪼들리는 그녀와의 일 년이 금방 지나갔다. 테오는 헌신적으로 그녀를 간호하며 함께 살았다.

"테오, 미국 공연을 준비해 줘. 케네디 대통령 앞에서 노래를 멋지게 부르고 싶어."

그러나 그녀는 이미 산 사람이 아니었다. 체중이 33kg밖에 나가지 않는 거의 송장이나 다름없었다.

1963년, 에디트 피아프는 마지막 애인 테오가 지켜보는 가운데 조용히 숨을 거둔다.

인류 역사상 최고의 샹송 가수 에디트 피아프를 추모하는 열기는 뜨거웠고 경건했다. 생전에 그녀가 사랑했던 외인 부대 병사들은 그 날만큼은 군복이 아닌 검은 옷을 입고 묘지를 찾아왔다. 생전에 그녀가 즐겨 부르던 샹송이 흘러나오는 가운데 그녀를 사랑하는 사람

들은 마지막 가는 그녀에게 존경과 애정을 바치기 위해 묘지로 몰려
들었다. 조문객은 무려 4만 명에 이르렀다. 노래 하나로 이처럼 많은
사람들에게 사랑을 받았던 여자는 역사상 없었다. 그녀는 샹송 가수
로서 살아 있는 전설을 남기고 47년의 짧은 생을 마감했다.

훗날 그녀의 마지막 남편이자 스무 살 연하의 애인 테오가 에디트
와 함께 묻혔다. 지금도 테오와 함께 잠자는 묘지에는 사랑으로 고
민하는 여자나 창녀들이 꽃을 바치기 위해 줄을 잇고 있다.

빈민굴 출신의 그녀가 프랑스 최고의 샹송 가수의 자리에 오른 전
설적인 삶은 오래도록 전 세계인의 가슴 속에 남아 있다.

세련된 무대매너와 고집스런 예술가의 면모를 가졌던 최고의 오페라 가수.
남부러울 것 없이 모든 것을 누렸던 그녀가 단 한 가지 못한 것은 바로 오나시스에 대한 사랑이었다.

금세기 최고의 프리마 돈나

마리아 칼라스

'난 언젠가 백조가 되고 말 거야.'
뚱보 오리로 불리던 그 소녀는 백조를 꿈꾸며 자라났고,
마침내 세기의 프리마로 성장했다.
1세기에 한 번 나올까 말까 하다는 소프라노 마리아 칼라스.
세상 사람들의 환호를 받으며 그녀는 노래에,
그리고 사랑에 정열을 불태우며 불꽃처럼 다올랐다.

노래에 살고 사랑에 살고 

　세계 오페라계의 여왕이며 부와 미모와 위엄을 갖춘 위대한 여성 마리아 칼라스. 그녀를 키워 주고 지금의 위치에 오르게 한 사람은 매니저이자 남편인 메네기니이다. 메네기니와 가정을 이루며 10년을 아무 탈 없이 행복하게 살아오던 그녀는 나이 서른네 살 때, 새로운 운명을 맞이한다. 그리스의 선박왕 오나시스가 그녀 앞에 나타났던 것이다.

　오나시스는 한 번 찍은 여자들은 모두 그를 사랑하게 된다는 이름난 바람둥이었다. 여자를 끌게 하는 매력적인 그가 세계적인 프리마 돈나 마리아 칼라스에게 눈길을 돌린 것이다. 돈과 권력이 있었기에 내로라하는 미녀들이 늘 그의 곁에서 떠날 줄을 몰랐다. 이런 미녀들에게 싫증을 느낀 오나시스는 젊지는 않지만 미인에다 세계적인 오페라 가수인 그녀를 자기의 정부로 만들고 싶다는 생각이 슬며시 들었다.

　오나시스는 한번 마음먹은 것은 그대로 실천하는 정열적이고 도전적인 사나이였다. 그는 돈과 권력을 앞세워 수많은 여자들을 침대로 끌어들이는 절대적인 힘을 가지고 있었다.

　1957년, 오나시스는 마리아 칼라스를 베네치아에서 처음 만났다.

그 후 또 어느 파티에서의 만남이 있었지만 그저 가벼운 인사나 하는 정도였다.

당시에 마리아 칼라스는 뉴욕, 이탈리아, 파리, 런던 등 초일류 대극장 공연으로 바쁜 일정을 보내고 있었다.

오나시스와의 운명적 만남은 파리에서 있었던 자선 공연 때였다. 그 공연은 마리아 칼라스에게 있어서 사상 최대 규모의 공연이었다. 세계 각지에서 정상급 인사들이 모여들었다. 윈저 공 일가, 아랍의 부호 알리칸, 억만장자 로스 차일드, 샹송 가수 그레코, 영화배우 브리지트 바르도, 채플린, 프랑소와즈 사강……. 이런 사람들 사이에서 오나시스는 일등석에 앉아 마리아 칼라스를 물끄러미 지켜보았다.

마리아 칼라스는 절정기에 달한 기량으로 노래를 불러 청중들을 압도했다. 사람들은 모두 마리아 칼라스의 노래에 넋이 빠져 환호하였다. 일등석을 차지하고 앉은 점잖고 돈 많은 정력적인 오나시스는 마리아 칼라스를 자기 여자로 만들기에 빠져 있었다.

사랑은 용기 있는 자만이 성취한다고 했던가. 오나시스는 탐나는 여자는 반드시 자신의 여자로 만들기 위해 밤낮없이 노력하는 남자였다.

'마리아 칼라스, 그대도 결국 내 앞에 무릎을 꿇고 토스카를 부르게 되리라.'

오나시스는 마리아 칼라스가 토스카를 부르는 것을 지켜보며 이렇게 속으로 읊조렸다.

그는 다른 사람들과는 달랐다. 생각을 하면 즉시 행동으로 옮겼

다. 그는 마리아 칼라스와 남편인 메네기니를 크리스티나 호로 초
대했다. 크리스티나 호는 바다에 떠 있는 궁전으로 불리는 호화로
운 요트다. 오나시스가 여자를 유혹할 때 자주 이용하는 요트였다.
누구든 이 요트에 올랐던 여자들은 예외 없이 그의 사랑의 노예가
되었다.

오나시스의 초청 제의를 남편에게서 들은 마리아는 별로 마음이
내키지 않았다. 남편은 조용하고 다정한 말로 그녀를 설득했다.

"오나시스의 요트는 아주 초호화 요트야. 바다에 떠 있는 궁전이
라고 할 정도라는군. 당신 주치의도 바다 햇살이 당신 건강에도
좋다고 하니 얼마나 좋은 기회야. 그러니 당신한테 좋은 휴양도
될 겸 초대에 응합시다."

메네기니는 자신의 운명을 자기 스스로 겨냥하고 있었다.

7월 22일, 이들 부부를 태운 크리스티나 호는 몬테카를로를 출항
했다. 이 뱃길이 두 사람의 갈림길이 될 줄은 그 때까지 아무도 몰
랐다. 오직 오나시스 한 사람을 제외하고는 미래의 불행을 예견하
지 못했다. 한편 마리아 칼라스에게 있어서 이 여행은 자신의 애창
곡 〈사랑에 살고 노래에 살고〉의 토스카를 실제로 행하는 의미 있
는 일이기도 했다.

남편의 침실로 돌아가지 않은 칼라스 

크리스티나 호는 순풍을 받으며 지중해를 달렸다. 손님 중에는

영국의 처칠 전 수상도 있었다. 손님들은 샴페인을 터트리고 갑판에서 일광욕을 즐겼다. 밤마다 호화로운 파티가 새벽까지 연일 계속되었다.

이런 호화로운 생활이 이 세상에 존재한다는 사실에 마리아는 놀랐다. 도대체 이 배의 주인인 오나시스는 얼마나 부자이길래 이렇게 흥청망청 쓸 수 있단 말인가. 그녀는 오나시스를 다시 한 번 생각하였다. 돈이 많다는 것은 그만큼 정력적이고 추진력이 강하다는 뜻이다.

당시 마리아도 나름대로는 상류 계층에 속해 있었다. 적어도 오나시스의 호화 요트에 올라타기 전까지는 그 또한 남부러울 것 없이 행복하게 살았다. 그녀는 그 당시 한 차례 공연에 우리 돈으로 약 2,000만 원의 출연료를 받았다. 이탈리아 베로나에 두 개의 궁전을 갖고 있었고 그리스에도 별장이 있었으며 수많은 미술품, 보석, 거액의 황금이 있었다. 하지만 오나시스의 호화 요트에서 벌어지는 세계는 상상을 초월한 별천지였다. 이것은 마리아 칼라스에겐 자유와 방종의 체험이기도 했다.

오페라 가수의 일상 생활이란 엄격한 레슨과 무대 출연의 연속이었다. 무대는 세계 각지에 흩어져 있었고 마리아는 다음 무대를 향해 언제나 비행기 여행을 서두르지 않으면 안 되었다. 그리스의 별장에서 편히 쉴 수 있는 날은 사실 별로 많지 않았다. 빽빽한 일정 때문에 늘 시간에 쫓겨 다녔고 쉬는 날에는 연습을 해야만 하는 고통이 뒤따랐다. 게다가 마리아의 나이는 이제 30대 중반인데 비해 남편은 60대 중반이었다. 한편으로는 정열적인 마리아를 만족시켜 줄 강한 남자가 그립기도 하였다.

그러나 마리아는 자신을 세계적인 오페라 가수로 키워 준 남편의 은공을 잊을 수가 없었다. 그 때마다 마리아는 가난했던 어린 시절을 떠올렸다.

1933년 12월 4일, 미국으로 이민을 떠나던 날은 눈이 내렸다. 그리스 약제사의 딸 마리아는 뒷골목의 작은 병원에서 태어났다.

어머니의 평생 꿈이었던 라디오 성악 콩쿠르에서 그녀가 1등을 차지한 뒤로 마리아의 생활은 서른이 넘도록 오로지 노래, 노래뿐이었다.

이렇게 노래뿐이었던 마리아의 전반기 인생은 크리스티나 호 갑판 위에서 갑자기 전환을 하게 된다. 자유와 풍만한 여유, 먹고 마시고 즐기는 인생살이의 한 풍경을 그 곳에서 만난 것이다. 그리고 운명은 급속도로 새로운 세계를 향하기 시작했다.

초호화 크리스티나 호 갑판 위에서 행복을 만끽하던 메네기니는 아내 마리아 칼라스에게 말했다.

"여보, 이제 침실로 들어갈까?"

"왜요? 저는 좀더 있다 가고 싶은데요."

"그래? 그럼 나 먼저 들어가 쉴게. 좀 피곤해서 그래."

"좋도록 하세요. 하지만 저는 여기 있겠어요."

그녀의 검고 커다란 눈동자가 남편을 바라보며 동요의 빛을 띠고 있었다. 남편은 그런 부인의 표정을 제대로 읽지 못했다.

이제 기회가 온 것이다. 뭔가 다른 세상과 접할 수 있는 자유의 기회. 그날 밤, 마리아는 오나시스와 사랑에 빠지고 만다. 마리아는 아침까지 남편의 침실로 돌아가지 않았다.

로맨스의 귀재, 한번 정한 먹잇감은 절대로 놓치지 않는 정열을 불태우는 스릴. 내로라하는 여자들만 상대했던 오나시스가 마리아 칼라스를 잠자리에서 요리하기는 쉬운 일이었다. 그러나 마리아 칼라스에게는 커다란 신선함이었고, 그 동안 경험하지 못했던 새로운 체험이었다.

요트 여행 후, 마리아 칼라스 부부 사이에 언쟁이 잦아졌다. 남편은 이미 환갑이 훨씬 넘은 노인이다. 30대 중반의 그녀를 만족시켜 주기엔 역부족이었다. 힘 있는 남자로부터 또 다른 강력한 체험을 해 보지 않았다면 모를까, 이미 오나시스에게서 새로운 체험을 한 그녀는 늙은 남편을 멀리했다. 자신을 키워 준 것에 대해서는 언제나 감사하게 생각하고 있지만 인생을 그와 함께 마무리한다는 것은 너무 큰 희생이라는 생각까지 들었다.

"당신은 저를 한 번도 사람으로 대해 주지 않았어요. 언제나 나를 죄수처럼 감시했지요. 늘 사슬에 묶어 두려고 했어요."

그녀는 남편을 똑비로 바라보며 대들 듯이 말했다. 메네기니에게 이 말은 정말 무서운 충격이 아닐 수 없었다.

"시골뜨기 당신을 발견하여 오늘날의 세계적인 오페라 가수로 키워 준 사람이 도대체 누구지?"

메네기니는 충분히 그 말을 하고도 남을 만큼 그녀에게 헌신적이었다. 그러나 사실 마리아 칼라스에게 메네기니의 헌신은 늘 짐이 되었다. 그렇다 해도 그들은 별 탈 없이 서로 신뢰하고 존중하며 부부로서 행복한 생활을 하고 있었다. 그런데 바람둥이 갑부 오나시스 때문에 마리아 칼라스는 종잡을 수 없을 정도로 흔들렸다.

세기의 프리마 돈나 

1947년, 베로나의 야외 원형 극장에서 공연된 〈라조콘다〉에 출연한 것이 스물세 살 때, 칼라스는 아직 무명이었다. 당시 마리아 칼라스는 110kg 체중을 가진 거구의 아가씨였다. 게다가 근시인 그녀는 두꺼운 안경까지 쓰고 있었다.

그러나 그녀의 노래 실력은 아주 훌륭했다. 성량과 음역이 풍부한데다 사람의 마음을 감동시키는 정열을 갖춘 음성을 갖고 있었다.

베로나의 실업가이며 오페라 애호가였던 메네기니는 곧 젊은 마리아 칼라스의 소질을 꿰뚫어 보았다. 메네기니는 마리아의 몸을 요리조리 살펴보며 설계하기 시작했다. 쓸데없이 몸 구석구석에 붙어 있는 지방분만 뺀다면 그녀는 아주 훌륭한 미인이 될 것 같았다. 마리아는 그리스 인 특유의 윤곽이 뚜렷한 용모에 눈이 컸다.

"당신의 노래는 아주 정말 훌륭해요. 하지만 당신에겐 적이 있어요. 바로 당신의 체중입니다."

그 때부터 마리아와 메네기니는 특별한 사이가 되었다. 오페라에 조예가 깊었던 그는 마리아의 노래를 들으며 일일이 지도해 주었다.

메네기니는 마리아를 위해 조상 대대로 물려받은 사업도 내던지고 그녀의 매니저가 되기로 결심한다. 그의 감시 아래 마리아는 4개월 만에 61kg까지 체중을 줄이게 된다. 놀라운 발전이었다. 메네기니는 그녀의 훌륭한 조련사였다.

다이어트에 성공한 그 이듬해에 두 사람은 누가 뭐랄 것도 없이 결혼을 했다. 스물다섯 살의 신부와 쉰네 살의 신랑, 외모나 나이로

볼 때 두 사람은 어울리지 않는 커플이었다. 마리아 칼라스는 키가 무척 컸는 데 반해 메네기니는 그녀의 어깨밖에 차지 않았다. 그러나 메네기니는 마리아가 무시할 수 없는 커다란 존재였다.

"누가 무명이었던 당신을 스타로 만들었으며, 누가 전 세계 극장에 출연할 수 있도록 했지?"

메네기니의 음성은 비통함으로 떨렸다. 막 떠나가려는 배를 잡기 위해 몸부림치는 그 모습은 영락없이 초라한 노인이었다.

작가 헤밍웨이가 '황금 목소리의 허리케인' 과 '천국의 소리를 가진 태풍' 이라고 칭송해 마지 않았던 세계적인 프리마 돈나가 지금 당장 떠나 버릴 것 같은 표정으로 메네기니 앞에 서 있었다.

온갖 어려움과 고생을 마치고 지금 절정기를 맞은 마리아 칼라스, 메네기니 자신의 아내이면서 보물이고 예술이며 자랑이며 신앙이었던 그녀, 가는 곳마다 황금알을 낳는 마리아 칼라스. 이제 그녀가 자신의 품에서 떠나려 한다는 사실에 메네기니는 허탈감을 느꼈다. 그리고 오나시스의 요트 여행 초청에 응한 것을 후회하였다.

"마리아, 당신은 그리스의 바람둥이 오나시스에게 속고 있는 거야. 언젠가는 당신 같은 것은 없다며 길거리로 내몰 거야."

"그는 부와 명예와 젊음이 있어요. 당신에게 없는 그 무엇이 있단 말예요."

이미 마리아 칼라스는 오나시스에게 푹 빠져 있었다.

"이 멍청한 여자야, 아직도 모르겠어? 그리스의 바람둥이 그놈은 널 사랑하는 게 아냐. 단순히 허영심을 채우기 위해 당신을 성의

노리갯감으로 삼는 것뿐이이라구!'

마리아의 남편 메네기니는 눈물까지 흘리며 호소했다.

그녀는 말없이 냉정하게 오나시스에게로 떠났다.

메네기니는 자신이 공들여 키운 보물을 빼앗겼다는 생각에 분해서 견딜 수가 없었다.

사실 오나시스는 요트 파티가 있던 날 마리아를 모든 사람 앞에서 이렇게 소개했다.

"나를 위해 마리아 칼라스 같은 세계 일류 여성이 참가했다는 것을 난 자랑스럽게 여깁니다."

마리아는 사실상 오나시스의 애인이 되었다. 오나시스는 아내와 이혼했고, 두 사람은 그 후 10년간 연인으로서 친밀한 관계를 유지했다. 정식 부부 관계는 아니었지만 세상의 사람들이 모두 알고 있는 부부나 다름없었다.

마리아는 전처럼 세계 곳곳을 돌아다니며 무대에 서지 않았다. 공연은 최대한 줄이고 오나시스와 요트를 타고 별장을 오가며 오로지 사랑을 불태웠다. 그러나 두 사람은 끝내 결혼하지는 않았다. 격렬한 기질의 마리아와 강렬한 성격의 오나시스가 원만히 조화를 이루기는 어려웠다. 이렇게 두 사람은 아무 말썽 없이 10여 년 동안 그저 좋은 연인 관계로 또는 섹스 파트너로 부부나 다름없이 지냈다.

시련이 없는 인생은 싫다 

'시련이 없는 인생은 싫다.'

마리아는 늘 이렇게 마음속으로 다짐했다.

어렸을 때 마리아는 뚱보였다. 그녀 자신도 자기의 몸을 보면서 보기 싫을 정도였다고 한다. 다른 아이들이 놀리는 게 싫어서 그 뚱뚱함을 보상하려는 듯 닥치는 대로 단 음식이나 스파게티를 먹어댔다.

마리아의 소녀 시절은 불행했다. 한 번도 여자답게 인형놀이나 소꿉놀이를 해 본 적이 없었다. 어머니는 그녀에게 노래만을 강요했다.

마리아는 고독했다. 아버지와 어머니는 만나면 언제나 싸웠다.

"나는 어렸을 때 백조가 되기를 원했어요. 언젠가는 눈부신 백조로 변해 이 고달픈 세상을 내려다볼 것이라 믿었지요."

풋내기 무명 시절 당시, 이 그리스 피를 받은 뚱보 아가씨가 세계 오페라계에 군림하는 최고의 가수로 성공하리라고는 아무도 생각하지 못했다.

"난 반드시 토스카니니에게 음성 테스트를 받고야 말겠어."

이러한 마리아의 야심에 그의 동료들은 비웃거나 안타까운 미소를 보냈다.

"틀림없이 언젠가는 토스카니니에게!"

마리아는 한번 마음먹은 것은 반드시 실현하고야 마는 강직한 성격이었다.

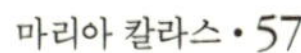

당시 메트로폴리탄 가극장의 전속 가수가 되는 것이 성악하는 사람들의 꿈이었다. 그런데 마리아에겐 좀처럼 기회가 오지 않았다.

"메트로폴리탄은 언젠가 무릎을 꿇고 내게 노래 부르기를 청할 날이 올 거야. 그때 나는 무조건 기뻐하며 승낙하지는 않겠어."

그만큼 마리아는 성격이 곧고 자존심이 강했다. 바로 그런 성격이 그녀를 세계적인 프리마 돈나로 성공하게 한 것이다.

그녀의 예견대로 얼마 후 마리아는 토스카니니에게서 찬사를 받았고, 메트로폴리탄도 무릎을 꿇고 정중하게 초청하였다.

사실 그 전에 메트로폴리탄 가극장으로부터 마리아 칼라스에게 〈나비부인〉 출연 교섭이 있었다. 자신이 그토록 그 무대에 서기를 원했건만 그녀는 아무 미련 없이 거절했다. 작곡가 푸치니의 의도를 살릴 수 없다는 이유에서였다. 100kg이 넘는 나비부인은 좀 심하지 않겠는가.

그러나 언젠가는 꼭 나비부인 역을 맡고 말 것이라고 스스로 맹세했다. 이윽고 체중이 60kg 가까이 줄자, 마리아는 1955년 시카고에서 나비부인 역을 훌륭하게 소화해 내 극찬을 받았다.

오페라 가수에게 꿈의 전당은 밀라노의 스카라 극장이다. 하지만 이미 부귀와 명성을 모두 손에 넣고 세계 각지의 가극장에서 노래한 마리아지만 웬일인지 밀라노의 스카라 극장만은 그녀에게 문을 닫고 있었다. 스카라에 서지 못한 가수는 진짜 오페라 가수라 말할 수 없었다. 마리아는 호시탐탐 그 기회를 노렸다.

마침내 그 스카라 극장 측에서 요청이 왔다. 당시 마리아 칼라스와 쌍벽을 이루던 소프라노 가수 레나타 테발디가 지병으로 출연이

어려워지자 그 대역을 맡아 달라는 것이었다. 목마르게 그 기회를 노리고 있던 마리아였지만 이런 사실을 알고는 한마디로 거절했다.

"최고의 예술가를 맞이하는데 고작 대역이라니?"

이 때문에 그녀가 원했던 스카라 극장의 출현은 물거품이 되었다. 그러나 그녀는 결국 스카라의 여왕으로서 오랫동안 군림하게 된다.

좀 무겁고 어두운 느낌을 주는 마리아 칼라스의 목소리는 100년에 한 번 나올까 말까 한 것으로 평가된다. 오페라를 좀 아는 사람이라면 1948년부터 4년 사이에 마리아 칼라스가 연기한 오페라의 횟수가 173회이며 18명의 주인공 역을 맡았다는 사실에 아마 놀랄 것이다. 그녀는 짧은 기간에 많은 작품에 출연했다. 재미있는 것은 18명의 히로인이 모두 사랑 때문에 죽든지 혹은 사랑 때문에 사람을 죽이는 그런 여자였다.

실력과 명성을 얻은 마리아는 무대에서도, 사생활에서도 오만함을 발휘하기 시작한다. 이유 없이 오페라 공연을 개막 두 시간 전에 퇴찌를 놓기나 싱대역이 마음에 들지 않는다고 자기 맘대로 연습장을 떠나기도 했다. 사람들은 그런 그녀를 줄무늬가 있는 타이거라고 불렀다.

시련의 날들은 계속되고 

오나시스의 공식적인 연인으로 알려지면서 마리아 칼라스의 무례함은 더욱 기승을 부렸다. 그를 둘러싼 일들은 무성한 소문으로 세상에 퍼져 나갔다.

모나코의 몬테카를로 극장에서 한 시즌에 받은 출연료가 6억 원을 넘는데도 그리스에서 장사하는 노모에게는 한 푼도 송금하지 않았다느니, 또다시 이유 없이 공연을 거부했다느니, 신문기자를 주먹으로 때렸다느니, 모나코 그레이스 왕비를 쳤다느니 그녀를 싸고 도는 스캔들이 끊일 새가 없었다. 이 소문은 사실인 것도, 사실이 아닌 것도 있었다.

마리아 칼라스는 다른 오페라 가수에 비하면 너무나도 일찍 쇠퇴했다. 오나시스와의 사랑의 행위가 일찌감치 그녀의 전성기를 꺾었다는 사람도 있다. 또 20대의 무리한 다이어트가 그 원인이 되었다고도 한다. 발성적으로도 성량적으로도 무모한 스케줄로 어려운 노래를 불렀기 때문에 소리를 죽이고 말았다고 말하는 사람도 있다.

가수로서는 시련에 가득 찬 날들이었지만 사랑으로 사는 여자로서 마리아 칼라스는 행복했는지도 모르다.

오나시스와의 사랑의 날들은 약 10년간 계속되다가 오나시스가 재클린 케네디와 결혼함으로써 종지부를 찍게 된다. 오나시스가 마리아 칼라스를 버리고 케네디 대통령의 미망인 재클린과 결혼 발표를 하는 날, 사람들은 모두 놀랐다.

오나시스의 결혼에 대해 묻는 기자의 질문에 그녀는 덤덤한 표정으로 말을 이었다.

"그는 나의 가장 멋진 친구예요. 그도 나를 가장 좋은 친구로 생각하고 있지요. 그는 언제나 문제가 있으면 내게로 옵니다. 그것은 내가 결코 신뢰를 저버리지 않았기 때문이지요."

　그녀는 기자들에게 자신의 심정을 토로하면서 애써 태연하려고 노력하는 모습이 역력했다. 그녀는 강한 여걸이었다. 사랑 때문에 울고불고 매달릴 그런 여자가 아니었다. 떠날 때는 말없이 깨끗하게, 그녀는 그걸 잘 아는 여자였다.

　오나시스와 헤어진 후 그녀는 다시 무대로 돌아온다. 세계를 돌면서 활동을 재개했으나 그녀의 영광된 시기는 이미 끝나 있었다. 이미 지나간 그녀의 노래를 듣기보다는 새로운 스타의 탄생을 지켜보며 사람들은 그를 차츰 잊었다.

　1977년 9월 16일, 마리아 칼라스는 심장 발작을 일으켜 갑자기 세상을 떠난다. 그녀의 나이 쉰셋이었다.

　노래에 살고 사랑에 살다가 너무나도 일찍 타 버린 오페라 천재의 갑작스런 죽음에 많은 사람들은 애도를 표했다.

　마리아 칼라스는 노래에 살고 가장 화려한 사랑에 살다 간 이 시대의 여걸이었다.

너무 일찍 유명세를 탄 그녀는 방탕과 낭비라는 두 가지 꼬리표를 달고 젊음을 허비했다.
독자와 가족들로부터 모두 외면당했던 그녀는 고독한 한 마리 들개였다.

고독한 영혼의 천재 작가

프랑소와즈 사강

열여덟 나이에 전 세계 팬들로부터 '천재 작가' 라는 칭호를 받으며
부와 명예, 그리고 사랑을 누렸던 여자.
나이를 앞질러 갔던 그 지나친 성공이 어쩌면 극도로 민감한 그녀의 감수성을
조금씩 갉아먹은 것이 아닐까?
젊어서 얻은 부와 명성이 그녀의 고독한 내면까지 충족시켜 줄 수는 없었다.
결혼과 이혼 그리고 재혼과 동거를 거듭하면서도 그녀는 언제나 늘
고독한 얼굴이었다. 어쩌면 그녀의 소설 〈잃어버린 얼굴〉은
그녀 자신의 것이었는지도 모른다.

열여덟 살의 베스트셀러 작가 

프랑소와즈 사강이 세인의 전폭적인 관심을 끌게 되면서 언제나 따라다니게 된 것은 '천재' 라는 수식어였다.

'천재 소녀 사강.'

무엇이 그녀를 천재로 만들었는가. 이 질문에 대한 대답은 그녀가 열여덟 살 때 쓴 소설 〈슬픔이여 안녕〉에서부터 찾아야 할 것이다. 발표 후 한 해에 33만 부가 팔려 나간 이 베스트셀러는 분명 열여덟이라는 나이 때문에 더욱 호기심을 불러일으켰지만, 비단 그것 때문만은 아니다. 그 충격적이고 도발적인 내용 역시 그녀의 천재성을 탄탄하게 증명하고 있었다.

문화적 고지대라 부를 수 있는 프랑스에서 베스트셀러가 된 이 소설은 곧바로 미국을 비롯하여 전 세계로 뻗어나가기 시작했고, 뒤이어 영화로 제작되면서 전 세계적인 초베스트셀러를 기록하였다. 그리고 40여 년이 지난 지금까지도 〈슬픔이여 안녕〉은 여전히 인기를 누리고 있다.

어린 나이에 그녀는 지나치게 조숙했고 일면은 악마적인 성향까지 지니고 있었다.

소설 외적인 면에서도 그녀는 세인의 관심을 계속 끌어 왔는데,

이를테면 아버지뻘 되는 남자와 결혼을 하고, 밤새도록 춤을 추거나 카드를 하면서 돈을 탕진하고, 고급 승용차를 자유자재로 바꿔 타면서 사고를 내는 등 그녀의 기행은 끝없이 이어졌다.

그녀의 그런 파격적인 행동은 '천재성의 부수품' 쯤으로 이해될 수 있었으나, 나이가 들어서는 늙은 어린애의 치기로밖에 받아들여지지 않았다.

그녀의 히트작 〈슬픔이여 안녕〉은 아버지를 열렬하게 사랑하는 세실과 그 아버지를 빼앗으려는 여인 안느 사이의 심리를 파헤치고 있다. 결론은 세실이 속임수를 써서 마침내 안느를 자살로 몰아간다는 내용이다.

이 소설은 보수적이었던 1930년대 당시의 프랑스 사회에 커다란 충격을 안겨 주었다. 스캔들과 반사회적인 심리, 그리고 부도덕한 결말로 가득 찬 내용 때문이었다. 무엇보다 세상을 놀라게 한 것은 작가가 열여덟 살의 소녀라는 사실이었다.

사강은 고집스러웠고, 친구들 사이에서나 파티에서 언제나 주인공이 되려고 했다. 자기 외에 다른 사람이 중심이 되는 장소엔 아예 나타나지를 않았다. 어릴 때부터 그 엄청난 인세로 돈이 많았던 그녀의 주변에는 사람들이 끊이지 않고 모여들었다.

들개 같은 소녀

1935년 6월, 사강은 전망 좋은 바닷가의 별장에서 태어났다. 그만큼 그의 가족은 부유했다.

그녀는 어릴 때부터 자기 또래에 비해서 상당히 조숙했는데, 그것은 언니 오빠들과의 나이 차이가 컸기 때문이기도 했다. 그녀는 감수성이 예민하고 낯을 몹시 가리는 아이였다. 또한 뭔가 열등감 때문에 말도 더듬거렸다. 그래서 점점 혼자 있는 시간이 많아졌고, 골방에서 혼자만의 세계를 꿈꾸며 고독을 즐겼다.

언젠가 인터뷰를 할 때 사강은 당시를 회상하면서 이렇게 말했다. "애초부터 난 어른이었을까, 아니면 지금도 어린아이 그대로일까? 나이 먹은 지금도……."

그녀는 카톨릭계의 여학교에 다녔다. 그 당시로선 꽤 명문 학교였는데, 그 명성만큼 틀에 박힌 학교 생활이 그녀를 몹시 지루하게 하였다.

이때부터 그녀는 방황하기 시작했다. 대부분의 시간을 학생들이 갈 수 없는 카페에서 허비했다. 그녀의 어머니는 그런 사강을 보고 들개 같다며 탄식했지만, 그 카페는 그녀에게 소설의 길을 열어 주게 된다. 그녀는 카페 모퉁이에 앉아 담배를 피우고 위스키를 마시면서 앙드레 지드를 만나고 프로이드와 이야기를 나누기도 하였다. 그들과의 대화 속에서 그녀는 점점 소설을 써야겠다는 생각을 가지게 되었고, 대학 입학 자격 시험을 치른 이듬해에 그녀는 처음으로 구체적인 고민을 시작하였다.

바캉스가 시작되어 인기척이 하나 없는 프랑스의 거리를 산보하거나 아파트에 처박혀 소설을 썼다. 그렇게 두 달 반에 걸쳐 탈고한 소설이 바로 〈슬픔이여 안녕〉이다.

탈고를 끝낸 사강은 줄리아르 출판사를 찾아갔는데, 편집장이 원고를 읽어 보고는 즉석에서 계약을 하자고 하였다. 무엇보다도 작가가 아직 소녀 티를 벗어나지 않은 열여덟 살 소녀라는 점이 크게 작용했다. 줄리아르 출판사는 우선 초판 4,500부를 찍었다. 3주일째는 1만 부, 그리고 매달 몇만 부씩을 찍더니 이윽고 1년 후에는 33만 부가 팔려 나갔다. 일종의 열병처럼 팔려 나가던 이 소설은 마침내 미국으로 번역되어 나갔고, 뒤이어 세계 각국이 앞을 다투어 번역하기에 이르렀다.

1954년부터 58년에 걸쳐 사강이 받은 인세는 9,700만 프랑(당시 원화로 약 3억 원)을 넘었다.

스물이 갓 넘은 젊은 아가씨로서는 기절할 정도의 엄청난 돈이었다.

그녀는 그 많은 돈을 어떻게 썼을까? 놀랍게도 사강이 첫 인세로 산 것은 쟈가(경주용 스포츠카)와 표범 모피 코트였다. 인세는 신기할 정도로 세속해서 들어왔고 그녀의 사치벽은 점점 대담해져 갔다. 산토로페에 별장을 사고 승용차를 계속해서 바꾸었다. 운전을 하다가 고장이 나면 그대로 내버리고 새로운 차를 산다는 소문까지 돌 정도였다.

카바레에서는 술에 취해 돈을 물 쓰듯 했으며, 친구들뿐 아니라 낯선 사람들에게까지 의기양양하게 수표를 끊어 주었다. 파리에는 자신을 위해서가 아니라 친구들이 자유롭게 사용할 수 있도록 고급 아파트까지 사 놓았다.

이 젊고 재능 있는 그리고 돈 많은 여류 작가 주위에 강아지처럼 남자들이 모여들었다. 자신이 언제나 중심에 있기를 원했던 그녀는 이 모든 게 재미있었다. 그리고 언제나 여러 남자들과의 스캔들 속에 있거나 그 사랑에 빠져 있었다. 그렇게 시간 가는 줄 모르고 세월이 흘러갔다.

〈슬픔이여 안녕〉에서 인간의 어리석음을 그처럼 냉철하게 파헤쳤던 사강이 자신의 삶은 수많은 스캔들 앞에서 완전히 무방비 상태로 방치해 놓고 있었다.

어긋나는 결혼 생활 

조금이라도 여유가 있어서 틈만 생기면 무료함을 견디지 못하는 사강은 언제나 스포츠카를 몰았다. 자동차광이자 스피드광이었던 그녀는 일반적이고 검소한 생활에서 오는 안락함이라든가 소박함을 가장 싫어했다. 그런 성격에 걸맞게 미끈하니 잘 빠지고 또 그만큼 잘 나가는 스포츠카는 그녀에게 아주 잘 어울렸다.

1957년 어느 날, 여느 때처럼 그녀는 스포츠카를 몰고 스피드를 즐기다가 센느의 오와즈 가도에서 절벽으로 굴러떨어졌다. 스포츠카는 보기 흉하게 망가졌고, 사강은 중상을 입은 채 숨을 헐떡였다.

자동차 사고가 났다는 소식을 듣고 많은 사람들이 몰려왔다. 임종을 대비해 사람들은 목사까지 불러왔다. 목사는 숨을 헐떡이는 사강에게 임종 의식을 거행했다. 이로 인해 '사강, 교통사고로 죽다' 라는 뉴스가 전해지기까지 했다.

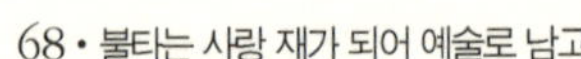

　그러나 사강은 그렇게 쉽게 죽지 않았다. 기적적으로 그녀는 목숨을 건졌다. 망아지처럼 잠시도 가만 있지 못하던 사강은 3개월 동안 병원 신세를 지면서 비로소 인생의 의미와 그 심연의 깊이에 대해 생각할 기회를 얻게 된다.

　"병원에서의 생활은 사람의 죽음에 대해, 사랑에 대해, 인생에 대해 그리고 자신의 행동에 대해 생각할 충분한 시간을 갖게 했어요."

　병원에서 퇴원하는 즉시 그녀는 상상을 초월했던 낭비 생활과 위스키와 나이트 클럽, 그리고 스피드라는 유혹을 끊기로 작정한다.

　퇴원하고 며칠이 지나 친구 집에서 쉬고 있을 때, 사강은 운명의 한 남자를 만나게 된다. 키가 큰 갈색 머리의 조용한 신사가 그녀를 찾아왔다. 출판사를 경영하는 세레르라는 중년의 사나이였다. 어딘가 인생살이에 조금은 지친 듯하면서 고뇌의 분위기가 짙게 배어 있는 남자였다. 스물두 살의 사강은 첫눈에 그 남자에게 반했다. 훗날 그녀는 그가 〈슬픔이여 안녕〉의 주인공인 세실의 아버지를 연상게 했다고 고백했다.

　"나는 나 자신이 무너지는 듯한 기분을 일으켜 줄 사람과 결혼하고 싶어요."

　즉흥적인 성격의 사강은 이 남자야말로 자신의 동반자라는 생각을 했다. 그녀는 여러 생각할 것도 없이 적극적인 구애 작전으로 세레르에게 사랑의 공세를 퍼부었다. 그리고 1958년 3월, 그녀는 모든 스캔들을 뒤로 하고 스무 살이나 연상인 세레르와 결혼식을 올린다.

그러나 그 결혼은 처음부터 어긋났다. 나이 차이도 있었지만 무엇보다 사강이 예전과는 달랐다. 그녀는 파티나 사교 모임보다는 집에서 글 쓰는 것을 좋아했다. 그러나 남편은 달랐다. 이미 사회적인 지위와 나이가 있었고 밖에서의 모임이 잦았다.

행복한 시간은 너무나 짧았다. 남편은 밖으로 나돌고 아내는 집에만 틀어박혀 있었다. 게다가 두 사람은 취미도 달랐기에 서로의 공감대를 어디에서도 찾을 수가 없었다. 결국 남편에 대한 반항의 일환으로 그녀의 '끼'는 다시 발동한다. 노는 것이라면 누구에게도 뒤지지 않는 사강은 남편과 마찬가지로 제멋대로 나돌아 다니기 시작했다. 친구를 만나고 남자들과 어울려 춤을 추고 술을 마시며 흥청망청 돈을 쓰며 돌아다녔다.

사강은 남편의 포용력과 평화를 원했지만 결국 이혼하고 만다. 이렇게 해서 사강의 첫 남편은 그녀의 두 번째 작품인 〈어떤 미소〉의 모델로 등장할 뿐 그녀의 인생에서 흔적도 없이 사라진다.

첫 결혼이 불과 2년 만에 끝난 뒤부터 사강의 남성 편력은 더욱 심해졌다. 또한 그녀는 인생을 재미있게 살려고 노력했다. 다시 예전처럼 주위에 많은 친구들이 몰려들었고, 그녀는 매일 밤 술 마시고 춤추고 노래하며 인생을 즐겼다.

이혼 후 2년 만에 사강은 두 번째 결혼을 하게 된다. 상대는 로버트 웨스토프라는 패션 디자이너 출신의 젊고 잘생긴 미국인 조각가였다. 둘 사이에는 곧 아이가 태어났지만, 이 결혼도 오래가지는 않았다. 로버트는 그녀의 자유분방한 기질과 방종한 생활을 못마땅하게 여겼다. 또한 사강의 명예와 호사스런 생활에 질투가 심했으며,

그녀의 행동이나 인간 관계를 점점 구속하였다. 사사건건 그녀의 사생활에 브레이크를 걸었으며 그 때마다 사강은 물러서지 않고 대들었다.

아들 도니가 태어난 얼마 후, 두 사람은 기어이 별거에 들어갔다. 이번에도 두 사람의 사랑은 그녀의 소설〈멋진 구름〉속에 묘사되어 있을 뿐이다.

"어째서 나를 사랑했지?"

"난 당신이 태평스러운 미국인이라고 생각한 거예요. 그리고 미남이어서."

"그런데 지금은?"

"태평스럽지 않은 미국인이라고 생각해요. 그리고 변함없이 미남이고요."

이혼한 후 두 사람은 어찌 된 일인지 다시 동거를 시작했는데, 이 동거 생활은 뜻밖에 7년간이나 지속되었다. 사강에게는 언제든지 마음만 먹으면 자유롭게 헤어질 수 있는 동거 형태의 생활이 더 잘 맞았는지도 모른다.

꿈꾸는 것은 모두 내 손에 

여전히 사강의 책은 잘 팔렸다. 뛰어난 사랑의 묘사와 분석, 그리고 감수성으로 그녀의 인기는 여전했다. 계속해서 엄청난 인세가 들어왔다. 그러나 그 돈은 쉽게 사라졌다.

사강은 돈을 모으거나 계획을 세우거나, 혹은 안정을 찾거나 검소하게 사는 삶의 형태를 싫어했다. 무계획이 계획이었고 하루하루 재미있게 즐기며 살아가는 것을 좋아했다.

그녀는 보통 사람들이 꿈꾸는 모든 것을 손에 넣었다. 그녀는 좋아하는 것만 사랑했다. 그녀가 좋아하는 것은 독서, 위스키, 재즈, 모차르트였는데, 여기에 하나를 더 추가한다면 그것은 바로 도박이었다.

두 번째 남편과의 동거를 끝내고 각각 남남이 될 무렵, 사강은 몹시 지쳐 있었다. 괴팍한 그 성격이 어디서나 거침없이 드러났다. 결국 그 성격은 노이로제로 발전하여 매일 밤 안정제를 먹어야만 겨우 잠을 잘 지경이 되었다. 마침내 그녀는 정신병원 신세를 지게 된다.

한편, 그녀는 옛날에 비해 위스키의 양도 더 늘었고, 도박에 손을 대면서부터는 돈이 남아돌지 않았다. 자신이 살고 있는 집을 담보로 도박판에 끼어들었고, 출판사에서 받은 인세를 하룻밤 사이에 몽땅 날린 적도 있었다.

결국 그녀는 프랑스에서는 도박장에 출입할 수 없다는 선고까지 받게 된다. 그러자 그녀는 런던으로까지 원정을 간다. 가까운 친구들도 사강의 행동을 이해할 수 없어 모두들 포기하고 만다. 그녀는 도박에 대해 나름대로 변명을 늘어놓았다.

"내게 있어 도박은 일종의 정신적인 정열이었지요. 그리고 돈이라는 것은 본래의 장소로 되돌아가기 마련입니다."

도박이라는 것은 아마도 그녀에게 있어서 젊은 시절의 나이트클럽이나 한때의 사치 같은 것으로 간주되었던 모양이다. 결국 이런 것들은 모두 사강 자신의 본능적인 고독을 잊기 위한 몸부림의 일종이 아니었을까?

도박 때문에 한때 산더미 같은 빚을 진 사강은 결국 파산을 하고 만다. 그런데도 사강은 이렇게 태연히 중얼거렸다.

"현재는 아무것도 남은 것이 없어요. 지금 소니 비디오 카세트가 탐나지만 그걸 살 만한 돈도 없지요."

가장 뛰어난 천재 작가로 불리던 사강의 말년은 이렇게 끝나가고 있었다. 나이보다 더 늙어 보이는, 병색이 완연한 모습으로……

보다 못한 아들 도니가 처음으로 어머니의 행동에 대해 신랄하게 비판하였다. 사강은 처음이자 마지막으로 아들에게 비판을 당하자 정신을 차리게 된다. 훗날 사강은 잘못된 생활에서 정상적인 삶을 살 수 있도록 자신을 구해 준 사람은 아들 도니였다고 술회했다.

"아들 도니가 있음으로 해서 나는 처음으로 나를 비판할 권리가 있는 사람이 가장 가까이에 있음을 알게 되었어요. 아들의 싸늘한 시선을 받으면서 나는 이제 죽음의 자유마저 잃었다는 느낌이 들었습니다."

사강은 말했다. "나는 사람들이 꿈꾸는 것을 모두 손에 넣었다."라고. 사실 사강은 꿈과 함께 사람들이 탐내지 않는 것, 그리고 원하지 않는 체험까지도 손에 넣었다. 중독이 될 정도의 알코올, 자동차 사고, 수면 부족, 도박, 파산, 고독, 그리고 소설을 낳는 고통까지……

"그러나 난 후회하지 않아요. 오랫동안 나는 인생을 즐기며 살아왔어요. 몇 년 동안 놀고 먹는다는 것은 멋진 일이지요."

애당초 그녀가 소설을 쓰게 된 것은 거짓말하기를 좋아했기 때문이다.

"거짓말을 만들어 내는 데 쾌감을 느끼기 때문에 나는 소설을 씁니다."

그러나 한편 이렇게도 말한다.

"내가 모르는 것은 쓰지 않습니다. 느끼지 않은 것도 쓰지 않습니다. 체험한 일이 없는 것을 쓴다는 것은 불가능한 일이지요."

그녀는 40대 후반부터 믿어지지 않을 정도로 빨리 늙어갔다. 옛날의 발랄함과 재기 넘치는 말솜씨도 사라졌다. 주름 잡힌 얼굴, 핏기 없는 입술, 슬픔이 서려 있는 커다란 눈…….

그녀의 작품 〈브람스를 좋아한대요〉에 이런 구절이 있다.

그 여자는 시간을 보내기 위해 거울 앞에 앉았다. 그러나 시간이야말로 그녀를 조금씩 좀먹어 옛날에는 사랑받던 용모를 거역하고 있다는 것을 깨달았다.

사랑을 좀먹어 들어간 것은 어떤 것일까? 그녀를 나이에 비해 놀랄 정도로 늙어 보이게 한 것은 무엇일까?

"나이를 먹는 것은 두렵지 않아요. 그러나 두려운 것은 외출을 하는 것이 결코 즐겁지 않다는 것과 그 어떤 것도 모험하고 싶지 않다는 점이죠."

그것은 더 이상 아무도 그녀에게 관심이 없다는 것을 의미하기도 한다. 그리하여 사랑은 쉰 살이 되기도 전에 완전히 할머니와 같은 얼굴이 되어 버렸다. 그 얼굴에 새겨진 주름살이나 생을 초월한 모습은 알코올, 사랑, 도박, 수면 부족, 그리고 신경 안정제가 가져다 준 것이다. 또 그녀는 사람들이 꿈꾸는 것을 모두 손에 넣었기 때문이기도 하다. 소녀 때부터 인간의 내면을 냉철하게 꿰뚫어 보는 그녀의 넘치는 정열과 냉철함이 그 원인이기도 하다. 그러므로 그녀의 얼굴은 지울래야 지울 수 없는 그녀의 훈장과 같은 것이다.

슬픔이여 잘 가거라.
슬픔이여, 안녕!
……
욕정을 돋우는 육체의 사랑.
사랑의 억셈.
몸이 없는 괴물처럼 유혹이 끓어오른다.
희망을 배신한 얼굴.
슬프면서도 아름다운 얼굴이여!

〈채털리 부인의 사랑〉영화의 한 장면.
남편의 젊은제지와 사랑에 빠져 가정을 버리고 도피생활을 전전하며 비난을 받았던 여인.
그녀의 사랑은 불후의 명작을 탄생시켰다.

프리다

성은 더럽고 추악하고 죄 많은 것으로 생각하던 구시대적 성 윤리에
성은 솔직하고 자연스러우며 조화로운 것이라고
과감하게 도전한 사람이 있다. 그는 육체의 교섭을 통해
사랑과 정열을 노래했으며 섹스로써 섹스를 초월한 세계를 예찬했다.
문제성 많은 작가 로렌스, 그의 소설은 모두가 실제 경험을
바탕으로 하고 있듯이 그의 유명한 소설 〈채털리 부인의 사랑〉 역시
실제로 그가 사랑한 유부녀와의 도피 행각을 그린 것이다.

프리다에 의해 다시 태어난 로렌스 

남자는 두 번 태어난다고들 한다. 한 번은 어머니에 의해서, 또 한 번은 사랑하는 여성에 의해 다시 태어나는 것이다. 로렌스는 프리다에 의해 다시 태어났다. 그와 동시에 로렌스의 성 문제를 다룬 문학 작품들이 태어나게 되었다.

오늘날에도 로렌스가 쓴 〈채털리 부인의 사랑〉만큼 성을 통해 인간의 진실을 알린 소설은 그리 많지 않다. 실제로 그의 소설은 민감한 성 문제를 다룬 작품으로 많이 읽히고 있다.

영화로도 유명한 〈채털리 부인의 사랑〉의 실제 주인공은 로렌스에게 대학에서 프랑스 어를 가르친 어네스트 위클리 교수의 아내 프리다였다. 네 살이나 연상인 그녀는 무명 작가 로렌스를 만나 서로 사랑을 나누며 인간의 진실을 느끼게 된다. 이미 그녀는 40년 연상의 남편과 세 자녀와 함께 격식과 품위를 유지하며 조용한 생활을 하고 있었다.

그 안정되고 조용한 가정에 로렌스의 등장은 그녀의 가슴을 두근거리게 했으며 가정을 버리고 도피 행각을 벌이는 계기가 된다. 사랑은 이처럼 모든 것을 버리고 하나만 생각하는 무서운 마력을 지닌 무기가 되기도 한다. 두 사람은 서로 못 보면 살 수 없을 정도로 사랑을 느끼며 성을 통해 진실에 접근하기 시작했다.

두 사람이 처음 만난 것은 로렌스가 스물일곱 살 되던 해였다. 로렌스는 초등학교 교편 생활을 그만두고 뭔가 다른 일자리를 찾아 헤매다가 문득 대학에서 프랑스 어를 가르치던 은사를 떠올렸다. 어느 봄날, 로렌스는 위클리 교수 댁을 찾아 나섰다. 혹시라도 강사 자리를 얻을 수 있을까 하는 막연한 기대를 갖고 있었던 것이다.

그는 여기서 자신의 작품에 향기를 불어 넣고 꽃을 피울 수 있는 한 여성을 운명적으로 만나게 된다.

잘 정돈된 저택은 남부러울 것 없이 안정되어 보였다. 정원에서는 아이들이 공놀이를 하며 뛰어놀고 있었다. 봄바람에 열린 창문 사이로 하얀 커튼이 나부꼈다. 그 한켠에 자신의 운명을 바꿔 줄 프리다 부인이 서 있었다. 그녀는 외유내강의 모성과 적극적인 외모를 지니고 있는 여자였다. 로렌스는 한눈에 그녀에게 반해 교수의 집에서 오랫동안 머물렀다.

밤늦게 교수의 집을 나온 로렌스는 황톳길을 터벅터벅 걸어서 집으로 향했다. 다섯 시간이나 걸리는 길을 그는 오직 프리다 부인만을 생각하며 피곤한 기색도 없이 걸었다.

그 순간부터 로렌스는 사랑의 열병에 시달린다. 매일 그녀의 얼굴과 미소를 떠올리며 시간을 보냈다.

그는 용기를 내어 해쓱해진 얼굴로 그녀를 만나기 위해 길을 떠났다. 마침 교수는 집에 없었고 그녀 혼자뿐이어서 많은 시간을 문학과 인생에 대해 이야기하며 산책을 했다. 그날 이후, 두 사람은 급격히 가까워졌다. 물론 그 때까지만 해도 서로 사랑한다고 말을 한

적은 없었지만, 눈빛을 통해 서로를 알 수가 있었다.

로렌스는 천군만마를 얻은 것처럼 기뻤다. 상대가 유부녀인 데다 고명한 교수의 부인이긴 하지만, 태어나서 처음으로 맘에 드는 이상형의 여자와 사랑을 하고 있다는 것 외에 다른 것은 더 이상 생각하지 않았다. 오로지 프리다만이 그의 가슴에 있을 뿐이었다.

두 사람은 자주 만났다. 물론 프리다의 저택이 있는 근처에서 때로는 산책을 하기도 하고, 아이들을 데리고 시냇물이 흐르는 곳으로 가서 함께 놀기도 했다.

로렌스는 프리다가 낳은 아이들을 무척 좋아했다. 그는 아이들과 함께 종이배를 만들어 시냇물에 띄워 보내기도 했다. 철모르는 아이들은 로렌스를 좋아해 그저 신나게 함께 뛰어놀았다. 아이들과 로렌스가 노는 모습을 물끄러미 지켜보면서 프리다는 점점 로렌스에게 빠져 들었다. 보잘것없는 가문에서 태어나 어렵게 대학을 나온 무명작가, 게다가 네 살 연하인 로렌스에게 말이다.

그녀의 고향으로 사랑의 도피를 

두 사람이 함께 사랑을 찾아 떠나기로 결정한 것은 어느 일요일이었다. 로렌스가 그녀의 저택을 방문했을 때 이미 교수는 먼 곳으로 여행을 떠나고 없었다. 로렌스와 프리다는 자연스럽게 그리고 더 친밀감을 보이며 시간을 보냈다.

시간이 지나 로렌스가 집으로 돌아갈 기미를 보이자 그녀가 붙잡

왔다.

"오늘은 자고 가요."

그토록 기다리던 말을 듣고도 원래 천성이 착하고 사려가 깊은 로렌스는 고개를 저었다.

"선생님이 안 계시는데 절대로 그럴 수는 없습니다. 그보다 먼저 우리가 사랑을 나누기 전에 선생님께 우리 둘의 진실을 알려야 할 것 같습니다."

그날 밤, 로렌스는 아쉬움을 남긴 채 발길을 돌려 집으로 돌아왔다. 어느새 두 사람이 만난 지도 한 달이 지나고 있었다.

"저는 모든 걸 다 포기하고 당신과 함께 사랑을 쫓아 떠나기로 결심했습니다. 우리 사랑을 나눌 수 있도록 제 고향으로 떠나요."

대학 교수의 아내이며 세 명의 자녀를 둔 가정주부의 이 말은 그 당시로선 도저히 용납할 수 없는 충격적인 발언이었다.

두 사람은 마침내 사랑의 도피를 위해 과감하게 모든 것을 떨쳐 버리고 정든 곳을 떠나기로 한다. 마침 프리다의 아버지가 독일 국적의 남작이어서 도버 해협을 건너기로 하였다.

1919년 5월 4일, 그녀는 나이 어린 아이들과 남편 위클리를 뒤로 한 채 도버 해협을 건너 정부인 로렌스와 함께 메츠메로 떠난다.

남편 위클리는 신사적인 사내였다. 아내 프리다가 젊은 남자 로렌스를 통해 그 동안 몰랐던 새로운 세계를 체험한 것은 아이와 가정과 남편을 버릴 만큼 소중해 떠난 것이라고 생각했다.

프리다는 다른 어느 누구보다도 정열적인 여자였다. 성을 꾹꾹 참으며 방사할 때까지 기다리는 암표범의 모습이었다. 그런 그녀가

40년 연상의 남편을 만나 잠자는 숲속의 미녀였다가 이제야 비로소 잠이 깬 것이다. 한번 잠에서 깬 이상 그녀는 원래의 모습인 암표범으로 계속 남길 원했다.

"나는 지금껏 내가 누구인지 모른 채 살아왔어요. 나는 비로소 나의 진실을 찾게 되었어요."

프리다는 로렌스와 사랑의 도피를 하면서 남편과의 12년 7개월 간의 결혼 생활을 뒤돌아보지도 않았다. 이미 자신의 과거는 없는 사람처럼, 오직 두 사람의 미래만을 생각하며 떠났다. 이 사건은 당시 사회에 커다란 충격을 주었다. 두 사람은 모든 것을 버리는 대신 사랑의 승리를 택한 것이다.

프리다는 모든 것을 버릴 정도로 사랑에 목말라 있었으며 한번 찾은 생명의 샘을 놓치고 싶지 않았던 것이다.

프리다는 아버지의 집에 도착해 가족들이 눈치채지 못하게 로렌스와 밀회를 나눈다. 그러나 그것도 성에 차지 않자 다른 곳으로의 도피를 생각한다.

채털리 부인의 탄생 

그러던 어느 날, 로렌스가 영국 간첩으로 오인되어 체포되는 사건이 발생했다. 결국 프리다는 자신의 정부인 로렌스의 정체를 아버지에게 밝힐 수밖에 없었다.

아버지는 딸 프리다의 청을 거절하지 못했다. 일단 불장난 같은

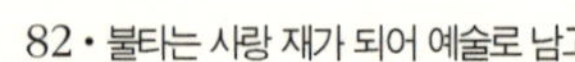

사랑놀이를 중단시키기 위해서라도 로렌스를 감옥에서 빼내야만
했다.

"이 사람은 내가 잘 아는 사람이오. 영국 장교도 아니고, 간첩도
아니란 걸 내가 증명하오."

"남작께서 증인이 되어 주신다면 얼마든지 석방시켜 드리겠습니
다."

남작의 도움으로 석방된 로렌스는 그날로 프리다의 아버지 앞으
로 끌려갔다.

"이 사람아, 젊은 사람이 뭐가 부족해 이런 짓을 저지르고 다니는
가? 그리고 너는 남편이 있는 주부이고 아이가 셋이나 딸린 어미
인데, 어째서 이런 어린아이 같은 행동을 하는 거냐? 어서 가정으
로 돌아가!"

그녀의 아버지는 호되게 두 사람을 질책했다. 때로는 조용히 타
일러 보기도 하였다.

"아버지, 우리 두 사람은 서로 사랑하고 있어요. 결혼할 거예요."

프리다는 애원하며 매달렸다. 하지만 아버지는 도저히 이 결혼만
큼은 들어 줄 수 없었다.

"제발 정신 좀 차려라!"

아버지는 그녀에게 더 많은 질책을 가했다. 그녀는 잠시 두고 온
아이들과 남편을 생각하였다. 그러나 잃은 것이 너무 많은 지금 다
시 영국으로 돌아간들 나아질 것은 아무것도 없었다. 아버지가 로
렌스와의 결혼을 허락하지 않을 것이라고 생각한 그녀는 다시 2차
도피행을 결심한다.

1919년 5월 25일, 두 사람은 독일 뮌헨에서 합류했다. 일단 이 곳에서 만난 후 다음 목적지를 향해 가기로 약속한 상태였다. 너무 행복한 모습의 두 남녀는 아침 햇살을 받으며 살포시 눈을 떴다. 창문을 열자 파란 하늘에 구름이 높게 떠 있었다. 상쾌한 바람이 두 사람의 살갗을 건드리며 지나갔다.

"너무 기쁜 아침이야. 오랜만에 마음놓고 함께 지낼 수 있어서 좋아."

"오늘 아침은 우리 생에 있어서 최고의 날이 될 거예요."

두 사람은 첫사랑을 하는 사람처럼 기쁜 모습으로 오랫동안 창문을 통해 들어오는 바람을 쐬었다. 두 사람은 힘껏 포옹을 하고 입맞춤을 하면서 지난 밤의 격정을 떠올리며 행복해했다.

8월 5일, 꿈만 같은 3개월 가량의 생활을 그 곳에서 보낸 두 사람은 영원히 안착할 장소를 찾아 이탈리아로 떠난다. 그들은 간단한 옷 들고서 알프스를 넘기로 했다. 그들은 눈 덮인 알프스 산정을 보며 6주간의 도보 여행으로 알프스를 넘었다. 이 험난한 여정을 보내면서 두 사람의 사이는 그 어느 때보다도 사랑으로 넘쳐흘렀다.

두 사람은 무사히 목적지에 도착하였다. 1920년 7월 13일, 두 사람은 정식으로 결혼식을 올리게 된다. 비로소 그토록 원하던 부부가 된 것이다.

그러나 두 사람은 한 곳에 오래 머물지 못했다. 여러 곳을 전전하며 결혼 생활을 하는 동안, 로렌스의 건강은 나빠지고 있었다.

1929년 4월, 그녀는 그토록 사랑했던 로렌스를 홀로 병원에 두고 런던으로 돌아간다.

1927년부터 폐병을 앓아 온 로렌스는 그녀가 떠난 지 꼭 3년이
되는 1932년 2월에 병이 악화되어 요양소로 들어간다. 그리고 3월
2일 오후 10시에 숨을 거둔다. 그의 마지막 소설 〈채털리 부인의 사
랑〉을 남겨 놓은 채.

성 해방의 윤리적 가치와 진실을 포함한 대작 〈채털리 부인의 사
랑〉은 이렇게 해서 태어났다. 작가가 온몸을 다해 마지막 정열을 불
사르고 세상에 선을 보인 것이다. 스승의 아내를 가로채 달아난 남자
로 손가락질을 받으며 끝없는 사랑의 도피행으로 일생을 마친 로렌
스. 그가 숨을 거둘 때, 그토록 사랑했던 프리다는 그의 곁에 없었다.

병든 로렌스를 두고 영국으로 돌아간 프리다는 로렌스가 죽은 그
다음해에 다른 남자와 동거 생활에 들어갔으며, 그 후 정식으로 결
혼했다.

병든 로렌스에게서 그녀는 더 이상 자신이 추구하는 성적 만족을
채울 수 없었다. 그래서 그녀는 또 다른 성을 찾아 숱한 고생괴 사
랑의 흔적을 뒤로 하고 영국으로 떠났던 것이다.

어쨌든 프리다에 의해 '로렌스' 라는 작가가 탄생되었으며, 성의
보고서라고 불릴 정도로 유명한 '채털리 부인' 이 탄생되었다.

마성의 육체 뒤에 남은 슬픔

'전갈' 이라 불린 전설적인 배우 **마리네 디트리히**

유럽 최고의 섹스 심벌 **브리지트 바르도**

사랑과 정열의 화신 **카트리느 드뇌브**

세계 최고의 부나비 **엘리자베스 테일러**

자존심 강한 세기의 스타 **비비안 리**

눈부신 마성의 육체파 **마릴린 먼로**

눈이 부시도록 아름다운 각선미를 지닌 마성의 육체를 가졌다는 찬사를 받았던 마리네 디트리히.
그녀는 뭇 남성들의 가슴에 깊이 각인된 사랑의 마술사다.

마리네 디트리히

아름답게 늙은 여인은 있다.
그러나 젊었을 때의 미모를 그대로 유지하는 여인은 많지 않다.
여기 이 여인, 마리네 디트리히는 어떤가. 보기 드물게 아름다운 각선미와
가는 눈썹, 음영이 깊은 냉냉한 얼굴은 세월이 흘러도
변함없이 시대의 선망을 한몸에 받아 왔다.
그래서 그녀의 당당한 모습은 늘 남성들의 시선을 끌었다.

세계적인 각선미 

세계에서 가장 비싼 다리를 지닌 마리네 디트리히.

최고의 각선미를 자랑하는 그녀의 다리는 그에 걸맞게 당시 무려 200만 달러나 되는 보험에 들어 화제를 불러일으켰다.

그녀의 아름다운 각선미를 유감없이 보여 준 영화는 놀랍게도 그녀가 일흔일곱 살에 찍은 영화 〈저스트 어 지골로〉다. 인생의 황혼기에 영화 출연한 것도 대단한데, 스크린에 등장한 그녀의 자태는 쉰 살도 채 안 돼 보여 모두들 감탄해 혀를 내두를 정도였다.

검은 멋쟁이 드레스에 살짝살짝 가려진 아름다운 다리는 그녀의 보물답게 완벽하고 건재했다.

"어떻게 저럴 수가!"

"저건 요물이야."

"마네킹 아닐까?"

사람들은 모두 탄성을 자아냈다. 그녀의 다리는 200만 달러짜리 다리답게 아직도 젊음을 그대로 유지하며 신선한 충격을 던져 주었다.

그녀가 이처럼 완벽한 젊음을 유지할 수 있었던 것은 여배우라는 직업을 가졌을 때부터 남보다 엄격하고 철저하게 자기 관리를 했기 때문이다. 그녀는 보조개가 들어가면 섹시하다는 생각에 어금

니를 뺐고, 눈썹을 뽑아내고서 아이펜슬로 얇게 새로 눈썹을 그릴 정도로 미에 관심이 많았던 배우다.

"어차피 배우의 길을 걷는 이상 다른 사람들에게 내 아름다움을 보여 주는 것은 가장 기본적인 의무지요."

배우라는 직업을 택한 이상 살아 있는 동안 아름답고 싶다는 것이 그녀의 바람이었다. 그녀는 그 약속을 지키기 위해 자신을 그 누구보다도 철저하게 관리해 왔던 것이다.

마리네 디트리히는 인생을 살아가는 데 있어서도 엄격하고 철저했다. 그녀는 늘 긴장감 속에서 살았다. 그래서 그녀를 두고 많은 식자들은 아름다움을 간직한 여장부라고 불렀다.

디트리히는 자신의 사상에 맞는 어네스트 헤밍웨이나 레마르크 같은 예술가들과 교제하였다. 그녀는 그런 지적인 남자들을 골라 사랑했으며, 그녀 또한 그런 남자들에게서 사랑을 받았다.

어네스트 헤밍웨이가 그녀와 처음 만난 것은 스페인 전선에서 미국으로 돌아오는 여객선에서다. 1930년대 중반, 호화 여객선 '일과 사랑' 에 우연히 함께 탄 것이 계기가 되어 그들의 운명적인 만남이 시작되었다.

여객선 레스토랑에서 13번 자리를 배정 받은 그녀는 기분이 매우 언짢았다. 그 때 헤밍웨이는 키가 크고 눈썹이 진한 이 미녀에게 관심을 보이며 자신이 배정 받은 자리를 양보하였다.

그 일을 계기로 두 사람은 장시간 여객선을 타고 오는 동안 문학과 사상 그리고 세상의 일상사에 대해 대화를 나누었다. 그 이후 미국에 도착해서도 두 사람의 만남은 지속적으로 이루어졌다.

두 사람 사이가 연인 관계로 발전했다고 말하는 사람도 있었지만, 어쨌든 세계적인 대문호와 대스타의 평범하지 않은 관계는 줄곧 '우정'으로만 알려져 왔다.

한편, 미국에 있는 그녀의 집에서 함께 사는 행운을 가진 사람이 있었으니 그는 다름 아닌 〈개선문〉의 작가 레마르크다.

"레마르크는 좋은 사람입니다. 내가 없으면 그는 곤란한 사람이지요."

당시 레마르크는 디트리히와 같이 나치스가 싫어 독일을 떠나 미국으로 건너와 그녀의 집에 오랫동안 머물게 되었다. 그의 작품 〈개선문〉에는 디트리히와 똑같은 주인공이 그려져 있다. 콧대가 높고 눈과 눈 사이가 넓은 창백한 얼굴의 가수 '죠안'이 디트리히 그 자체였고, 감성이 풍부하고 나치 독일을 미워하는 사교계의 꽃으로 등장하는 '남 케이트'가 디트리히의 또 다른 일면이었다.

프랑스의 배우 장 가방도 그녀와 친한 남자 중의 한 사람이다. 그러나 그는 다른 남자들에 비해 유달랐다. 두 명의 대작가 외에도 장 콕토, 루키노 비스콘티 등 마리네 디트리히가 어떤 방식으로든 친했던 남자들은 전부 지적인 예술가들이었다. 그런데 장 가방은 책 읽기를 싫어하는 것은 물론 극장이나 오페라홀에서는 잠을 잤으며, 멋진 매너도 없었고 지적인 대화도 하지 못했다. 그는 노르망디의 자연을 사랑한, 마음씨 좋은 그저 털털한 연예인일 뿐이었다. 어쩌면 그래서 그녀의 마음을 잠시나마 편안하게 해 주었는지도 모른다.

아름다운 배우이자 가수, 그리고 투사 

디트리히의 이름이나 얼굴, 또 그녀의 유명한 노래 〈릴리말렌〉을 통한 그 독특한 목소리는 잘 알고 있지만, 영화를 통해 그녀의 얼굴을 본 사람은 드물 것이다.

그녀는 〈모로코〉에서 게리쿠퍼와 같이 공연한 적이 있다. 그녀는 이 작품에서 세상의 쓴맛 단맛을 다 보고 흘러흘러 모로코의 허름한 술집에서 가수가 되는 영화 속의 '아리로리'로 분하여 퇴폐적이고 아름다우면서도 선정적인 모습으로 등장한다. 그리고 역시 그 잘 빠진 다리를 거침없이 드러낸다.

스토리 자체는 서로 내일도 없는 사랑에 불타는, 과거 있는 남녀의 멜로드라마일 뿐이다. 하지만 광활한 사막이라든가 모로코의 술집, 대자연의 풍경이나 외인 부대, 몰락한 여가수 등등은 그야말로 독특한 분위기를 띠고 있다. 특히 사막 저편으로 죽을 각오로 떠나는 게리쿠퍼를 쫓아서 모래에 발을 빠뜨려 가며 달려가고 매달리는 라스트신은 보는 이로 하여금 오랜 감동을 주었다. 디트리히가 하이힐을 벗어 버리고 비틀거리며 가는 장면에서 관객들은 자신의 발바닥이 뜨거운 모래에 닿은 것 같은 감동을 받았다고 한다.

디트리히는 1901년, 베를린에서 태어나 1924년, 영화 관계자인 루돌프 자퍼와 결혼하였다. 딸 마리아를 낳은 후, 1930년 미국으로 혼자 건너가 〈모로코〉, 〈간첩X27〉 등의 영화에 출연하여 세계적인 스타가 된다.

디트리히가 영화의 제1선을 떠났을 때는 이미 나이 오십이 지나고 있었다. 남편도 있고 딸도 성장하여 결혼했으며 저축한 돈도 있어 비교적 안정된 가정을 꾸리고 있어서 은퇴해도 좋을 듯했지만 그녀는 은퇴 대신 가수의 길을 선택한다. 그리고 노래하며 세계 여러 나라를 순례했다.

과거 나치스를 싫어해 버려야 했던 그 모국에서 다시 노래할 무렵, 그녀의 나이는 이미 일흔의 자리에 있었다. 물론 가수 선언 이전에도 그녀는 오래 전부터 노래를 하고 있었다. 활발한 배우 시절에, 그것도 전장의 최전선을 누비면서 말이다. 그만큼 그녀는 열정을 가진 여자였다.

그녀에겐 돈과 명예와 가정이 모두 갖춰져 있었다. 그래서 그녀는 세계 어느 곳에서든지 풍족한 삶을 누릴 수 있었다. 그러나 그녀는 굳이 가수의 길을 택했다.

무엇보다도 그녀를 높이 사는 이유는 투사의 얼굴을 대중에게 보여 주었다는 점 때문이다. 그녀는 조국이 나치 독일 정권일 때 히틀러의 정책을 실랄하게 비판했다. 히틀러와 그 측근들을 혐오한 나머지 국적까지 버린 여자다. 그녀가 미국인이 되어 할리우드에서 얌전히 영화만 찍었다면 나치 독일도 그녀를 용서할 수 있었을지 모른다. 그러나 그녀는 얌전히 있지 못했다. 끓어오르는 분노와 뜨거운 피를 그대로 잠재울 수가 없었다. 수없이 많은 인터뷰와 신문 지면을 통해 독일군과 히틀러를 비난했다. 그녀는 유태인들이 아무런 죄도 없이 끌려가 상상할 수도 없는 끔찍한 일을 당할 때 독일 국민은 왜 침묵하고 있었느냐며 불만을 토로하였다. 이렇게 그녀는 독일 국민들에게까지 비판을 가했다. 그리고 그녀는 자원하여 미군에 3년간 종군하였다. 그것도 알제리, 이탈리아, 벨기에, 프랑스 등 위험한 전장과 전선에서 〈릴리말렌〉을 부르며 다녔다. 전장을 누비던 군인들은 세계적인 대스타의 노래와 용모에 반해 잠시나마 휴식을 취하곤 했다. 그녀는 투쟁하는 가수였다.

한때는 공연을 하거나 여행할 때 36개의 트렁크에 50개의 짐을 지니고 다니던 대스타였지만, 종군 당시 그녀가 갖고 다닌 소지품은 고작 신발 하나뿐이었다. 그녀는 그렇게 전장을 누비며 노래로 그녀의 조국 독일과 싸웠다.

그녀는 기자 회견에서 이렇게 말했다.

"독일을 용서한다? 그것은 독일에 의해 고통 받았던 이들의 특권이에요. 내가 말하고 싶은 것은 히틀러는 침묵 속에 잠들고 있지만 히틀러의 영혼은 아직도 독일과 독일인에게 남아 있다는 것입니다."

역사 이래 이처럼 용기 있는 발언을 한 독일인이 또 있을까?

나치스를 신봉하고 세계 전쟁의 정낭성을 주장하는 독일인들 사이에서 아직도 그녀는 전갈 같은 여자로 매도되고 있다.

건강한 미인, 큰인물

그녀의 노래 중에 〈나는 아직 베를린에 슈츠케이스를 두고 있습니다〉라는 노스탤지어풍 곡이 있다.

아름다운 병사 디트리히, 용기 있는 여성 디트리히. 그녀의 삶은 전쟁과 같은 것이었다. 특히 조국을 적으로 삼았다는 의미에서 인생 자체가 그녀에게 전쟁이었다. 그래서 그녀는 고독했다.

한편 디트리히가 히틀러와 나치스를 비난할 당시 그녀의 어머니와 여동생은 독일에 남아 있었다. 매국노라고 불리는 딸을 두고 어머니는 얼마나 안타까운 생각을 했을까? 그녀는 어머니와 그의 여동생이 당할 고통을 생각하며 또 얼마나 마음이 아팠을까?

마리네 디트리히는 누구보다도 사랑하는 딸과 그리고 서로 인정하고 서로 존경하는 좋은 남편과도 떨어져 살았다.

그러던 1976년 여름, 그녀의 좋은 동반자였던 남편 루돌프 자퍼가 사망한다. 2년 뒤, 그녀는 슬픔을 딛고 〈저스트 어 지골로〉에 출연한다. 그 이후 그녀는 파리의 아파트에서 조용히 생활하면서 노년을 보냈다. 그녀에게 부여된 마리네 디트리히의 전설을 안고서……

디트리히를 두고 사람들은 가장 현명하고 멋진 여성이라고 말한다. 마릴린 먼로나 엘리자베스 테일러를 두고 그렇게 부르지는 않는다. 그만큼 그녀는 여느 여배우가 따라오지 못할 기품과 위엄이 있었고, 세상을 바라보는 가치관이 건강했다. 그녀는 건강한 미인이었고, 큰 인물이었다.

그녀가 멋있다는 것은 헤밍웨이나 레마르크와 같은 남자들한테 사랑받은 여자였기 때문이 아니다. 헤밍웨이나 레마르크와 같은 남자들을 '골라서 사랑한 여자' 이기 때문이다. 그녀는 누구에게 사랑받기보다는 자신이 사랑의 대상을 골라 찾아다녔다. 지적이고 우정을 나눌 수 있는 점잖은 남자들을.

일생 동안 한 사람의 남편을 사랑하고 그와의 결혼을 지키며 살아온 여자, 극히 보통의 자애로운 어머니의 얼굴로 딸을 키우며 살아온 여인, 인간의 생명은 모두 평등하고 귀하다는 신념으로 조국을 버리면서까지 투쟁한 용기 있는 여자, 바로 그녀가 마리네 디트리히이다.

유럽에서 가장 섹시한 배우라는 칭송을 들었던 브리지트 바르도.
톡톡 튀는 행동을 좋아하고 형식에 얽매이는 것을 싫어했던 자유를 사랑한 여인이었다.

브리지트 바르도

마성의 육체로 뭇 남성들을 매료시키고 가엾은 사랑의 편력을
되풀이했던 여자, BB라는 애칭으로 불리며 유럽의 섹스 심벌로서
사나이들을 유혹했던 그녀도 결국 흐르는 세월을 잡지 못했다.
뜨겁게 타오르던 그녀의 사랑의 불꽃도
이제는 덧없는 신화가 되어가고 있다.

프랑스 영화계의 부나비 

"세상의 아내들로부터 남편을 강탈한다."

프랑스 문단의 거성 마르그리트 뒤라스는 브리지트 바르도를 두고 이렇게 말했다. 브리지트 바르도의 남성 편력은 죽기 전까지는 아무도 예측할 수 없다고 시샘 많은 사람들은 모이면 입방아를 찧었다. 그 말에는 은근히 브리지트 바르도의 애정 행각을 질투하는 면도 있다.

맨발이 가장 잘 어울리는 여자 브리지트 바르도. 여자의 맨발은 무엇을 뜻할까? 왠지 여자의 맨발은 성욕을 느끼게 하는데, 가령 방금 목욕을 끝내고 나오는 여자의 모습을 볼 때 가장 먼저 눈길이 가는 곳이 바로 맨발이라는 것이다. 그녀는 성욕이 잔뜩 묻어 있는 맨발로 세상의 바람둥이 남자들을 톡톡 건드리고는 저만치 아무 일도 없었던 것처럼 훨훨 날아갔다가, 기억 속에서 잊혀질 즈음이면 어느새 다른 남자 품에 안겼다.

남자들이 모든 수단과 방법을 동원해 애인의 육체를 탐하고는 갈아치우듯 브리지트 바르도도 프랑스의 내로라하는 인기 스타들을 자기 것으로 만들고는 싫증이 나면 언제든지 쉽게 갈아치웠다.

요즘 세상이라면 여자가 애인을 쉽사리 차 버리는 게 무슨 큰 사건이겠는가! 하지만 1960년대 사정은 좀 달랐다. 대단한 용기가 있거나, 아니면 성격 결함이 있는 것으로 여길 정도로 사회의 반응은 그만큼 보수적이었다.

이런 시대에 한 남자에게 만족하지 못했던 브리지트 바르도는 늘 연하의 남자를 골라 애정 행각을 벌여 사람들의 곱지 않은 시선을 받았다. 이 남자 저 남자의 품을 골라 부나비처럼 날아다니는 그녀에 대해 일부 여성운동가들은 '브리지트 바르도는 성 해방의 선구자'라며 오히려 찬사를 보냈다. 하지만 대부분의 지적인 여성들은 '브리지트 바르도는 단순히 육체의 향연을 쫓는 타락한 여자일 뿐'이라면서 거칠게 비난을 퍼부었다.

세간의 내로라하는 사람들의 입에 오르내릴 정도가 된 브리지트 바르도의 애정 행각은 이미 한 사람의 스캔들이 아닌 프랑스 전체의 관심으로 발전하였다. 브리지트 바르도가 나타나면 언제 누구와 또 어떤 애정 행각을 벌일지 모두들 시선을 집중하였디.

새로운 스타의 탄생 

브리지트 바르도의 가정은 부유한 편이었다. 가정 교육은 엄격했지만, 언제나 공부를 싫어하여 중학교 졸업이 그녀의 최종 학력이다. 성격은 내성적인 편이어서 사람들 앞에 나설 때에는 수줍어했으며, 몸은 어릴 때부터 마른 편이었다.

많은 재산의 상속녀이기도 했던 그녀는 명 감독 로제 바딤이라는 한 남자를 만나면서부터 인생이 달라지기 시작했다. '여자는 남성에 의해 창조되는 것'이라고 주장한 보봐르의 말처럼 그녀의 인생은 바딤에 의해 새롭게 창조되기 시작했다.

로제 바딤은 이제 겨우 열여섯 살의 브리지트 바르도를 '여성'으로 만들어 그녀를 차지해 버렸다. 여섯 살 연하의 그녀를 바딤은 매우 귀여워했다. 그들이 사랑을 나누는 아파트엔 햇볕이 들지 않아 보잘것없었다. 또 침대도 중고였다. 그러나 바딤과 그녀는 아주 행복한 신혼 생활을 보냈다. 브리지트 바르도는 부모님의 결혼 반대에 자살 소동까지 벌여 가며 결혼을 성사시킨 여자다.

남편 로제 바딤은 〈아름다운 악녀〉라는 영화에 그녀를 주연으로 내세워 어느 날 갑자기 유명 인사로 만들어 버릴 정도로 변신의 천재였다. 또 그는 성적 매력이 넘치는 남자로 브리지트 바르도 말고도 카트리느 드뇌브, 제인 폰다 등 자신이 만들어 낸 유명 배우들과 동거하고 결혼하고 이혼하기를 거듭한 남자다.

브리지트 바르도가 로제 바딤의 눈에 띈 것은 잡지 표지를 통해서다. 어느 날, 로제 바딤이 잡지를 살펴보다가 뛰어난 배우가 될 자질이 엿보여 그녀를 점찍었다고 한다.

그는 브리지트의 블라우스와 속옷을 벗기고 맨살에 꼭 끼는 스웨터를 입게 했다. 집에 있을 때는 절대로 내의를 입지 말도록 아내인 브리지트에게 늘 충고하였다.

"브래지어나 팬티는 여자가 모르는 사이에 성적으로 둔감하게 만들지."

바딤은 늘 여자는 아름다워야 하고, 그 아름다움을 가꿀 줄 알아야 하며, 그 아름다움이 실생활에 배어 있어야 하고, 또 일과 자연스럽게 연결되어야 한다고 주장했다.

브리지트 바르도는 남편 바딤의 주문대로 머리를 금발로 물들였다. 금발은 남자들을 성적으로 흥분시킨다는 것이 남편의 생각이었다. 브리지트는 옷을 걸치지 않은 알몸에 금발을 휘날리며 집안을 걸어다니거나 때로는 동물처럼 뛰어다녔고, 식탁에 앉아 식사를 하거나 책을 읽었다. 잠을 잘 때도 물론 알몸이었다.

후에 영화 속에서 알몸의 브리지트가 나이에 맞지 않게 태연하게 연기할 수 있었던 것은 실생활의 연장에 지나지 않았기 때문이다.

블루진에 꼭 끼는 스웨터, 맨발 차림으로 산트로페를 걸어다니는 그녀의 모습은 사람들의 시선을 끌기에 충분했다. 브리지트 바르도 때문에 온 세상의 소녀들이 섹시하게 블루진을 입기 위해 알몸으로 옷을 입는 유행이 번져 나갔다. 바딤의 생각은 멋들어지게 맞아떨어졌다. 사람들은 브리지트 바르도를 보고 이렇게 말했다.

"마치 누드로 거리를 걷고 있는 듯한 여자다."

드디어 바딤과 브리지트 바르도가 원하던 대로 세상에서 가장 섹시한 여배우가 탄생한 것이다.

그러나 그들의 성공은 오래가지 못했다. 바딤은 그녀를 유명한 배우로 탄생시켰지만 여자로서, 아내로서 그녀를 대하지 않았던 것이다.

"처음엔 내가 바딤에 의해 유명한 배우가 되었다는 생각에 날아갈 것처럼 기분이 좋았어요. 하지만 저도 배우 이전에 여자란 걸 느끼는 데는 그리 오랜 시간이 걸리지 않았지요. 바딤은 분명 홀

류한 감독임에는 틀림없어요. 나의 외모를 바꾸고, 살아가는 방식을 바꿔 주고……. 하지만 날 아내로서 인정해 주지 않는 것 같았어요."

바딤은 여자를 보는 관점에 있어서 귀족의 취미와 악마적 냉담함을 동시에 지닌 남자였다. 바딤이 사랑하는 것은 렌즈를 통한 브리지트일 뿐이지 아내로서의 브리지트는 아니었던 것이다.

끝없는 애정 행각 

브리지트가 스스로 여자임을 느끼게 한 사건은 놀랍게도 〈아름다운 악녀〉의 상대역이었던 장 루이 트랑티냥과의 러브신이었다.

"카메라 앞에서 장과 뜨거운 포옹을 되풀이하는 동안 이상하게 가슴이 두근거림을 느꼈어요."

남편 바딤의 냉담함에 비하면 장은 남자로서 여자를 보살펴줄 줄 아는 따스함과 매너가 있는 매력적인 남자였다. 자신의 가슴 속에 있는 것은 절대로 그대로 가슴에 담아 두질 못하는 브리지트 바르도는 남편 바딤에게 고백하지 않을 수 없었다. 아니, 고백이라기보다는 일상적인 대화로 자신의 감정을 전달했다. 촬영이 끝나는 날 브리지트는 오랜 침묵 끝에 바딤을 바라보며 입을 열었다.

"저어 바딤, 날 좀 봐요."

바딤은 아무 일도 아니라는 듯 무표정한 얼굴로 하던 일을 잠시 중단하고는 그녀의 얼굴을 바라보았다.

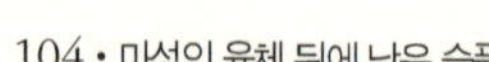

“바딤, 화내지 말고 내 말 잘 들어요.”

바딤은 순간 그녀가 무슨 말을 하려는지 알 것 같았다. 바딤은 고개를 끄덕이며 그녀와 눈을 마주쳤다.

“장을 사랑하고 있어요.”

바딤은 고개를 끄덕일 뿐 아무 말이 없었다. 남편에게 다른 남자를 사랑한다는 말을 하고 있는 브리지트의 모습이 천진난만한 소녀 같았다.

“언제부터지?”

그녀가 씨익 웃으며 남편 바딤의 얼굴을 매만졌다.

“영화를 찍을 때 장과의 뜨거운 포옹을 하면서부터 사랑을 느꼈어요.”

“그래? 잘 생각해봐. 장과 영화를 찍을 동안의 감정이 아닌지. 정말 자신이 장을 사랑하고 있는지 냉철해질 필요가 있어.”

역시 바딤은 사랑에 관한 한 냉정한 사람이었다. 혹시 바딤의 말이 맞을지도 모른다는 생각에 브리지트는 고개를 끄덕였다. 하지만 이 말을 꼭 하지 않으면 영영 후회할 것 같았다.

“바딤, 하지만 장과 헤어지고 싶지 않아요. 언제나 함께 있고 싶은걸요.”

바딤은 다소 당황한 듯 잠시 눈을 감고는 생각을 정리하는 것 같았다. 두 사람 사이에는 한동안 오랜 침묵이 흘렀다.

“그럼 언제 나갈 거야?”

“지금 당장.”

브리지트는 기다렸다는 듯 거침없이 당장 나가겠다며 남편에게

등을 돌리고는 집을 나와 영원히 돌아가지 않았다. 이것은 그녀의 성격을 잘 보여 준 이별 장면이다. 그리고 이것이 브리지트가 세상의 남자들을 자신의 입맛에 맞게 사냥하며 자유를 누리는 첫걸음이었다.

브리지트는 배우 트랑티냥과 열렬한 사랑에 빠졌다. 그러나 결국 결혼은 이루어지지 않았다. 트랑티냥의 부인이 절대로 남편과 이혼하지 않겠다며 완강하게 버텼기 때문이다. 이에 브리지트는 잠시 조용히 지내는가 싶더니 트랑티냥이 군대에 가자마자 무료한 생활을 달래기 위해 다른 사내에게 접근한다.

그는 두 살 연하인 스물두 살의 핸섬한 배우 쟈크 샤리다. 두 사람은 남프랑스의 태양 아래에서 사랑을 나누느라 모든 생활을 잊었다.

1959년, 브리지트는 쟈크와 재혼하여 가정 생활에 충실하며 그 이듬해에 아들 니콜라이를 낳았다. 하지만 쟈크는 대스타의 남편이라는 긴장 속에서 살다 보니 사사건건 그녀를 속박하게 되었다. 원래 섬세한 성격이었던 쟈크는 자신도 군복무로 아내 곁을 떠나게 되자 점점 아내의 생활을 일일이 체크하며 자유분방한 그녀를 집안에 가두려 했다. 브리지트는 남편의 극에 달한 간섭과 상상할 수 없는 망상 때문에 집에서 아이를 기르며 무료한 생활을 보냈다.

이 무렵, 그녀는 쿠르조 감독의 〈진실〉에 캐스팅되어 촬영에 들어갔다. 쿠르조는 처음부터 영화 촬영보다는 그녀에게 더 관심이 많았다. 영화는 뒷전으로 밀어 놓고 그녀에게 온갖 선물 공세를 하며 열을 올렸다. 그 바람에 쿠르조의 아내인 여배우 베라가 자살하는 사건이 일어나 그녀는 또 한 번 세상의 구설수에 오르게 된다.

결국 쿠르조와는 별 볼일 없이 헤어지고 〈진실〉에서 상대역을 맡았던 새미푸레이와의 사랑에 다시 열을 올린다. 이 소문은 프랑스 전역으로 퍼져 나갔다. 군복무중이던 쟈크는 이 소문을 듣고 자살 소동을 일으킨다. 다행히 병원으로 급히 옮겨 목숨은 건지지만 몸과 마음은 이미 죽은 사람이나 마찬가지인 폐인이 되어 버린다. 그런데 사태는 여기서 끝나지 않고 이번에는 그녀의 애인 새미푸레이가 자살을 기도한다. 그리고 곧이어 브리지트 자신이 자살을 기도한다. 다행히 목숨은 건졌지만, 당시 그녀와 그녀 주변에서 이어지는 자살 소동은 프랑스 최대의 스캔들이 되어 보도되었다.

그 이후에도 그녀는 사랑하고, 결혼하고, 이혼하는 패턴을 답습하며 문란한 사생활을 끈질기게 되풀이하였다. 그녀는 남자를 마음대로 골라 동거하다가 결혼하고 실증이 나면 순식간에 차버리는 데 익숙했다.

자신 있게 이 남자 저 남자를 품에 안고 자유롭게 사는 브리지트였지만 바딤의 그늘을 영원히 떠날 수는 없었다. 바딤은 나름대로의 철학을 갖고 그녀를 배우로 키워 주고 여자로 만들어 준 장본인이다. 그리고 그녀에게 있어서 남편 이전에 스승인 셈이었다. 그녀가 품에 안았던 다른 남자들에 비해 바딤은 헤어져 있지만 항상 우정과 존경의 마음이 남아 있는 존재였다. 그러나 브리지트는 우정과 존경만으로는 남자를 상대하고 싶지 않았다.

그녀의 최초의 남편 바딤은 그녀에 대해 이렇게 말했다.

"그녀만치 사치한 여자는 없습니다. 그녀를 손에 넣는 남자의 생활은 아마 지옥과 같을 거예요."

BB와 MM 

흔히들 브리지트 바르도를 BB, 마릴린 먼로를 MM이라고 부른다. 한 사람은 유럽의 섹스 심벌, 또 한 사람은 미국의 섹스 심벌이다. 두 사람 모두 마성적인 육체를 무기로 삼은 여배우라는 점에서 같은 점이 많았으나, 살아가는 모습은 판이하게 달랐다.

남성 편력의 수는 브리지트 바르도보다 마릴린 먼로가 더 많았고 깊은 상처를 받아 당하는 쪽도 언제나 마릴린 먼로였다. 물론 브리지트도 사랑 때문에 자살 소동을 벌였지만, 그것은 그녀의 성격에서 오는 히스테리 발작에 의한 소동이라고 보는 견해가 많다. 자살 소동을 벌일 때도 자신이 어디에서 발견될 것이라는 것을 이미 계산에 넣고 행동하는 영악함이 드러나 보인다. 그만큼 브리지트는 남자 사냥꾼이었지 사냥감은 아니었다. 브리지트 바르도는 자신은 상처받지 않고, 사냥감인 남자를 철두철미하게 상처를 입혀 놓고는 유유히 언제 그랬냐는 듯 떠나는 스타일이었다.

이러한 남성 편력과 성격을 잘 알면서도 남자들은 그녀와 연애를 못해 안달이 날 지경이었다. 남자들을 안달이 나도록 만드는 그 섹스 심벌, 바로 그녀의 매력이 여기에 있는 것이다. 그녀는 사랑의 상대를 2년에 한 번 꼴로 바꾸었고, 결혼은 길어야 7년을 넘기지 못했다.

열여섯 살 때 바딤과의 첫 결혼, 쟈크 샤리와의 두 번째, 그리고 억만장자 자쿠스와의 세 번째 결혼, 하지만 모두 파국을 맞는다.

자쿠스는 억만장자답게 수많은 아름다운 여자들을 찾아다니는 유럽 제일의 플레이보이였다. 마성의 여인 브리지트가 그 플레이보이 눈에 안 들어 올 리 없었다. 사실 그 난봉꾼도 브리지트의 사냥감이었다.

자쿠스는 돈을 물 쓰듯 하며 온갖 비싼 선물 공세를 편 끝에 브리지트를 자가용 비행기에 태우고는 라스베거스에 가서 화려한 결혼식을 올린다. 그녀가 결혼 선물로 받은 루비, 다이아몬드, 사파이어 등의 목걸이는 프랑스 3색기를 연상시키는 호화찬란한 예물이었다. 그러나 결혼 2년 만에 유럽 최고의 갑부 플레이보이 자쿠스도 어김없이 브리지트의 밥이 되어 다른 남자들과 같은 신세가 되고 만다.

브리지트도 이젠 성숙해져 배우로서나 여자로서나 정상의 자리에 올랐다. 정상에 오르면 누구든지 내리막길이 있기 마련이라고 사람들은 말한다. 흔히 나이가 들면 배우로서 또는 생활인으로서 만족하며 살아가는 게 보통인데, 브리지트만은 여전히 남자 사냥의 연속이었다.

1970년에 들어서자 브리지트는 동물 보호 운동에 적극적으로 나선다. 그녀는 '브리지트 바르도 기금' 을 설립하고 야생 동물 보호에 열을 올린다. 하지만 그녀의 타고난 마성은 결국 남자 사냥감을 찾아 방황할 수밖에 없는 운명이었는지도 모른다.

40의 나이에 〈파리는 변덕쟁이〉, 〈램의 대로〉, 〈돈판〉 등의 영화에 출연하는 한편, 파리 태생 체코슬로바키아의 조각가와 5년간 동거하기에 이른다. 그러다가 1982년, 최후의 애인인 텔레비전 프로듀서 알랑과의 연애로 그녀의 마성은 종착점을 찾은 듯하였다.

알랑과 만났을 때 그녀의 나이는 이미 48세였다.

"내 인생의 대부분은 육욕을 즐기는 데 소비했어요. 그러나 육체는 언젠가는 썩고 마는 거지요."

나이가 들어서인지 그녀는 자신이 살아온 인생을 생각하며 그녀답지 않은 말을 하여 사람들을 또 한 번 놀라게 하였다. 그러나 알랑과의 열애도 2년 만에 파탄으로 끝나고 만다. 49세의 생일을 맞은 날, 그녀는 치사량의 수면제를 먹고는 깊은 바다를 향해 몽롱한 상태에서 비틀거리며 나아갔다. 다행히 위험한 순간에 의사에 의해 발견되어 병원으로 보내져 목숨을 건졌다.

그 이후 그녀는 더 이상 스캔들을 일으키지 않고, 현재 자연 동물 보호 운동에 전심전력하며 조용한 생활을 보내고 있다.

어쩌면 그녀의 비극은 로제 바딤이라는 매력적인 마술사를 만났기 때문이 아니었을까? 우리 속담에 '첫 단추를 잘 끼워야 한다.' 는 말이 있듯이 말이다.

아무튼 세월은 속일 수가 없다. 어렸을 때부터 발레로 단련한 아름다운 육체는 수많은 남성들을 사로잡았지만, 결국 나이가 드니 유럽을 지배했던 섹스 심벌도 더 이상 남성들의 시선을 끌지 못했다.

어느 날, '성공의 비결이 무엇인가' 라는 영화계 기자들의 질문에 그녀는 이렇게 대답했다.

"싫어하는 것을 모두 하는 거죠."

그녀다운 대답이다. 그녀는 시대가 요구했던 형식을 거부하며 자유를 사랑한 여인이었다.

우수에 찬 커다란 눈을 가진 카트리느 드뇌브.
사랑을 갈구하면서도 언제나 얼음장처럼 차가운 정열의 화신이었다.

카트리느 드뇌브

차가운 미소, 그러나 가슴 속은 활활 타오르는 정열의 화신 카트리느 드뇌브.
각광받는 배우인 언니를 시기하며 자란 고독한 소녀.
그녀는 한 사나이를 만나 사랑하지만 곧 헤어져 미혼모가 된다.
그 이후, 그녀는 남자에 대한 정열을 불태우면서도
언제나 마음은 얼음처럼 차가운 푸른 불꽃이었다.

차가운 푸른 불꽃

오늘날에도 고전 명화로 꼽는 뮤지컬 〈쉘부르의 우산〉, 카트리느 드뇌브는 이 영화로 세계적인 스타 덤에 올랐다. 그녀의 천진하면서도 밝고 귀여운 얼굴은 오랫동안 그녀를 잊지 못하게 하는 매력이다. 그러던 그녀가 1966년에 찍은 〈낮얼굴〉에서 비도덕적인 퇴폐성을 보이자 비로소 사람들은 그녀에 대한 평가를 다시 하기 시작했다.

카트리느 드뇌브는 그 이미지에 걸맞게 숱한 염문을 뿌리며 세간의 바람둥이 남자들을 쉴새없이 바꾸는 정열의 화신이 되어 가고 있었다. 그녀를 아는 사람들은 그녀는 파고들면 파고들수록 깊은 수렁에 빠져 드는 것 같은, 베일에 쌓인 수수께끼 같은 인물이라고 말했다. 남성을 미치게 하고 파멸의 늪으로 빠져 들게 하는 마성의 여인을 손꼽는다면 단연 카트리느 드뇌브를 떠올린다. 그만큼 그녀는 섹스와 정열의 화신 그 자체였다.

키 168㎝에, 체중 50㎏, 남자의 마음을 완전히 사로잡을 듯한 커다란 눈, 신비로운 머릿결……. 과연 남자들은 그녀의 외모에 반해 열병을 앓은 것일까?

카트리느 드뇌브와 함께 많은 작품을 했던 미셸피 콜리는 그녀에 대해 단호하게 말했다.

"카트리느는 타오르는 불꽃입니다. 그러나 그 불꽃은 얼음처럼 차갑습니다. 그녀에게 한번 사로잡히면 모든 것이 활활 타 버리고 맙니다, 차갑게."

모든 남성들의 가슴을 새까맣게 태울 정도로 열정을 가슴에 담고 다니는 여자. 한 남자를 만나 사랑하고 헤어지는 동안 그녀는 그렇게 차가운 정열의 삶을 살아왔다.

브리지트 바르도의 첫 남편이기도 한 로제 바딤 감독과 열정에 빠져 임신을 했을 때, 그녀는 끝내 그와 결혼하지 않을 정도로 그렇게 차가운 여자였다.

애정 없는 동거 생활 

카트리느 드뇌브가 스타 제조기로 불리는 로제 바딤과 처음 만난 것은 당시 신인 배우였던 그녀의 언니 프랑소와즈를 만나러 촬영 장소에 갔을 때였다.

"저기 키 큰 사람이 바로 로제 바딤 감독이야. 너 인사할래?"

장래가 기대되던 프랑소와즈는 자신의 동생을 바람둥이 명감독에게 소개했다.

"동생 카트리느예요. 지금 막 영화를 시작했어요."

"오호, 영화 배우시군."

"그런 건 아니고, 단역 정도에 불과해요."

카트리느를 소개받은 바딤은 순간 내부에서 강한 정열이 꿈틀거리는 것을 느끼고는 흠칫 놀랐다. 바딤은 순진하고 발랄한 카트리느를 눈여겨 살펴보았다. 길들여지지 않은 야생마가 명 조련사의 손에 들어오는 순간이었다. 바딤이 카트리느의 몸매와 얼굴을 찬찬히 쳐다보는 동안 그녀는 알몸이 된 것 같아 숨이 막히는 듯했다.

"지금 머리색도 충분히 매력적이지만, 남자란 금발을 좋아하지."

"저한테 금발이 어울릴까요?"

"그럼, 너도 예쁘게 변신하고 싶지 않니?"

"저, 영화를 위해서 말예요?"

"…… 아니."

바딤은 조용히 말을 끊었다. 그리고는 그녀의 머리칼을 매만졌다. 바딤과 열일곱 살 풋처녀의 눈이 마주쳤다. 그녀는 바딤의 눈 속으로 빨려들어가는 것 같은 느낌을 받았다.

"날 위해서."

그녀는 더 이상 숨을 제대로 쉬기가 어려웠다. 온몸에서 피가 빠져 나가는 것처럼 정신이 몽롱했다. 그녀는 정신을 차리고는 숨을 가다듬었다.

"좋아요."

그녀의 대답은 짧았으나 단호했다. 바딤은 그녀를 가볍게 끌어안고는 머리를 매만져 주었다. 열일곱 살의 소녀 카트리느는 이미 바딤의 명성을 잘 알고 있었다. 브리지트 바르도를 일약 세계적인 스타의 자리에 올려놓은 그 감독이 아니던가! 그 위대한 명감독이 풋내기에 지나지 않는 자신에게 관심을 갖는다는 것은 보통의 행운이 아니라고 생각했다. 그녀는 제정신이 아니었다. 잘하면 언니 프랑소와즈보다 더 인기 있는 스타가 될지 모른다는 욕심이 순간적으로 스쳤다.

'이건 신이 나에게 준 행운이야.'

그녀는 바딤을 슬쩍 바라보았다. 바딤은 그녀에게서 눈을 떼지 못하고 있었다. 바딤은 두 차례의 이혼 경력이 있는 서른세 살의 잘나가는 감독이다.

두 사람은 서로를 충족시켜 줄 여건이 맞아떨어져 만난 지 5일 만에 정열의 나라 타히티로 여행을 떠났다. 그 때부터 두 사람은 동거하기 시작했다.

카트리느는 바딤이 시키는 대로 머리를 금발로 물들였다. 그리고 속옷을 입지 않았다. 바딤은 이미 여자가 무엇을 원하는지 잘 알고 있는 중년이다. 그녀는 여자가 원하는 것을 충분히 줄 수 있었기에, 열일곱 살의 카트리느는 열여섯이라는 나이 차를 무시하고 바딤에게 몸과 마음을 모두 바쳤다.

사실 카트리느는 보통 사람이 생각하는 그런 수줍음 많은 소녀가 아니었다. 시나리오 작가, 기업가, 프로듀서 등 어린 그녀가 사귄 남자들은 놀랍게도 아버지 나이의 중년이었다. 무대 배우였던 아버지의 사랑을 별로 받지 못하고 자란 그녀는 보상 심리로 나이 많은 남자들을 상대했다는 말도 있다. 어쨌든 그녀는 자신이 가고자 하는 길을 인도해 줄 버팀목이 필요했다. 그래서 그녀는 자신의 출세를 도와 줄 애정, 그리고 사회적인 지위가 있는 남자들을 상대로 사랑을 나누었다. 어릴 때부터 세상을 일찍 알고 남자를 알아 버린 그녀에게 있어서 바딤은 자신이 꿈꾸어 온 목적을 달성하기에 꼭 맞는 최고의 남자였다.

"카트리느, 이제부터 넌 내가 시키는 대로 해야만 돼."

"뭐든지 시키는 대로 할게요, 최고의 스타만 될 수 있다면."

바딤은 그녀와 동거를 시작하면서 〈악덕의 영예〉를 제작했다. 물론 그녀를 주인공으로 캐스팅한 영화였다. 하지만 영화는 큰 성공을 거두지 못했고, 이로 인해 두 사람 사이는 원만하지 않았다. 사랑으로 만난 사람들이 아니었기에 그들은 목표가 실패로 끝나자 쉽게 헤어질 생각을 했다.

카트리느는 더 이상 바딤과의 관계를 유지하고 싶은 생각이 없었다. 그러나 이미 카트리느는 바딤의 아이를 임신한 상태였다. 그녀는 고민 끝에 바딤에게 임신 사실을 털어놓았다.

"임신했다고?"

바딤은 조용히 카트리느를 바라보며 말을 이었다. 착잡한 심정이 얼굴에 나타났다.

"그래, 낳을 거야?"

카트리느는 한참 만에 고개를 가볍게 끄덕였다. 그러자 바딤은 잠시 깊은 생각에 잠겨 있다가 무겁게 말을 꺼냈다.

"그럼, 우리 결혼하지."

'결혼!' 동거 3년 만에 꺼낸 말이었다. 하지만 카트리느는 대답을 하지 않았다. 그녀는 이미 바딤과의 만남이 무의미하다고 생각했기 때문이다. 3년 동안 동거를 하면서 누구도 먼저 결혼하자는 말을 한 적이 없었다. 물론 두 사람 다 사랑보다는 자신들의 목적을 이루기 위한 수단으로서의 만남이 더 중요했기 때문이었다.

'결혼은 하지 않지만 아이는 낳는다.'

사람들은 그녀의 독한 마음에 머리를 절레절레 흔들었다.

카트리느는 바딤과 헤어진 후 파리의 한적한 병원에서 딸을 낳았다. 열아홉 살의 미혼모라는 사회의 비난을 받으며 카트리느가 바딤의 아이를 낳아 기르고 있는 동안 바딤은 〈윤무〉라는 영화 촬영에 한창이었다. 바딤은 영화에 출연중인 제인 폰다와 깊은 관계에 있었다. 카트리느는 이 소식에 남자에 대한 절망과 슬픔, 괴로움으로 제정신이 아니었다. 이러한 카트리느의 바딤에 대한 증오는 오히려 그녀에게 용기를 주었다.

"내가 어려움을 이기고 살아갈 수 있었던 것은 바딤에 대한 증오 때문이었어요."

훗날 카트리느는 어느 언론사와의 인터뷰에서 이렇게 밝혔다.

여자가 한을 품으면 오뉴월에도 서리가 내린다는 말처럼 그녀는 바딤에게 상처받은 뒤 재기하기 위해 어린 사생아를 안고 다니며 영화사를 기웃거렸다. 사람들은 그런 그녀를 향해 부도덕하다고 비난을 퍼부었다. 그런가 하면 어떤 사람들은 용기 있는 행동이라고 격려를 보내기도 하였다.

사실 카트리느가 바딤과 결혼은 하지 않으면서도 사생아를 낳아 혼자 기를 생각을 한 것은 어떤 신념이 있었기 때문이다. 하지만 그녀는 아직 어린 나이였다. 열아홉의 나이로, 그것도 미혼모 상태에서 자신이 추구하던 출세의 길을 가기엔 너무 힘들고 먼 길이었다. 사회와 영화계는 사생아를 낳은 그녀에게 더 냉대했다.

그러던 어느 날, 뜻하지 않은 행운이 그녀에게 찾아왔다. 그녀를 세계적인 스타 덤에 올린 영화 〈쉘부르의 우산〉의 출연 섭외였다.

"출연료는 5,000달러밖에 안 되는데……."

영화사 관계자는 다소 멋쩍은 듯 머리를 긁적거리며 카트리느에게 말했다.

"5,000달러라고요?"

카트리느는 다소 놀라는 표정으로 영화 감독을 쳐다보았다. 영화 감독은 고개를 끄덕였다. 잠시 침묵이 흘렀다. 카트리느는 사생아로 자라고 있는 어린 딸 크리스티를 떠올렸다. 여기서 물러선다면 자신은 영영 스크린에서 사라질지도 모른다는 생각이 들었다.

"좋아요."

카트리느는 바딤의 그늘에서 벗어나기 위해 〈쉘부르의 우산〉에 전력을 다해 매달렸다. 여기서 실패하면 끝이라는 생각으로 최선을 다했다.

이 영화는 1964년, 칸 영화제에서 그랑프리를 획득한다. 이때 카트리느의 나이 스물한 살이었다. 그녀는 어린 나이에 세계적인 스타가 된 것이다.

또다시 고독 속으로 

카트리느는 딸 크리스티를 볼 때마다 바딤이 생각났다. 하지만 그녀는 강인하게 딸을 키우며 영화에 몰두했다. 그러던 어느 날, 전

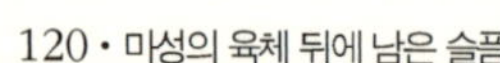

남편 로제 바딤은 미국 여배우와 라스베거스에서 결혼식을 올렸다. 이에 감정이 상한 카트리느는 사진 작가 베일리와 전격적으로 결혼을 한다. 홧김에 서방질한다는 속담처럼 그녀는 바딤에 대한 상처 때문에 베일리와 생각없이 결혼한 것이다. 사실 베일리는 카트리느의 몸매에 더 관심이 많았다. 베일리는 카트리느를 모델로 사진을 찍으면 돈을 많이 벌 수 있다는 생각에서 결혼한 것이었다.

카트리느는 점점 결혼 생활에 회의를 느끼기 시작한다. 그러다 보니 밖에서 생활하는 날이 더 많아졌다. 여러 가지 좋지 않은 소문이 들렸지만 베일리는 아무렇지도 않은 듯 그녀의 사생활에 대해 관심이 없었다. 결국 두 사람은 결혼 5년 만에 이혼하고 만다. 다행히 두 사람 사이에는 아이가 없었다.

혼자 살고 있는 그녀에게 바딤은 언제나 마음 한구석의 그늘로 자리하고 있었다. 바딤이 그녀에게 끼친 영향이 그만큼 컸던 것이다. 크리스티가 일곱 살이 되었을 때 카트리느는 런던의 폴란스키 감독 집에서 있었던 파티에서 한 남자를 소개받는다. 그는 〈해바라기〉의 스타 마르첼로 마스트로얀니이다.

"저 남자다. 나는 이제 혼자 살아야 할 이유가 없어. 저 남자와 살아야 해."

카트리느는 마르첼로 마스트로얀니를 보는 순간 그렇게 중얼거렸다. 그리고 둘이 만난 지 한 달 후, 마르첼로는 로마에 자신의 가족들을 남겨 두고 세느 강 가에 있는 카트리느의 집으로 아예 옮겨 온다. 두 사람만의 사랑이 카트리느의 호화 맨션에서 싹트고 있었다. 1970년, 카트리느는 스물여덟이었고, 마르첼로는 마흔여섯이었다. 그녀는 그 옛날 버릇처럼 아버지 또래의 나이 많은 사람들이 더 편했는지 모른다.

마르첼로와 카트리느는 〈슬픔이 끝나는 때〉와 〈썰물〉 등 몇 편의 영화에 함께 출연했다. 훗날 카트리느는 〈썰물〉은 자신이 연기한 영화 중 가장 아름다운 사랑 이야기였다고 고백했다.

지중해에서 촬영이 끝나고 카트리느는 마르첼로의 아기를 가졌다는 것을 알게 된다. 두 번째 아기를 가진 그녀는 마르첼로와 결혼하기를 원했다. 그러나 마르첼로에게는 20년간 함께 살아온 아내와 아이들이 있었다.

"미안해 카트리느, 우리 조국 이탈리아에선 이혼이 인정되지 않아."

그 당시만 해도 이탈리아에서는 이혼이 인정되지 않았다. 마르첼로는 이탈리아의 법을 들먹이며 변명했다. 사실 그는 가족을 버리면서까지 카트리느와 결혼할 생각은 없었던 것이다.

"그래요? 난 괜찮아요. 지금이 행복하면 그것으로 만족해요."

카트리느는 두 번째 사생아를 낳는다. 사실 그녀는 결혼에 집착을 하거나 사랑이 영원하다고 믿지는 않았다. 하루하루가 재미있고 행복하면 그것으로 만족이었다.

아이를 낳은 지 3년 후, 마르첼로는 결국 이탈리아에 있는 가족에게 돌아갔다. 카트리느는 또 혼자가 되었다. 밤마다 찾아오는 고독을 이겨 내기 위해 무진장 애를 써야 했다.

"고독이 밀려왔을 때, 슬픔이 엄습했을 때, 나는 내 자신을 고양이처럼 훈련시켰어요. 고양이는 어둠 속에서도 위험한 물건을 분

간하고, 지붕에서 떨어져도 상처를 입지 않고 사뿐히 땅에 내려
앉지요."

카트리느는 혼자 살면서 두 아이를 길렀다. 그리고 지나온 날들
을 생각해 보았다. 과연 자신에게 행복한 날들이 있었던가. 사랑했
던 사람과 함께 살았고 또 그의 아이도 낳았음에도 여전히 혼자인
자신의 인생에 대해 점검해 보기 시작한 것이다.

"그렇지, 난 내 아이들이 태어난 날이 가장 행복한 시간이었어.
이제부턴 사회적인 명성이나 성공보다 개인적인 사랑이나 행복
을 선택하고 싶어."

어느새 카트리느는 인생의 황혼기에 접어들었다. 그녀의 바람대
로 과연 개인적인 사랑과 행복이 찾아올까? 아무도 카트리느의 미
래에 대해선 장담하지 못한다.

영화 '인도 차이나' 에서 중년의 아름다운 원숙미를 발산했던 카
트리느. 그녀는 여전히 프랑스 정서에 가장 잘 어울리는 배우라는
평가를 받고 있다.

신이 그녀의 미모를 질투했다고 할 정도로 최고의 미녀로 손꼽히는 엘리자베스 테일러.
수 많은 남성들과 사랑을 나누고 결혼과 이혼을 반복했던 금세기 최고의 부나비였다.

엘리자베스 테일러

세계 최고의 요부, 고양이처럼 푸른 눈을 가진 이 여자 앞에선
아무도 도망칠 수가 없었다. 제임스 딘이나 몽고메리 크리프트,
혹은 리처드 버턴이라 할지라도 그녀 앞에선 모두 사랑의 포로가 되고 말았다.
너무 아름다워 신이 시기를 했다는 리즈 테일러.
여러 차례 결혼과 이혼을 반복하는 동안 더더욱 아름다워진 리즈는
사랑하는 사람과는 반드시 결혼을 하고야 마는 완벽한 여자였다.

완벽한 미모의 배우 

지금까지 엘리자베스 테일러만큼 많은 남자들로부터 사랑을 받은 여자는 없다. 이혼과 결혼의 횟수만 보더라도 쉽게 짐작할 수 있을 것이다.

그녀는 누군가를 사랑하면 반드시 그 남자를 독점했으며, 또 그 남자와 결혼이라는 통과 의례를 거쳐야만 만족을 하는 여자였다.

사랑하여 아이를 낳았지만 결코 결혼은 하지 않는 카트리느 드뇌브와는 또 다른 면을 가진 여자다.

엘리자베스와 공연을 하거나 함께 일한 남자들은 거의 모두 그녀의 매력에 빠져 들었다. 초승달처럼 가는 눈썹, 파란 눈동자를 가진 커다란 눈, 성적 매력이 넘치는 석고상 같은 완벽한 입술, 오똑한 코, 가는 허리, 미끈한 다리……. 그녀는 완벽한 미모를 지닌 배우다.

리즈와 촬영을 함께 한 남자들은 그 상대가 누구건 간에 모두 그녀로 인해 애를 태웠으며, 결국은 가정을 버리고 그녀와 결혼을 하는 파멸의 길을 걸었다. 이런 그녀의 습관적인 결혼과 이혼을 두고 세간의 많은 사람들은 창녀 기질이 있다느니, 태어난 운세가 요부의 기질을 갖고 있다느니 하며 비난의 화살을 퍼부었다.

과연 리즈 테일러의 매력은 어디에 있는 것일까?

결혼과 이혼, 이혼과 결혼 

리즈 테일러는 부모의 영향을 많이 받았다. 그녀의 어머니는 어릴 때부터 리즈의 재능과 아름다움을 알고는 대스타로 키우기 위해 할리우드 근처로 이사했다. 이미 그녀는 명견 래시를 등장시킨 어린이 영화 〈가로〉에 출연하여 대스타가 되기 위한 첫걸음을 내딛었다. 그 후 열세 살 때 〈녹색의 천사〉로 인기 스타가 된다.

그녀는 여느 세계적인 스타들과 마찬가지로 열일곱의 나이에 그 당시 호텔왕 아들 닉 힐튼과 첫 결혼을 한다. 그것은 대부호의 돈과 미모의 그녀가 만난 애정 없는 결혼 생활의 시작이었다.

두 사람은 4주간 일정으로 신혼 여행을 떠난다. 모든 사람들의 부러움과 축복을 한몸에 받고 떠난 초호화판 신혼 여행에서 두 사람은 심하게 다투게 된다.

"난 이 남자와 결혼 생활을 오래 하지 못할 거란 걸 벌써 느끼고 있었어요."

그녀는 결국 성격 차이라는 이유로 결혼 생활 6개월을 못 넘기고 이혼을 한다. 그 후 리즈의 불가사의한 결혼과 이혼은 습관처럼 반복되었다.

두 번째 결혼은 리즈보다 스무 살이나 연상인 영국 배우 마이클 와딩과였다. 그녀는 닉 힐튼처럼 자신의 성격을 감싸 주지 못하는 젊은 남자보다는 나이가 지긋하게 든 사람을 남편으로 택한 것이다. 하지만 마이클 와딩은 끝내 그녀의 그늘에 가려 빛을 보지 못했다. 아니 감히 리즈라는 대스타와 맞설 수 있는 스타는 아니었다.

결국 와딩은 그녀가 해외 촬영이나 지방 촬영을 떠날 때마다 옷이나 가방을 챙겨 주는 역할밖에 하지 못하는 신세가 되고 말았다.

그녀가 영화 촬영으로 바빠 열심히 생활하는 동안 와딩은 별로 할 일 없이 빈둥빈둥 무위도식하며 세월을 보냈다. 결국 두 사람은 마이클 주니어와 크리스토퍼를 낳고는 이혼을 하고 만다.

리즈는 이혼에도 별 동요없이 영화 〈자이언트〉에서 영원한 청춘 스타 제임스 딘과 열연을 펼친다. 3시간 18분짜리 대역작을 하는 동안 스물세 살의 리즈는 처녀 역부터 손자가 있는 할머니 역까지 소화해 비평가들의 호평을 받았다.

그녀는 촬영이 끝나고 시사회에서 제임스 딘의 자동차 사고 소식을 듣고는 절망의 소리를 질렀다고 한다.

"그럴 리가……. 거짓말, 거짓말이야!"

제임스 딘은 자신이 아끼던 포르세 스파이더로 스피드를 내다가 그만 사고가 나서 즉사하고 말았다.

그녀는 제임스 딘과 몽고메리 크리프트와 같은 배우들을 좋아했다. 두 사람 모두 반항적이고 섬세하며 여자로 하여금 모성 본능을 일으키게 하는 남자들이다. 한편 〈애정이 꽃피는 나무〉를 촬영할 당시 그녀는 상대역인 몽고메리 크리프트와 사랑에 빠졌다. 두 사람은 결혼에는 이르지 못했으나 이 때문에 두 번째 남편이었던 마이클 와딩과 헤어지고 만다.

신의 질투

　마이클 와딩과 이혼에 합의했다는 소식이 신문에 나자 세상의 능력 있고 용기 있는 남자들은 그녀를 혼자 있게 내버려 두지 않았다. 이혼 소식이 나간 바로 그 다음 날, 〈80일간의 세계 일주〉를 제작해 위대한 제작자로 알려진 마이크 토드에게서 전화가 왔다.

　"리즈, 좀 만나지. 할 얘기가 있는데."

　토드는 이미 리즈를 영화사 식당에서 본 적이 있었다. 두 사람은 마주하고 앉아 있었지만 이렇다 할 이야기는 나누지 않고 눈만 마주보며 웃었다. 두 사람의 눈빛이 오고 가는 동안 토드는 유독 눈이 아름다운, 그래서 그 눈을 30억 원짜리 보험에 든 리즈에게 그만 빠지고 만다.

　그 눈을 잊을 수 없어 불멸의 밤을 지새웠던 날이 얼마던가. 그녀를 만나기 위해, 자신의 여자로 만들기 위해 그는 리즈와 남편 와딩을 껄끄럽지만 자신의 집에 초대하기까지도 하였다. 그렇게 해서라도 리즈를 만나고 싶었던 것이다.

　이제 와딩이 곁에 없는 리즈를 위해 토드는 당당하게 매일 그녀의 집으로 커다란 꽃다발을 보내고, 지방 촬영이 있는 날이면 어김없이 전화를 거는 등 그녀의 환심을 사기에 열을 올렸다. 촬영 도중 휴가를 얻게 되면 토드는 자신의 자가용 비행기를 그녀에게 보내 뉴욕으로 초대했다. 애지중지 아끼는 보물이 다른 사람의 손에 닿지 않게 하기 위해서였다.

　"난 당신과 결혼을 하고 말 거야. 당신을 사랑해!"

영화 제작자로서의 명성과 부, 게다가 다른 남자들이 따라올 수 없는 정열의 소유자 마이크 토드는 결국 리즈의 환심을 사는 데 성공한다.

리즈는 1957년 1월 31일, 스물네 살의 젊은 나이에 두 번째 이혼을 하고 이틀 뒤인 2월 2일 아카폴코에서 마이크 토드와 결혼을 한다. 그녀는 한번 사랑하면 고민 없이 결혼도 순식간에 해버리고 마는 불 같은 성미의 화끈한 여자였다.

"마침내 바라던 남자와 결혼하게 되어 행복해요."

결혼 생활은 행복했다. 자신에 걸맞는 영화 제작자와 함께 사는 것이 즐거웠다. 이제 한 여인으로서, 영화 배우로서 순탄한 길만이 그녀에게 있을 것만 같았다.

그녀와 토드가 가는 곳에는 언제나 사람들이 인산인해를 이루었다. 아름다운 리즈와 위대한 영화 제작자를 보려는 사람들 때문이다.

리즈는 가정 생활에 만족하고 있었다. 〈뜨거운 양철 지붕 위의 고양이〉라는 영화를 마지막으로 토드를 보필하며 가정에 충실했다.

그러나 운명의 신은 그녀를 질투하고 있었다. 너무 아름다운 나머지 그녀와 함께 사는 남자들에게 불행을 안겨다 주는 것 같았다. 어쩌면 그녀가 혼자 남아 영화를 통해 세상 사람들의 영원한 연인이 되기를 바랐는지도 모른다.

그 해 토드는 최우수 쇼맨으로 선정되어 비행기를 타고 뉴욕 시상식장으로 가고 있었다. 물론 리즈도 함께 갈 예정이었으나 심한 감기몸살 때문에 그녀는 집에 혼자 누워 있었다. 그러나 그녀의 세 번째 남편은 비행기를 몰고 나간 후 영영 돌아오지 못했다. 뉴욕으로 향하던 비행기가 기상 악화로 산봉우리에 충돌하였던 것이다. 리즈의 남편 토드는 마흔아홉의 나이에 영원히 저세상 사람이 되고 말았다.

그토록 리즈와 결혼하고 싶어 안달이 났던 마이크 토드. 결국 그녀를 자신의 품안에 넣었지만 그것은 고작 14개월에 불과했다. 신은 한 남자가 그녀를 독차지하는 것을 원치 않았다. 너무도 아름다운 그녀였기에 신도 시샘하는 듯했다.

리즈는 또 혼자가 되었다. 그러나 얼마 가지 않아 이번엔 그녀의 가장 친한 친구 데비 레이놀즈의 남편인 가수 에디 피셔와 놀아났다.

에디는 처음에 남편을 잃은 리즈의 마음을 위로하기 위해 만났다. 서로 대화를 하며 함께 지내는 시간이 많아지면서 그들의 관계는 사랑으로 변하고 말았다. 에디 피셔와 리즈가 함께 춤을 추는 사진이 신문에 났는데도 리즈의 친구 데비 레이놀즈는 아무렇지도 않게 생각했다.

"리즈는 나의 친한 친구다. 그리고 내 남편과 리즈 또한 친구다. 친구와 함께 춤을 추는 것이 뭐가 이상한가?"

그녀는 남편과 리즈의 관계가 우정 그 이상은 아닐 거라고 자만했다. 물론 데비 레이놀즈와 에디 피셔는 소문난 잉꼬 부부였다.

하지만 리즈와 에디 두 사람은 더욱 뜨거워졌으며 결국 결혼에 이르고 말았다. 이 때부터 리즈와 에디 피셔는 '배신자', '추한 사람들'이란 비난과 함께 인기도 떨어지게 되었다.

에디는 남자를 홀리는 리즈의 불가사의한 미모와 상상을 초월한 그녀의 재산 때문에 리즈를 선택했던 것이다.

에디는 리즈가 벌어 놓은 돈을 신나게 쓰면서 살았다. 리즈는 세상의 비난을 받으면서도 〈클레오파트라〉에서 주인공을 맡아 촬영에 최선을 다했다. 에디는 그녀의 뒤를 돌봐주며 심부름을 하고 짐을 꾸리는 역할을 했다. 촬영을 끝내고 초죽음이 되어 돌아온 그녀를 맞이하는 것은 술취한 남편 에디와 무위도식하는 그의 친구들이었다.

"이건 뭔가 잘못된 거야. 내가 왜 이 남자를 선택했을까? 그의 위로에 내 마음이 흔들렸을 뿐이야. 이 남자와는 평생 같이 살 수가 없어."

리즈는 결론을 내린다.

결혼으로 사랑을 완성하는 여자 

에디 피셔와의 관계가 소원해질 즈음, 이미 리즈는 할리우드의 간판 스타 리처드 버턴과 열애에 빠진다. 두 사람은 집에도 돌아가지 않고 둘만의 시간을 보내며 깊은 사랑을 나누었다.

세상은 또다시 리즈와 리처드 버턴의 애정 행각에 대해 비난을 퍼붓기 시작했다.

"리즈가 설마, 그럴 리가 없어. 리즈는 나의 가장 친한 친구인데……."

리처드 버턴의 아내 시빌은 도저히 믿을 수 없다는 표정으로 사람들에게 하소연을 하였다. 이 사실이 알려지자 불륜 관계를 맺어 온

두 사람을 비난하는 사회의 목소리는 더욱 거세졌다. 리처드 버턴에게 쏟아지는 비난보다는 리즈에게 쏟아진 비난이 더 컸다.

'남편을 빼앗은 상습범', '가정 파괴범' 이라는 비난이 쏟아지자 두 사람은 각각 배우자에게 위자료를 지불하고는 서둘러 결혼을 했다. 두 사람은 캐나다 몬트리올에서 결혼식을 올렸는데, 그 때 리즈의 나이 서른둘이었다.

"이것으로 사랑을 갈망하던 그녀의 오랜 편력도 마침내 끝났지요. 리즈의 얼굴이 저렇게 행복으로 빛나는 것을 여태 본 적이 없어요."

리즈를 오랫동안 지켜본 의상 담당은 리즈의 방황이 끝났다는 것을 느낄 수 있었다. 하지만 얼마 안 가 또다시 이혼을 하게 될 거라며 부정적으로 보는 사람이 많았다.

"두 사람은 서로에게 상처를 주고 이혼을 하게 될 것입니다."

그러나 리처드 버턴과는 많은 사람들의 예상을 깨고 10년이란 세월을 함께 살았다. 두 사람은 함께 영화에 출연하여 엄청난 재산을 모았다. 리처드 버턴의 도움으로 그녀는 오스카상을 두 번이나 휩쓸며 할리우드의 대스타로 자리를 잡아 갔다. 호화 저택이 곳곳에 세워졌고, 요트에다 비행기까지 갖추게 되었다. 남 부러울 게 없이 살던 두 사람은 사치를 부리며 돈을 물 쓰듯 하였다. 리즈는 마음에 드는 물건이나 보석은 액수에 상관없이 반드시 자기 손에 넣어야 직성이 풀렸다. 파티에 나갈 때는 그 날 입을 드레스를 사는 데 무려 100만 불을 써서 세상을 놀라게 하였다.

그런데 두 사람 사이에 또 무슨 악마의 장난이 깃든 것일까?

"우리는 서로 너무나 사랑하기 때문에 헤어질 수밖에 없어요."

이 무슨 해괴한 이유란 말인가! 변명 아닌 변명으로 헤어진 두 사람은 1975년, 아프리카에서 만나 재결합 결혼식을 올리는 해프닝을 벌이기도 했다.

"도대체 리즈는 어떤 여자야? 결혼과 이혼을 뭐 취미로 하는 줄 아나 봐."

사람들은 리즈가 또 누구와 결혼할지 궁금했다. 그리고 절대로 결혼 생활이 오래가지 않을 것이란 것을 미리 예측했다.

사람들의 예측대로 리즈는 마흔네 살에 리처드 버턴과 다시 이혼하고, 두 달 만에 상원의원 존 위너와 번개처럼 결혼식을 올려 세상을 또 한 번 어리둥절하게 만든다. 그리고 곧 그녀는 일곱 번째 남편이었던 존 위너 상원의원과도 이혼을 한다.

리즈는 남자 없이는 살 수 없는 여자다. 또 한 남자의 아내로도 살 수 없는 여자다. 그러나 타고난 미모와 재산 때문에 수많은 남자들이 지금도 리즈를 잊지 못하고 있다.

그녀는 세상 사람들이 말하는 것처럼 요부는 아니었다. 리처드 버턴은 그녀에 대해 이렇게 말했다.

"세상에서 그녀만큼 스캔들 많은 여자도 없다고 말하는데, 리즈는 사랑을 하면 반드시 결혼이라는 형태로 완성시키려는 순정의 여성입니다."

이제 그녀가 사랑했던 몽고메리 크리프트도 죽고, 리처드 버턴도 죽었다.

그녀는 변호사와도 결혼을 했다가 이혼, 또 다른 사람과 결혼, 이혼……. 계속 결혼과 이혼을 버릇처럼 해 왔다. 1996년에는 열 번째 남편인 의사와 마지막으로 헤어졌다.

수면제 남용과 알콜 중독, 그리고 나이에서 오는 비만으로 예전에 비해 그 아름다움은 덜하지만, 아직도 그녀는 남자들의 가슴을 설레게 하는 미모를 지니고 있다.

센프란시스코 밀납 인형관에는 리즈와 결혼했던 남자들의 인형이 전시되어 있다. 칠순을 훌쩍 넘긴 리즈지만 그녀의 고독을 달래 줄 남자가 또 나타날지 어떨지는 아무도 예측하지 못한다. 그래서 그 인형관에는 언제 생길지 모를 또 다른 리즈의 남편 자리를 예비로 남겨 놓고 있다.

깜찍하고 도도한 얼굴, 고양이 눈과 초승달 눈썹이 트레이드 마크인 비비안 리.
그녀는 사랑에서도 자존심을 지켜야만 했던 까칠한 슬픈 운명을 살았다.

자존심 강한 세기의 스타

비비안 리

〈바람과 함께 사라지다〉로 세기의 영원한 스타의 자리에 올랐던
비비안 리. 아름답고 자존심 강한 그녀는 한 사나이를 열렬히 사랑했고,
이후 헤어지면서 마음은 병들고 지쳐 버렸다.
아카데미 주연상까지 받았던 남부 출신의 자존심 강한 여자 비비안 리,
죽는 순간까지 로렌스 올리비에만을 생각했던 그녀는
깊은 잠에 빠져 있다가 외롭고 고독한 죽음을 맞이하였다.

스칼렛의 화신

〈바람과 함께 사라지다〉의 여주인공 스칼렛 오하라의 역을 완벽하게 소화해 낸 여자 비비안 리, 그녀는 영화 속의 스칼렛과 너무도 똑같은 이미지를 타고났다고 비평가들은 입을 모았다.

불타는 듯한 에메랄드 눈빛, 코르셋으로 질끈 동여맨 17인치의 가는 허리, 앞가슴이 탁 터져 나온 은백색의 피부, 유난히 눈에 띄는 야릇한 미소, 신비롭고 오만한 모습으로 상대방을 얕잡아보는 성깔 있는 암코양이 표정 그대로다.

1939년, 〈바람과 함께 사라지다〉를 극장에서 상영하자마자 비비안 리의 인기는 하루아침에 하늘을 찔렀다. 미국 남부의 자존심을 몽땅 간직한 듯한 그녀의 연기에 매료된 남성들은 한동안 밤잠을 설칠 정도로 흥분했다.

〈바람과 함께 사라지다〉가 처음 상영될 당시 '비비안 리'의 이름은 몰라도 '스칼렛 오하라'의 이름은 모두 기억하고 있을 정도로 그 영화는 대성공이었다. 차츰 스칼렛 오하라를 연기한 비비안 리의 이름이 알려지면서 그녀는 세상에서 가장 아름다운 여자로 그 인기가 치솟았다.

〈욕망이라는 이름의 전차〉와 〈애수〉 등에서도 그녀의 아름다움

은 유감없이 발휘되었다. 관객들은 남자들을 무시하는 듯한 이 자
존심 강한 여자에게 매료되고 말았다.

올리비에와의 결혼과 유산 

비비안 리는 1913년, 인도의 다지린에서 영국인 금융가의 딸로
태어났다. 그녀는 성장하여 덕망 있는 변호사를 남편으로 맞이해
결혼 생활을 시작했다. 하지만 타고난 미모에다 배우의 꿈을 간직
한 그녀는 집안에만 틀어박혀 지낼 수 없었다. 그녀는 친구들과 영
화관을 들락거리다가 한 남자를 만난다. 그 남자는 스크린 속에 있
었다.

극장 간판에 그려져 있는 로렌스 올리비에의 남성다움에 끌린 비
비안 리는 그 때부터 배우 올리비에와 결혼하겠다는 꿈을 키운다.

"난 이 남자와 결혼하겠어."

"아이까지 딸린 여자가 누구와 결혼한다고? 게다가 이 남자 역시
유부남인걸."

친구들은 비비안 리를 무시하며 놀려 댔다. 하지만 그녀의 눈빛
은 오랫동안 빛났다. 야밤에 광채를 번득이며 먹잇감을 노려보는
고양이처럼 말이다.

그녀는 한 번 마음먹은 것은 반드시 이루고야 마는 여자였다. 놀
랍게도 결국 그녀는 로렌스 올리비에와 결혼에 성공하고 만다.

세상 사람들은 두 사람에게 곱지 않은 시선으로 비난의 화살을 쏘

았다. 당연한 사회 분위기였다. 가족을 버린 바람난 여자와 가정을 파탄에 이르게 한 남자, 그래도 두 사람은 서로 사랑한다는 이유 하나만으로 가족을 떨쳐 버리고, 주변의 모든 따가운 비난을 감수하며 20년을 행복하게 아무 탈 없이 살았다.

세상에 영원한 사랑은 없는 것일까? 그들에게도 파국이 다가오고 있었다.

두 사람 사이에 아기가 생겼지만 곧 유산되었다. 그 바람에 두 사람의 관계에 금이 가기 시작했다.

비비안 리는 심한 조울증에 시달렸고 올리비에는 성심을 다해 그녀의 마음을 안정시키려 노력했다.

"아기는 또 생길 거야. 너무 마음 아파하지 마."

올리비에의 말대로 비비안 리는 두 번째 아기를 가졌다. 그러나 또 유산되고 말았다. 이 때부터 그녀는 거의 미친 여자와 다를 바가 없었다. 작은 일에도 사사건건 화를 내고 물건을 부수고 벽에 머리를 부딪쳐 상처를 냈다. 마치 호랑이나 살쾡이처럼 그녀의 성격이 광포해졌다.

"여보, 아기는 낳지 않아도 괜찮아. 우리 두 사람만 사랑하면 되잖아."

올리비에의 따뜻한 위로의 말도 소용 없었다. 남편을 향해 그녀는 울부짖으며 달려들었다. 그녀의 우울증은 밤이고 낮이고 때를 가리지 않았다. 올리비에도 더 이상 어쩔 수가 없었다.

발작이 없을 때는 감히 접근하기 어려울 정도로 도도함과 오만함이 가득한 아름다운 미녀였다. 하지만 발작이 시작되면 아무데서나

벌거벗거나 소리를 고래고래 지르며 울부짖었다.

올리비에는 언제까지 비비안 리를 간호하며 집안에 틀어박혀 있을 수가 없었다. 올리비에는 영국 고전극의 대부다. 한가하게 아내의 병간호를 하도록 사람들은 그를 그냥 놔두지 않았다. 비비안 리는 이제 올리비에에게 있어서 앞길을 막는 짐스러운 악처일 뿐이었다.

올리비에가 영화 촬영이나 다른 일로 인해 헤어져 있을 때 비비안 리의 발작은 더 심했다. 일종의 폐쇄공포증이나 불면증, 히스테리 같은 것이었다. 이런 알 수 없는 증상으로 그녀에겐 애인이었으며 신이었던 남편에게서 버림받게 된다. 1961년, 그 때 그녀의 나이는 마흔일곱으로 아직도 뭇 남성들을 설레게 할 정도로 아름다웠지만 마음과 몸은 점점 병들어 갔다.

그녀가 이렇게 된 데에는 사실 자신의 성격이 가장 크게 작용했다고 볼 수 있다. 가장 사랑하는 사람인 남편 올리비에의 명성에 도전하려던 그녀는 심한 갈등과 패배를 맛보았다. 그녀에게 있어서 올리비에는 남편이기도 하였지만 배우로서 최고의 자리에 오르려는 경쟁 상대이기도 했던 것이다. 그만큼 그녀는 자존심 강하고 우월감이 넘쳐났다.

영국의 대스타, 고전극의 햄릿으로 불리는 올리비에가 국가가 주는 최고의 작위인 '경' 의 호칭을 받았을 때, 그와 동시에 비비안 리는 레이디 올리비에로 불리게 되었다. 영국인으로서 더 이상의 영광은 없었다.

그러나 이런 소식을 들은 비비안 리는 갑자기 무서운 발작을 일으켰다고 한다. 과연 비비안 리는 남편 올리비에를 영화 배우로서의 경쟁 상대로 여겼던 것일까? 그것도 발작을 일으킬 정도로 질투심이 강했던 것일까?

최고를 꿈꾸었던 여자 

〈바람과 함께 사라지다〉에서 그녀는 세상의 모든 남성들에게서 오랫동안 기립 박수를 받았다. 그러나 그것으로 만족하지 않았다. 국가가 영국 여성에게 주는 '데임'의 칭호를 받지 못했기 때문이다. 그녀는 영화계에서나 사회적으로나 최고가 되길 원했다.

지금까지 그녀의 발작은 일단 사랑하는 사람의 아이가 유산되었기 때문이라고 알려져 있다. 게다가 다시는 아이를 낳지 못한다는 강박관념과 올리비에가 나날이 번창하면서 젊고 아름다운 여자들이 그의 주변에 모여든다는 점도 하나의 원인이 된다. 그래서 올리비에가 집에 없는 날이면 그녀의 우울증은 더욱 심해졌다고 한다.

"난 더 이상 비비안 리를 어떻게 해야 할지 모르겠어."

올리비에의 말을 전해 들은 친구 엘튼 존은 자신이 비비안 리를 맡겠다고 선뜻 나선다. 엘튼 존은 오래 전부터 비비안 리의 도발적인 아름다움에 반해 은근히 짝사랑 하고 있었다. 결국 올리비에는 엘튼 존에게 비비안 리의 모든 것을 양도한다는 각서를 쓰고는 그녀 곁을 떠난다.

그리고 올리비에는 젊고 예쁜 제인 프로라이트와 열애에 빠진다. 비비안 리가 염려했던 대로였다. 이미 예견했었고 이제는 현실로

다가오고 있었지만 비비안 리는 아직도 올리비에를 포기하지 않고 사랑하고 있었다.

올리비에가 젊고 아름다운 신인 여배우와 결혼할 예정이라는 소식을 접하자 비비안 리는 전 생애를 통해 사랑했던 올리비에를 만나고 싶어 했다. 그녀는 애틀란타로 가기 전에 뉴욕에 들러 올리비에를 만나기로 한다.

비비안 리는 사랑하는 올리비에를 만나기로 한 날 정성을 다해 화장을 했다. 꽤나 오랜 시간이 흘렀다. 그녀는 올리비에를 처음 만나러 가는 그런 기분처럼 가슴이 두근거리며 설레었다.

비비안 리가 레스토랑 문을 열고 들어서자 올리비에가 웃으며 손짓을 했다. 그런데 그 옆에는 젊은 여자가 올리비에의 손을 꼬옥 잡고 앉아 있었다. 레스토랑에 있던 많은 사람들이 두 사람의 만남을 숨죽이며 지켜보았다.

비비안 리의 마음에 동요가 일었다. 잘못하면 발작을 일으킬지 모른다는 생각이 들기도 하였지만, 사랑하는 사람 앞에서 그것도 사랑하는 사람을 빼앗은 그녀 앞에선 절대로 발작을 일으켜서는 안된다는 생각을 하였다.

비비안 리는 매우 완벽하게 걸어서 올리비에에게 다가갔다. 그녀는 젊었을 때보다 더 우아했다. 올리비에가 새로 선택한 제인은 젊고 건강한 여자였다. 아름다움에 비한다면 중년을 지나가고 있는 비비안 리를 따라오지 못했다. 비비안 리는 아직도 사람을 끌어들이는 묘한 아름다움이 남아 있었다. 그녀는 나이가 들면서 원숙미까지 넘쳐 흘러 아직도 전성기 때의 모습을 지니고 있었다.

"우린 결혼할 거야 내주에."

올리비에의 말에 비비안 리는 고개를 끄덕이며 말없이 인정해 주었다. 더 이상 할 말이 없었다.

돌아서는 길에 그녀는 잠시 생각해 보았다.

'어째서 올리비에는 제인을 아내로 선택한 것일까?'

그렇다. 아름다움에 비한다면 비비안 리보다 못하지만, 제인은 그녀가 갖고 있지 않은 건강미를 갖고 있었다. 제인은 아이를 많이 낳을 수 있을 정도로 건강하고 젊은 여자였다.

20여 년 전, 비비안 리는 자신의 전 남편이 겪었을 허탈한 심정을, 또 임신중이었던 올리비에의 착한 아내의 고통스런 모습을, 이제야 몸소 뼈저리게 느낄 수가 있었다.

사랑하는 사람과의 이별을 앞에 두고서 그녀는 비로소 과거 자신들에게서 버림받은 사람들의 가슴 아픈 모습을 볼 수 있었던 것이다.

그러나 그들은 절대로 두 사람을 원망하거나 욕하지 않았다. 그녀의 전 남편은 언제나 알게 모르게 울타리가 되어 비비안 리의 성공을 도와 주었고, 올리비에의 전 부인 역시 깨끗하게 두 사람의 결합을 축복해 주었다. 그리고 어쩌면 끓어오르는 분노를 누르며 인내했으리라, 지금의 비비안 리처럼.

비비안 리는 새로 만난 애인 존에게 편지를 썼지만 사실대로 올리비에를 만났던 심정은 쓰지 않았다. 그만큼 비비안 리는 존보다는 올리비에를 잊지 못하고 있었다. 죽는 그 날까지도.

존은 비비안 리가 아직도 올리비에를 열렬히 사랑한다는 것을 알고 있었다. 집안 구석구석 올리비에의 흔적이 그냥 남아 있었지만

존은 말없이 그녀를 도와 주고 있었다. 외로울 때 친구가 되어 주고 성적 욕구가 일어날 때 섹스 파트너가 되어 그녀가 건강을 되찾기를 바랐던 것이다. 세계 최고의 여자와 함께 있다는 것만으로도 만족해하면서 말이다.

올리비에와 그의 새로운 여자를 만난 다음 날, 비비안 리는 아무 일 없었다는 듯 애틀란타의 한 시사회에 참석하였다. 〈바람과 함께 사라지다〉는 70㎜로 새롭게 재탄생되었다. 그러나 스크린 안의 인물들은 이미 저세상 사람이 된 뒤였다. 원작자 마가렛 밋첼, 레드 버틀러 역의 클라크 케이블, 캐롤 롬바드, 빅터 플레밍, 애슐 역의 레슬리 헤이워드……. 모두가 지상에서 사라졌다. 그녀는 시사회에 참석해 영화를 보는 동안 내내 눈물을 흘렸다.

'인생이란 이렇게 왔다 가는 것이구나. 또 사랑이란 것도 이처럼 갑자기 다가왔다가 언젠가는 훌쩍 달아나 버리는 것이구나.'

비비안 리는 이 세상에 존재하는 모든 것은 영원하지 않다는 것을 뼈저리게 느낀 것이다.

깊은 잠 속으로

그 후 그런대로 평온한 나날을 보내던 어느 날, 병색이 짙은 비비안 리를 만나기 위해 기자들이 몰려들었다. 그녀는 그때까지도 올리비에가 결혼한 줄을 몰랐다.

"오늘 아침 뉴욕에서 로렌스 경이 결혼을 했습니다. 지금 심정은?"

비비안 리는 순간 가슴이 비수에 찔린 듯한 통증을 느꼈지만 의연하게 이렇게 말했다.

"물론 알고 있습니다. 뉴욕에 갔을 때 두 사람을 만나 행복을 빌어 줬어요."

올리비에의 결혼 사실을 그녀는 기정 사실로 받아들이며 대외적으로는 별 영향을 받지 않은 듯한 인상을 풍겼다. 그녀는 아무 일도 없다는 듯 한창 진행중인 영화를 마무리했다.

그건 놀라운 일이었다. 발작이 그렇게 심할 때에도 영화 촬영이 있는 날에는 전혀 그런 증상이 일어나지 않았기 때문이다. 그래서 그녀에게는 늘 비중이 큰 배역이 맡겨졌다.

그런데 마지막 촬영을 마치고 나자 그녀는 점점 광포해지고 사나워졌으며 짐승처럼 울부짖었다. 존이 끝까지 그녀를 보듬고 사랑해 주었지만 그녀의 우울증은 고쳐지지 않았다.

가족을 버리고 한 남자를 사랑한 여자, 사랑한 남자의 명성에 도전장을 냈다가 패배한 여자. 결국 그녀는 사랑하는 남자에게서 버림받고는 더 이상 희망을 갖지 못했다. 겉으로 강한 모습을 보이는 자가 상실감이 더 큰 법, 그녀는 올리비에가 자신에게서 떠났다고 생각한 순간 인생의 의미를 상실했는지도 모른다.

1967년 7월 7일, 늘 그랬던 것처럼 비비안 리의 애인 존은 그녀가 살고 있는 집으로 전화를 걸었다. 전화벨 소리가 오랫동안 울렸으지만 비비안 리는 전화를 받지 않았다. 존은 이상한 생각이 들어 그녀의 집을 방문했다. 다행히 그녀는 침대에서 자고 있었다.

침실은 작약꽃으로 장식되어 있었고 사진첩에는 올리비에와 둘이서 연기한 로미오와 줄리엣이 있었다. 그 때 화장을 짙게 하고 올리비에는 로미오 역을 맡았었다. 아무도 그 사진의 로미오가 올리비에라고는 생각하지 못했다. 그녀만이 그 사실을 알고 있을 뿐이었다.

존은 잠든 비비안 리의 얼굴을 물끄러미 지켜보다가는 방에서 나왔다. 그리고 15분 후에 다시 들어가 보니 비비안 리는 마룻바닥에 엎드려 있었다.

"비비안, 정신 좀 차려요. 어서!"

존은 그녀를 흔들어 깨웠으나 이미 숨이 끊어진 뒤였다. 세상에서 가장 유명한 이름의 여자 스칼렛 오하라, 자존심 강한 비비안 리는 이제 영영 저세상으로 간 것이다. 요란하지 않게 조용히 로미오와 줄리엣의 사랑을 생각하며.

영화 사상 가장 빛나는 주역으로 두 개의 오스카상을 휩쓴 그녀는 사랑의 패배를 가슴에 안고 그렇게 말없이 떠났다.

세상에서 가장 아름다웠던 비비안 리, 타는 듯한 에메랄드빛 눈동자와 초승달 눈썹의 아름다움은 영원히 우리들 가슴에 살아 있다. 어쩌면 그녀는 아름다움이 남아 있을 때 우리 곁을 떠나기로 결심했는지 모른다. 자존심 강한 그녀는 짧지만 굵게 살고 싶었던 것이다. 영원히 아름다운 여자로 기억되길 원하며 말이다.

'신사는 금발을 좋아한다.'는 유행어를 만들어 낼 정도로 세계인의 사랑을 받았던 마릴린 먼로.
그녀의 눈부신 마성의 육체는 오늘날까지 세인들의 입에 오르내리고 있다.

마릴린 먼로

할리우드 역사상 지금까지 전무후무한 섹스 심벌로서 논란이
끊이지 않는 배우는 오직 마릴린 먼로뿐일 것이다.
금발에 푸른 눈, 터질 듯한 풍만한 가슴과 섹시한 엉덩이, 늘씬한 허리와
긴 다리를 지닌 육체파 여배우 마릴린 먼로.
가난 때문에 단돈 50달러에 옷을 벗고 찍은 그녀의 자동차용
캘린더 사진 앞에서 뭇 남성들은 눈이 멀고 말았다.
캘린더 회사는 단번에 큰 수입을 올렸고 그녀 또한 그 사진 덕에
할리우드의 섹스 심벌로 자리잡으며
돈과 명예를 거머쥐고 끊임없이 스캔들을 일으켰다.

스타 탄생의 징후들 

　마릴린 먼로는 가난 때문에 선원인 남편 짐 도허티와 열여섯 살 나이에 결혼하였다. 그 때 남편의 나이는 스물한 살에 불과했다. 남편은 자유분방했고 가정에 충실치 않은 남자였다. 그녀는 그런 남편에게 별로 잔소리도 하지 않고 편하게 생활했다. 사실 그녀는 그의 두 번째 부인이었다. 그녀의 남편은 한 여자에 속해 있기보다는 여러 여자와 춤추고 술 마시며 노는 것을 더 좋아했다.

　그런 남편에 비해 마릴린 먼로는 낯선 분위기에서는 잘 적응하지 못해 늘 불안해했다. 남편이 다른 여자에게 말을 걸거나 눈길을 주면 언제나 화난 얼굴로 질투했다.

　이토록 순진무구한 그녀가 어떻게 할리우드를 잠재우는 섹스 심벌로서 우상적인 존재까지 된 것일까?

　1943년 여름, 그녀는 남편과 밴뉘스로 거처를 옮겼는데, 그 곳에서 어떤 예술가와 그의 약혼녀, 회계사, 두 명의 여대생 등과 어울리게 되었다. 이때부터 그녀의 본성이 나타나기 시작했다. 댄스 파티를 열자고 제안하기도 하고, 큰 소리로 깔깔거리며 웃고 떠들기도 했다. 이제 그녀는 어느 모임에서나 아름다운 미모 때문에 늘 사람들의 중심이 되었다. 남편인 짐 도허티는 늘 그것이 못마땅해 다투기까지 했다.

그 해 여름, 그들은 산타모니카 베니스 해안에 자주 놀러 갔다. 그런데 그 해변에서 그녀는 뭇 남성들의 시선을 사로잡고 말았다. 비키니를 입은 그녀의 모습은 마치 살아 있는 비너스 같았다. 비너스가 살아서 해변을 움직이니 해변에 쏟아져 나온 남자들의 눈이 안 돌아갈 수가 없었다.

그녀는 자신의 몸매가 다른 여자들보다 뛰어나다는 것을 잘 알고 있었다. 그래서 짧은 반바지에 배꼽티를 입고 해변에 나가 산책하는 것을 좋아했다. 그녀를 본 사람들은 뒤에서 수군거리며 침을 삼킬 정도로 그녀의 몸매에 빠져 구경하느라 정신이 없었다.

화가 난 젊은 남편은 절대로 반바지를 입지 말라고 야단쳤다. 그러나 그녀에게는 통하지 않았다. 이미 그녀는 자신의 노출된 몸이 얼마나 큰 무기인가를 잘 알고 있었다. 그녀는 그 무기로 점점 대중에게 다가가고 있었다. 비키니 대신 몸에 착 달라붙는 니트를 입고 해변을 산책할 때면 비너스 같은 팔등신의 윤곽이 너무나도 잘 나타났다.

"그녀는 나쁜 의도 없이 그저 순수하게 자신의 아름다움을 자랑하고 싶었을 뿐입니다."

훗날 그녀의 첫 남편이었던 짐 도허티는 그녀에 대해 이렇게 술회했다.

짐 도허티는 군복무를 위해 근무지로 떠났다. 자유를 찾은 그녀는 1945년 1월, 이곳저곳을 여행하다가 낙하산의 안전성을 검사하는 군수공장에서 일을 하게 된다.

그녀는 그 곳에서 자신의 부와 명예를 가져다 줄 인연을 만난다. 바로 '군인 영화 제작단' 소속의 카메라맨들이 공장에서 일하는 여자들을 촬영하기 위해 방문을 하게 된 것이다.

"오호! 어떤 악마가 이런 여자를 여기에 숨겨 놓았지?"

카메라맨들은 소리치며 그녀가 일하는 모습을 찍기 위해 수없이 카메라 셔터를 눌러 댔다. 순식간에 그녀는 그들 앞에서 스타가 되었고, 그들이 요구하는 대로 여러 포즈를 취해 주었다. 그 가운데는 그녀에게 빠져 데이트 신청을 하는 남자들도 있었다. 그런 카메라맨들 중에 데이비드 커노버라는 육군 하사가 있었는데, 그는 컬러 사진으로 그녀를 찍고 싶다고 제의를 했다.

"내가 공장 지배인하고 이야기해서 시간을 잡아 놓을 테니 촬영 한번 해 보겠어?"

그녀는 모델이 된 것처럼 흥분되고 떨렸다. 데이비드 커노버의 스튜디오에서 그녀는 마음껏 자신의 끼를 발산했다. 사진은 아주 잘 나왔고 그녀 또한 만족했다.

1945년 봄, 이미 그녀는 사진 모델로서 이름이 알려지게 되었다. 그렇게 발탁된 지 1년 만에 그녀는 샴푸 광고 모델로까지 나서게 된다.

"금발로 염색을 하는 게 좋겠어. 아예 계약서에 금발로 물을 들여야 한다고 적어 놔."

회사의 요구대로 그녀는 금발이 되었고, 금발은 평생 그녀의 트레이드마크가 되었다. 끼가 다분한 그녀는 카메라 앞에 서면 대단한 열정을 보이며 카메라맨이 요구하는 대로 싫은 표정 하나 짓지 않고 다 소화해 냈다. 농담도 잘 했고 성격이 좋아 인기도 좋았다.

마침내 스타가 되다 

1945년 6월부터 여름 중반까지 데이비드 커노버는 그녀를 데리고 캘리포니아를 거쳐 바스토우에서 리버사이드까지, 죽음의 계곡에서 배스커필드까지 쉬지 않고 촬영을 다녔다. 그 가운데 몇몇 사진은 군인 잡지에 실려 인기를 독차지하기도 했다.

1945년 8월 2일, 그녀는 커노버와 다른 카메라맨들의 권유로 모델 협회에 등록했다. 본격적인 모델 수업을 받으며 자신의 몸을 무기로 삼아 할리우드를 점령할 준비를 했다.

그녀는 할리우드에서 열린 패션쇼에도 여러 번 나갔지만 광고 효과는 별로 없었다. 왜냐 하면 사람들이 새로 나온 옷을 보는 게 아니라, 옷을 입은 그녀의 몸매를 감상하려 했기 때문이었다. 그러나 그녀를 할리우드에 알리기에는 충분했다.

그녀의 나체 사진은 군인들이나 노동자들에게 큰 인기를 얻었다. 전장이나 공장에서 사기 진작에도 한몫을 했다. 군인들의 철모 안쪽에 그녀의 사진을 안 넣고 다닌 사람이 없을 정도로 인기가 좋았다.

그녀는 짐 도허티와 이혼한 후, 각종 잡지의 커버 걸이 되었다. 이때 20세기 폭스사와 전속 계약을 맺으면서 '마릴린 먼로' 라는 이름을 갖게 되었다. 하지만 그 다음 해에 계약을 취소당하는 수모를 겪기도 한다.

그러나 서른 살 연상의 할리우드 실력자 자니 하이드의 눈에 든 그녀는 그의 강력한 후원을 업고 두각을 나타내기 시작한다. 이제 20세기 폭스사는 그녀에게 헤어드레서와 연기 코치까지 배정해 줄 정도로 그녀의 비중은 나날이 커졌다.

1950년에는 이미 조연으로 자리를 잡아 여섯 편의 영화에 그녀의 아름다움을 선보였다. 그 가운데 〈아스팔트 정글〉과 〈이브의 모든 것〉에서 주목을 끌어 매스컴의 플래시를 받는 스타가 된다.

1952년, 그녀가 누드 모델 출신이었다는 사실이 매스컴에 공개되면서 그녀를 바라보는 시선이 곱지 않았다. 배고픈 시절에 방값을 벌고, 자동차 할부금을 내기 위해 캘린더용 누드 사진을 찍은 것이 화근이었다. 묘한 성적 충동을 일으키는 이 사진들은 불티나게 팔려 거리에 넘쳤고, 미 전역에 이발소의 포스터로 나붙었으며, 군인들 수첩에 애인처럼 자리를 차지했다.

20세기 폭스사는 이런 과거사로 인해 여기서 그녀를 포기할 수는 없었다. 그래서 온갖 매체를 동원해 마릴린 먼로의 입지전적인 삶을 오히려 솔직하게 밝혔다. 이 전략은 인간적인 마릴린 먼로를 이해시키는 데 성공하여 더욱 인기가 상승하기 시작했다.

그 이듬해에 마릴린 먼로는 할리우드에서 정상급 배우로 올라서게 된다. 그 해 〈플레이보이〉는 창간호 커버에 마릴린 먼로의 지나간 누드를 게재할 정도로 반응이 좋았다. 그녀는 누드에 의해 일약 스타가 된 여배우다.

섹스 편집증과 약물 중독 

1954년, 할리우드의 스타가 된 마릴린 먼로는 미국 야구의 영웅

조 디마지오와 결혼하여 세상을 놀라게 한다. 두 사람은 가는 곳마다 팬들에게 둘러싸여 즐거운 비명을 질렀다. 두 사람은 처음부터 인기에 편승해 만난 사이여서 그 관계가 오래가지 못하고 결국 이혼하게 된다.

얼마 후, 먼로는 극작가 아서 밀러를 세 번째 남편으로 맞이한다. 섹스 심벌로 이미 남자들의 가슴을 애태웠던 그녀를 세상의 플레이보이들은 그냥 두지를 않았다. 그녀는 신혼 초부터 복잡하고 위험한 애정 편력을 엿보였다. 그 바람에 남편에게 구타를 당해 9개월 만에 이혼하는 결과를 초래한다.

먼로는 그 때부터 마약과 약물에 빠지면서 몸과 마음이 눈에 띄게 허물어지기 시작했다. 세 번의 공식적인 결혼이 있었지만 그것과는 전혀 무관하게 사생활이 문란해 세인의 입에 자주 오르내렸다. 영화 감독 엘리아 카잔, 프랭크 시나트라, 이브 몽탕, 말론 브란도, 인도네시아 수카르노, 케네디 가의 형제들과의 염문설이 계속 신문 지면을 장식하며 그녀를 괴롭혔다. 그녀를 만난 배우나 가수, 영화 감독 그리고 정치인들까지 먼로와 섹스를 하지 않은 사람들이 없다는 소문이 나돌 정도였다.

실제로 그녀만큼 많은 남자들과 관계를 한 배우도 드물다. 말년에 그녀는 섹스 편집증이란 정신병을 앓고 있는 듯했다. 남자라면 아무하고나 다 섹스하길 원했다. 자신의 사진 작가, 음악 감독, 후견인, 잡지사 기자, 햇병아리 배우, 음성 코치, 먼로 프로덕션의 동업자, 그리고 말년에는 자신을 태워 준 택시 기사나 식당 종업원들까지도 자신의 즉흥적인 섹스 파트너로 삼을 정도였다.

결국 그녀는 1961년 2월, 정신병원에 수용된다. 그 안에서 그녀는 생애 마지막 1년 반 동안을 장차 케네디 가의 아내가 될 것이라는 과대망상 증세까지 보인다. 마릴린 먼로는 하루의 절반을 혼수 상태에 빠지는 심한 약물 중독 상태에 있었다.

결국 마릴린 먼로가 약물 중독으로 사망했다고 공식 발표되었을 때, 그녀의 재산은 고작 5,000달러에 불과했다. 그녀의 죽음에 대해선 지금도 많은 의문이 제기되고 있지만, 공식 사인은 약물 중독이다.

2차 대전의 종말과 함께 미국 사회는 성 개방 풍조의 물결이 나타났고, 그 흐름을 타고 마릴린 먼로라는 관능적인 섹시 스타가 할리우드를 장식한 것이다.

이러한 섹시 스타의 등장에 남자들은 사랑으로서가 아니라 단순히 성의 유희를 위해 먼로를 그냥 놔두질 않았다. 또한 섹스에 관한 한 그녀 또한 병적이어서 쉽게 어느 누구와도 옷을 벗고 잠자리를 할 수 있었다.

끝내 그녀는 사랑하는 사람을 남겨 두지 못하고 혼자서 외롭게 죽음을 맞이한다. 마릴린 먼로의 비극적인 종말은 그녀를 영화 사상 가장 위대한 신화의 자리에 올라서게 하였다. 섹시 스타로서 말이다.

마릴린 먼로의 사진집은 지금도 계속 판매되고 있고, 그녀의 영화들은 재상영되며 여전히 인기를 몰고 있다. 심지어는 마릴린 먼로의 모습과 표정, 언어, 행동을 닮은 사람을 찾는 대회까지 열기도 한다.

마릴린 먼로 69주년을 기념하여 미국 체신부에서는 '할리우드의

전설'이라는 제목으로 웃고 있는 마릴린 먼로의 초상화를 담은 우
표를 발행하여 논란이 일기도 했다. 1995년 6월 1일자로 발행된 이
우표는 상업주의에 빠져 여성을 노리갯감으로 강조했다 하여 비난
을 받기도 하였지만, 4억 장이나 되는 이 우표는 순식간에 바닥이
날 정도로 인기가 높았다.

　지금까지 마릴린 먼로만큼 화려한 스캔들과 섹시 스타로 자리를 굳
힌 여배우는 드물다. 마릴린 먼로만큼 세상의 남자들로부터 사랑을
받은 배우도 지금껏 없었다. 1962년 사망한 그 날부터 오늘에 이르기
까지 그녀는 영원한 섹시 스타로서 팬들의 가슴 속에 남아 있다.

사랑은 전설이 되어

색녀인가 천하의 보물인가 **양 귀비**

죽어서도 아름다운 미의 대명사 **그레이스 켈리**

비운의 영국 장미 **다이애나**

대영제국의 왕관을 버리게 한 여자 **심프슨 부인**

아르헨티나를 사랑했던 성녀 **에바 페론**

동양최고의 미인으로 칭송 받는 양 귀비의 초상화. 그녀의 아름다움은옛 시인들에 의해노래로 불려졌다.

색녀인가 천하의 보물인가

양 귀비

아들의 비를 자신의 애첩으로 삼은 황제가 있었다.
요즘 같으면 도덕적으로 타락한 왕이라고 손가락질 받았을 이 왕은
바로 중국 천하를 지배했던 당나라 현종이다. 원래 양 귀비는
현종의 아들 수왕의 비로 간택되어 5년 동안이나 그를 곁에서 모셨다.
하지만 그녀는 뛰어난 미모 덕분에 수왕의 아버지 현종에게 발탁되어
사랑과 슬픔을 맛보며 한세상을 살아야 했다.

아들 수왕의 비를 빼앗은 현종 

당나라 현종은 매년 10월이면 어김없이 여산 화청궁으로 갔다가 따스한 봄이면 다시 수도 장안으로 돌아왔다.

화청궁 행차 때에는 왕족과 궁궐의 대신들도 함께 갔는데, 현종의 아들 수왕의 비인 양옥환도 함께 화청궁으로 향했다.

당시 현종의 무혜비는 이미 3년 전에 병으로 세상을 떠난 상태였다. 현종은 무혜비를 잃은 뒤 쓸쓸해했다. 그는 허전한 마음을 달래기 위해 매일 주연을 열어 그 울적한 마음을 달랬다.

그런데 어느 날, 현종은 아들 수왕의 비를 화청궁에서 대하고부터는 회춘이라도 한 듯 그녀에게 매료되고 말았다.

"오호, 이처럼 아름다운 선녀가 내 아들의 비라니! 놀랍고도 놀라운 일이로다."

화청궁에 온 날부터 현종은 매일 밤 양옥환을 그리워하며 안절부절하지 못했다. 현종의 이 마음을 알아챈 환관 고력사는 수왕에게 넌지시 양옥환 이야기를 꺼냈다.

"황제께서 수왕의 비에게 은총을 베풀고자 하옵니다."

"뭐라고?"

고력사의 말에 수왕은 순간 놀라고 말았다.

'수많은 궁녀들 가운데 왜 하필이면 아들인 나의 비란 말인가! 하기사 양옥환이라면 그 어느 누구도 탐내지 않을 자가 있던가!'

수왕은 다소 기분이 언짢았다. 그렇다고 황제의 뜻을 거절할 수도 없는 노릇이었다.

'어차피 양옥환은 궁녀이고 단지 나한테서 은총을 입어 비가 되었을 뿐이다.'

수왕은 애써 냉담해지려고 했지만 답답했다.

양옥환이 황제의 은총을 입게 되면 이제 그녀는 더 이상 자신의 여자가 아니라는 생각에 수왕은 속이 부글부글 끓어올랐다. 하지만 어쩌겠는가, 황제의 부름이 있는 것을.

"양옥환은 이제부터 황제의 은택을 받도록 하라."

수왕의 말이 채 끝나기도 전에 양옥환은 그만 졸도할 뻔했다. 자신이 모시는 수왕이 황제가 될 날만을 손꼽아 기다렸는데 뜻하지 않게 황제의 은택을 받다니, 그녀는 정신이 없었다.

한편, 고력사를 통해 이 소식을 들은 현종은 아이처럼 좋아했다. 그리고는 곧 양옥환을 위해 먼저 거대한 욕실을 새로 짓게 했다.

황제의 명을 받들어 오로지 양옥환 하나만을 위해 지은 욕실은 온갖 희귀하고 고급스런 자재로 완성되었다. 바닥에는 에메랄드를 붙였고 벽은 대리석으로 에워쌌으며, 실내는 온통 금은주옥으로 장식하여 눈이 부셨다. 현종은 완성된 욕실을 둘러보고는 매우 만족해하며 감탄하여 입을 다물지 못했다.

"고력사, 고생하였도다. 허허!"

"송구스럽사옵니다, 폐하!"

"욕실이 아주 훌륭해, 하하하!"

이윽고 양옥환이 시녀들의 도움을 받아 욕실에 선녀처럼 들어왔다. 양옥환은 욕실에 들어온 순간, 잠시 놀란 표정으로 안을 둘러보았다.

'세상에, 이처럼 아름다운 욕실은 처음이야. 아! 황제께서 날 위해 이런 훌륭한 욕실까지 지어 주시다니…….'

양옥환은 감복하여 눈을 지그시 감고 있다가는 옷을 한 올 한 올 벗기 시작했다. 현종은 양옥환이 실오라기 하나 걸치지 않은 나신으로 목욕하는 모습을 지켜보면서 아주 황홀해했다.

"도… 도대체 저게 사람이냐, 선녀냐?"

현종은 침을 꿀꺽 삼키고는 더 이상 말을 잇지 못했다.

욕실에 들어가 물을 끼얹을 때마다 출렁이는 탐스러운 유방, 은빛 모래보다도 더 고운 살결, 탄력 있는 싱그러운 몸매, 나긋나긋하고 부드러운 자태, 이 모든 것은 현종을 황홀경에 빠지게 했다.

"어서 나오너라, 어서!"

현종은 양옥환이 욕실에서 나와 침실로 오기만을 기다렸다. 이윽고 옥환이 욕실에서 나왔다. 순간 한 마리 인어가 물 위로 나오는 것 같아 현종은 눈이 부셨다.

옥환은 탕 속에서 나오다가 잠시 비틀거렸다. 약간의 현기증이 일었으나 곧 옆에서 시중을 들던 궁녀들이 그녀를 부축해 주었다.

엷은 미소를 입가에 띄우고는 힘없이 부축 받으며 옷을 입는 옥환의 모습에 현종은 더 이상 참을 수가 없었다.

그 날 양옥환은 처음으로 현종에게 은택을 받았다. 그녀의 나이는 스물둘이었고 현종의 나이는 쉰여섯이었다.

"짐은 천하의 지극한 보물을 얻었노라!"

현종은 이렇게 대신들에게 말하며 옥환을 늘 곁에 데리고 다녔다. 그러나 한편으로는 자식의 비인 양옥환을 마음껏 데리고 놀자니 뭔가 불편한 구석이 있었다. 어찌 되었건 그녀는 자신의 자식 수왕의 비가 아니었던가!

"수왕의 비지만 나의 후궁으로 삼고 싶도다."

현종은 양옥환에게 빠져 헤어나질 못했다. 이에 고력사는 옥환을 현종의 후궁으로 만들기 위해 온갖 방법을 강구했다.

"폐하, 좋은 수가 있사옵니다."

"어떤 좋은 방법이 있단 말이냐? 어서 말을 해 봐라!"

"일단 옥환을 비구니로 만들어 수왕 곁을 떠나 궁중의 태진궁으로 옮기도록 하심이 좋을 듯하옵니다."

"아무튼 고력사가 알아서 처리하도록 하라. 그나저나 수왕이 언짢아할지도 모르지."

"이미 수왕에게는 새로운 비를 선발하도록 하였사옵니다."

그리하여 아들의 비를 빼앗아 가로채는 전대미문의 사건이 전개되었다.

현종은 보석보다 더 아름다운 양옥환의 미모에 흠뻑 빠져 태진궁에 틀어박혀 아예 밖으로 나올 생각을 하지 않았다. 정사를 돌보는 일도 귀찮아하고, 밤새 침대에서 뒹굴면서 날이 새는 것조차 싫어했다.

"또 날이 밝았구나. 허어, 어찌 밤이 이다지도 짧단 말이냐!"

"폐하, 이러시다가 옥체를 상하시기라도 하시면 소첩은 어찌하옵
니까?"

"그 무슨 말이냐? 너의 살갗을 만지면 곧 나는 회춘하는 격이니
라, 허허허!"

옥환에게 흘딱 빠져 나랏일 보는 것을 소홀히 하자 세상은 현종을
비난했다.

당대의 시인 백낙천은 백성들의 소리를 듣고는 현종을 비꼬는 시
를 지었다.

이른 봄날 가는 밤은 짧기도 하고
겨우 눈을 뜨니 해는 중천에
이보다도 늦으셨네 우리 황제님

황제가 양옥환에게 빠져 나랏일을 돌보지 않는다는 소문이 세상
으로 퍼져 나가자, 양옥환은 황제의 몸과 마음을 빼앗은 요녀로 비
난을 받기 시작했다.

"양옥환인지 색녀인지 때문에 황제께서 몸이 많이 상하셨다지?"

"모르긴 해도 밤낮 태진궁에 틀어박혀 있으니 아무리 좋은 보약
을 드셔도 옥체가 상하실 수밖에."

"큰일이군, 양옥환인지 요부인지 때문에……."

백성들은 모이면 양옥환을 비난하는 소리로 격앙되었다.

양옥환이 현종의 총애를 한몸에 받은 지 5년째 되는 해, 그녀는
마침내 귀비의 칭호를 얻게 되었다.

"폐하, 황공하옵니다. 소첩에게 주신 은덕을 생각하면…, 흐흐흑!"

"호오, 울지 말거라. 수정보다 아름다운 눈이 충혈되면 짐은 어찌 하느냐? 하하하, 어여 이리 가까이 오너라!"

현종은 양 귀비의 눈물을 닦아 주고는 꼬옥 끌어안았다.

'귀비'는 재상의 지위와 같은 위치다. 궁녀로서 이보다 더 높은 지위는 없었다. 이제 양옥환은 귀비가 되어 그 지위가 한층 올랐다. 그러나 그의 집안은 아직도 보잘것없었다.

"이미 고인이 된 귀비의 부모에게 관위를 추증하고 세 언니들에게는 봉토를 주어 공주와 같은 대우를 하도록 하라."

이러한 황제의 명으로 양 귀비 집안의 위세는 하루아침에 바뀌게 되었다. 그의 재종 형제인 양초는 시랑이라는 벼슬을 시작으로 해서 호부상서에 올랐다가 후에 어사대부를 겸직하여 국충이라는 칭호를 받기에 이르렀다. 이제 양 귀비의 집안에서도 재상이 나오세 된 것이다. 그리하여 양 귀비의 집안은 하루아침에 과거의 초라한 가문이 아니라 나는 새도 떨어뜨릴 만큼 막강한 권세가로 탈바꿈하였다.

"젠장, 밖에서는 양 국충이가 나라를 마음대로 요리하고, 안에서는 양 귀비가 황제를 마음대로 요리하니 이 나라 꼴이 잘 될 리가 있소?"

"맞아요. 낮에는 신분도 보잘것없던 양 국충인지 벌레인지 하는 인간이 권력을 휘두르고 밤에는 잠자리에서 양 귀비란 요녀가 나라를 망치니, 이젠 더 이상 기대할 게 없소이다."

백성들과 대신들은 모이면 수군거리며 양 국충과 양 귀비를 탓하고는 나라의 앞날을 걱정하였다. 그러나 이들은 소문에 상관없이 안하무인격으로 행동하며 권력을 휘둘렀다. 여전히 현종은 양 귀비 육체의 마성에 걸려들어 헤어날 줄 몰랐다.

양 귀비는 눈부신 미모 외에도 우수한 머리와 논리 정연한 언어, 그리고 사물을 꿰뚫어 보는 혜안과 능란한 수완을 가진 여자다.

"양 귀비는 내가 말을 꺼내기도 전에 날 만족시켜 주는 여인이다. 이 여자가 없으면 난 단 하루도 살맛이 나지 않으니 어찌 천하의 보물이 아닐 수 있겠는가!"

양 귀비에 대한 현종의 사랑은 끝이 없었다. 이제 아들의 비를 빼앗아 살고 있다는 죄책감은 눈꼽만큼도 없었다. 누가 뭐래도 양 귀비 없이는 한시도 살아갈 수가 없다는 것을 현종 자신이 더 뼈저리게 느끼고 있었다.

"여봐라, 여지를 매일 대령하여라!"

'여지'는 남방이 원산지인 과일이다. 속이 희고 맛이 단 이 과일은 수도 장안에까지 가져오는 데 시간도 많이 걸리고 잘 상하여 언제나 부족했다. 그러자 현종은 양 귀비가 좋아하는 여지를 상하지 않게 운송하는 방법까지 고안해 냈다. 여지가 생산되는 남쪽에서 장안까지 50리마다 감시대를 세우고 100리마다 숙소를 지어 운송하도록 했다.

밤낮으로 말과 사람이 교대해가며 여지를 운송하는 바람에 길은 언제나 자욱한 모래먼지로 뒤덮였다. 그런가 하면 여지를 운반하던 사람이 지쳐서 길가에 쓰러져 죽기까지 하였다. 이에 사람들은 불만이었다.

"요사스런 양 귀비 한 사람을 위해 이렇게까지 국력을 소모해서
야 되겠소? 이건 폐하께서 완전히 요부에게 홀린 게 분명하오."

백성들의 아우성이 하늘을 찔렀건만 현종은 못 들은 척 외면하였
다. 오로지 양 귀비가 좋아하는 여지만 얻으면 그뿐이었다. 백성들
의 아우성 속에서 여지 운반은 여전히 계속되었다.

양 귀비, 궁에서 떠나다 

현종은 양 귀비와 대신들을 위해 크고 작은 궁중 연회를 자주 열
었다. 어느 날, 양 귀비는 조용히 연석에서 떠나 한적한 곳에 앉아
피리를 불었다. 그런데 그 피리 때문에 큰 문제가 일어났다.

"양 귀비가 영왕을 그리워하며 피리를 불었다면서?"

"그것뿐이 아니래. 양 귀비가 영왕과 사통을 했다고 하던데?"

흉흉한 소문을 접한 현종은 진노하였다.

"무엇이? 영왕의 피리를 입에 가져다 불었단 말이더냐? 필시 영
왕을 그리워하는 게 분명하다."

"폐하, 그건 소문이올 뿐이옵니다."

"듣기 싫다! 당장 양 귀비를 궐에서 내치도록 하라!"

실로 엄청난 분노였다. 현종은 자신의 형인 영왕이 불던 피리를
불었다 하여 천하의 보물이라고 여겼던 양 귀비를 당장 내쫓으라는
명령을 내렸던 것이다.

“폐하, 그건 오해이옵니다.”

“시끄럽다. 당장 궐에서 나가 다시 부를 때까지 기다리도록 하라.”

현종의 분노는 가라앉을 줄 몰랐다. 이토록 하찮은 일에 질투를 느낄 만큼 양 귀비에 대한 현종의 사랑은 집요하고 강했다.

“호호호, 양 귀비도 드디어 끝이 났군!”

후궁의 비빈들은 너무 좋아하며 그 동안 현종을 독차지해 거만 떨던 양 귀비를 비난했다. 사실 양 귀비를 둘러싼 소문들은 대부분 그녀들이 만들어낸 것이다. 뛰어난 미모와 지혜를 갖춘 양 귀비는 그만큼 다른 비빈들의 질투와 모함을 받았다.

결국 양 귀비는 말없이 궁궐을 빠져 나가 사가에 머물렀다.

양 귀비는 두문불출하며 현종의 분노가 가라앉기만을 기다렸다. 하지만 궁궐에서는 오랫동안 아무 소식이 없었다.

그러던 어느 날, 궁궐에서 길온이라는 사자가 양 귀비의 집을 방문했다.

“어찌 이 곳까지 다 오셨소?”

“폐하께서 귀비를 감시하라는 어명이 있어서 왔소이다.”

갑자기 양 귀비는 긴 머리카락을 풀어헤치고는 가위로 싹둑싹둑 잘라 사자에게 건넸다.

“…폐하께 이것을 갖다 드리시오. 내가 몸에 지니고 있는 모든 것은 폐하의 은덕으로 생긴 것이옵니다. 허나 내 머리카락과 살결은 부모님에게서 물려받은 것이지요. 하지만 이 머리카락을 폐하께 남겨 지금까지 베풀어 주신 은덕에 보답코자 하옵니다.”

깜짝 놀란 사자는 양 귀비의 머리카락을 받아들고는 곧장 장안으로 돌아왔다.

"뭐라고? 양 귀비가 머리카락을?"

"그러하옵니다."

"오호, 귀비!"

현종은 윤기가 자르르 흐르는 양 귀비의 머리카락을 뺨에 대고는 귀비의 체취에 젖어들었다. 지나간 애정의 세월들이 주마등처럼 스쳐 지나갔다. 현종은 다시 귀비가 그리워졌다. 귀비의 체취에 현종은 더 이상 참을 수가 없었다.

"고력사는 듣거라. 당장 귀비를 궁궐로 데려오도록 하라!"

고력사는 즉시 달려가 양 귀비를 다시 궁궐로 데려왔다. 그 이후로 현종은 양 귀비를 더욱 애지중지 아꼈고, 그들의 애정은 더욱 깊어만 갔다.

안녹산의 난과 양 귀비의 운명 

어느 날, 양 귀비는 현종에게 온갖 아양을 떨어 아주 어려운 허락을 받아 냈다.

"폐하, 소첩도 아들을 하나 갖고 싶사옵니다."

"아들이라고?"

"그러하옵니다."

"허어, 지금 내 나이가 몇인데 아들을 어떻게……."

“방법이 있사옵니다. 안녹산이라는 자를 저의 양자로 삼고 싶사
옵니다.”

“그래? 그것도 과히 나쁘진 않군. 내가 나이가 있으니 귀비보다
일찍 죽는 것은 기정 사실이 아닌가. 훗날 내가 없더라도 권력을
지닌 자가 귀비를 보살펴 준다면 무엇을 더 바라겠는가. 그렇게
하도록 하라.”

양 귀비는 몸집이 무척 큰 거구의 사나이 안녹산을 자신의 양자로
삼았다. 그 날부터 안녹산은 후궁을 드나들며 양 귀비를 자유롭게
만나고 다녔다.

안녹산은 양 귀비의 도움으로 승승장구하며 권력을 손에 넣었다.
그는 이미 변경 지역에서 세운 공로를 인정받아 영주의 도독으로
임명되었고, 다음 해에 평로절도사에 임명되었다. 이어 범양절도사
를 겸직하였고, 어사대부를 거쳐 하동절도사까지 겸임하게 되었다.

한편, 궁녀들은 이들의 행동에 대해 수군거렸다.

“이제 양 귀비가 젊은 안녹산과 놀아난다면서?”

“보통 사이가 아니라는데 뭔 양자야 기둥서방이지, 호호
호!”

“귀비는 낮에는 안녹산과 재미를 보고, 밤에는 폐하의 은총을 입
으니 얼마나 사는 게 황홀할까!”

당시 현종의 나이는 예순일곱이었고 양 귀비는 겨우 서른세 살
로, 여자로서는 가장 원숙한 나이에 접어들고 있었다. 그러니 궁녀
들 사이에서 안녹산과 양 귀비의 관계가 심심치 않게 입에 오르내
리는 것도 무리는 아니었다. 이제 양 귀비를 성적으로 만족시켜 줄

사람은 오직 거구의 안녹산뿐이라는 것이다. 현종은 간혹 이러한 소문을 들었지만 이젠 늙었고 또 양 귀비를 사랑하므로 귀담아듣지 않았다.

천보 14년(755), 안녹산은 양 국충을 치기 위해 반란을 일으켰다. 그 전 해에 범양에서 모반을 준비하고 있다는 소식이 현종에게 전해졌지만, 양 귀비는 그럴 리가 없다며 현종에게 신경 쓰지 말도록 간청했다.

"폐하, 안녹산이 모반을 꽤하고 있다 하옵니다."

"그럴 리가 없다. 귀비의 말로는 그건 모함이라고 하니 더 이상 신경을 쓰지 말도록 하라."

그러나 안녹산은 양 국충을 잡아 없애고 어지러운 난국을 수습한다는 명분으로 반란을 일으켰다. 안녹산을 따르는 군사들이 수도 장안을 수비하는 요충지 동관을 함락했다는 소식이 들리사, 그세서야 현종은 어찌할 바를 몰라 우왕좌왕하였다.

"폐하, 동관이라 하면 이 곳 장안과는 얼마 떨어지지 않은 곳이옵니다. 그러하오니 일단 어지러운 정국이 수습될 때까지 장안을 떠나 귀비의 고향인 촉의 땅으로 행차하심이 옳을 줄로 아뢰옵니다."

현종은 양 국충의 진언에 따라 급히 궁궐을 빠져 나왔다. 양 귀비와 그녀의 세 언니, 왕과 공주들이 함께 함양을 지나 마외에 도착하였다.

병사들은 굶주림과 피로에 지쳐 쓰러지기 일쑤였다. 이 모든 것이 양 귀비와 그의 일족 때문에 생긴 일이라는 사실이 병사들의 사기를 더욱 떨어뜨렸다.

"우리는 더 이상 나아가지 않을 것이오. 당장 양 국충을 잡아다 처단하시오."

"양 국충을 권력의 자리에 오르게 한 것은 요사스런 양 귀비요. 귀비의 목을 가져오지 않는 한 우리는 절대로 한 걸음도 옮기지 않겠소."

병사들의 원한과 분노의 목소리가 전군에게 전해졌다. 오로지 양 귀비 한 사람 때문에 이토록 고생하며 쫓겨 간다는 생각이 병사들 가슴마다 파장을 일으키며 전해지고 있었던 것이다.

"고력사는 당장 폐하께 가서 전하시오. 양 귀비의 목을 가져오지 않는 한 한 걸음도 움직이지 않겠다고!"

"장군, 어떻게 수습을 해 보시오. 양 귀비는 폐하께서 지극히 아끼시는 보배 중에 보배가 아니옵니까?"

"시끄럽소! 지금 병사들의 원성이 하늘을 찌를 듯하오. 이대로 있다가는 고력사뿐 아니라 나의 운명도 어떻게 될지 모르오. 시간이 없소."

고력사는 바삐 현종을 알현하고 병사들의 우두머리인 전군 대장을 만나 사태를 해결하기 위해 분주히 노력했다. 하지만 시간이 흐를수록 사태가 수습되기는커녕 더 어렵게만 되었다.

"폐하, 이미 양 국충은 잡혀 병사들에게 살해당했으며, 귀비 마마의 세 언니와 양 국충의 아들까지도 살해당했다고 하옵니다."

"뭣이라고? 왜들 그런 일들을……."

“병사들이 지금 귀비 마마를 내놓으라며 별궁을 포위하고 있사옵
니다.”

“아니 된다. 이미 양 국충이 죽었으니 그 하나로 사건을 해결하
라. 양 귀비를 병사들에게 내줄 수는 없다.”

사태는 점점 어려워졌다. 병사들은 함성을 지르며 당장이라도 현
종이 묵고 있는 별궁으로 쳐들어갈 기세였다.

“폐하, 말씀드리기 황송하오나 귀비 마마를 내놓지 않으면 폐하
의 옥체에 무슨 일이 생길지 모를 상황이라고 하옵니다, 흐흐흑!”

“하지만 고력사, 귀비가 무슨 죄가 있다고 그의 목숨을 내놓으라
는 건가?”

“귀비 마마가 환란의 근본이므로 반드시 마마를 죽인 뒤라야 백
성들의 분노가 가라앉을 것이옵니다. 더구나 양 귀비가 총애한
안녹산이 난을 일으켰으니 마땅히 귀비 마마께서 책임이 있다고
들 원성이 드높사옵니다.”

“아니 되오. 귀비만큼은 절대로……”

“폐하, 저로서도 어찌할 방도가 없사옵니다. 이 곳은 장안도 아니
옵고……”

그제서야 현종은 현실을 깨달을 수밖에 없었다. 이 때 양 귀비가
조용히 현종 앞으로 다가왔다.

“폐하, 그 동안 소첩은 이루 말할 수 없는 은덕을 입어 이 날까지
세상 부러운 것 없이 지내왔사옵니다. 불초한 저로 인하여 폐하
께 누가 된다니, 소첩이 죽음으로 폐하를 곤경에서 빠져 나오게
하고 싶사옵니다.”

"아니 된다. 내가 있는 한 귀비를 절대로 반역자들에게 줄 수가 없다."

"폐하, 이 소첩의 소원이옵니다. 더 이상 고집 부리지 마시고 천수를 누리십시오, 폐하. 흐흐흑!"

현종과 양 귀비는 서로 부둥켜안고는 흐느껴 울었다. 이제 양 귀비의 목숨이 곧 사라질 수밖에 없다는 생각에 현종은 세상 사는 것이 허무하게만 느껴졌다.

"황제의 자리가 무슨 소용이 있단 말인가. 사랑하는 여자 한 사람도 지켜 주지 못하면서……."

현종은 애통해하며 끝까지 양 귀비와 함께 있기를 원했다.

한편, 양 귀비는 고력사를 불렀다.

"고력사는 즉시 병사들의 우두머리에게 달려가 양 귀비가 죽었다고 전하시오. 그리고는 법당으로 오시오. 이 모든 게 폐하를 위한 것임을 명심하시오."

"귀비 마마, 흐흐흑!"

고력사가 밖으로 나가 양 귀비의 목숨을 내놓겠다고 병사의 우두머리에게 전했다.

"병사들이여, 지금 고력사가 양 귀비의 목숨을 주겠다고 하였다. 잠시만 기다려 보자!"

"잔꾀를 부리거나 허튼 수작 하면 고력사는 물론 폐하의 옥체도 보장하지 못한다는 사실을 유념하시오."

고력사는 곧바로 법당으로 향했다. 법당에는 갸날픈 여인이 조용히 부처를 향해 절을 올리고 있었다. 양 귀비였다.

양 귀비는 흐르는 눈물을 억제하지 못했다. 그녀는 부처님께 절을 하며 지나온 영욕의 세월을 회상하였다.

"이제, 영욕으로 만신창이가 된 저의 삶을 용서하시고 부디 영혼만큼은 평안하게 살 수 있도록 대자대비하신 부처님께서 자비를 베풀어 주소서. 제 한 목숨으로 인해 폐하가 어려움을 겪게 되었으며, 백성들은 굶주리고 전란에 시달리며 고통 속에서 살고 있나이다. 분노에 찬 병사들에게 제 목숨을 구걸하는 구차한 삶을 살고 싶지 않사옵니다. 그러하오니 저의 육체를 받아 주시옵소서."

고력사는 양 귀비가 엎드려 흐느끼고 있는 법당으로 들어와 함께 울었다. 양 귀비는 모든 것을 정리한 듯 뒤돌아 고력사를 쳐다보았다. 고력사는 양 귀비의 얼굴을 보고 고개를 끄덕였다.

"귀비 마마, 용서하옵소서. 흐흐흑!"

고력사는 양 귀비에게 가볍게 목례 하고는 비단 보자기를 그녀의 목에 감았다. 그리고는 힘껏 줄을 잡아당겼다. 향년 서른여덟이라는 젊은 나이에 귀비는 그렇게 한 많은 생을 마감했다.

자색 요에 싸인 귀비의 시체를 뜰 밖으로 내놓았다. 병사들은 숨이 끊어진 양 귀비의 모습을 보고는 환호성을 질렀다.

"이제, 양 국충도 양 귀비도 모두 죽었다!"

"이것으로 양씨 일가를 모두 제거했으니 별궁을 풀고 폐하를 모셔라!"

병사들의 환호성 속에서 양 귀비의 차가운 시신은 아직 살아 있는 듯 아름다웠다.

"양 귀비는 죽어서도 아름답군. 정말 대단한 미모야."
병사들은 죽은 양 귀비의 시체를 보면서 한마디씩 중얼거렸다.

죽어서도 살아 있는 듯 아름다운 여자 양국환, 그녀는 마외 땅 서쪽 10리 밖 들판에 묻혀 오늘날까지도 아름다움의 상징으로서 숱한 전설을 남겼다.

훗날, 그녀가 묻힌 자리에서 아름다운 꽃이 만발했는데, 사람들은 그 꽃을 '양귀비'라고 불렀다. 양 귀비는 그녀의 현신인 꽃을 통해 아직도 세상에 살아 남아 있다.

蕭玉田古詩詞畫意　四美圖之三

그레이스 켈리는 많은 여배우 중에서도 우아하고 품위를 갖춘 왕비의 신분에 가장 잘 어울린다는 평을 받았다.

죽어서도 아름다운 미의 대명사

그레이스 켈리

“나는 작은, 이름 없는 꽃에 묻혀 잠들고 싶다.”
스크린의 여왕과 실제 여왕의 자리를 차지했던 그레이스 켈리.
그녀가 실제로 사랑한 남자는 태양의 나라 모나코의 황태자였다.
배우로서 최고의 인기를 누리고 있을 때 과감하게 배우 생활을 끝내고
300개가 넘는 왕궁의 안방 마님이 되었으니, 세상 사람들은 그녀를 두고
‘현대판 신데렐라’ 라고 말한다.
그러나 그녀는 예기치 않은 자동차 사고로 사람들의 가슴에
상처를 남긴 채 기억 속에서 멀어지고 만다.
비록 그녀는 갔어도 그녀가 남긴 아름다움은 오늘날까지도
퇴색되지 않은 채 전해 오고 있다.

인생의 방향 전환 

모나코의 황태자 레니에 공은 칸 영화제가 열리는 어느 날, 그레이스를 처음 만났다. 지금까지 봤던 여자들 중에서 그녀만큼 기품 있고 우아한 여성은 없었다. 사실 왕비의 모습이 아름답기만 하면 뭔가 좀 부족하다. 그 아름다움 뒤에는 위엄도 있어야 하고 지식과 지혜 등 모든 면에서 뛰어나야 했다. 그런 여자만이 한 나라의 왕비가 되는 것이라면 단연 그레이스를 따라올 사람은 아무도 없었다.

엘리자베스 테일러는 뛰어나게 아름다웠지만 우아함에서 부족하고, 마릴린 먼로는 기품이 없으며, 영화 〈로마의 휴일〉에서 열연을 했던 오드리 햅번은 깜찍하지만 위엄이 없다. 할리우드에서 이 모든 것을 갖춘 여성을 꼽는다면 오직 그레이스 그녀뿐이었다.

자격은 곧 기회를 부른다. 1955년 칸 영화제 때, 그레이스는 모나코 왕궁을 방문했다. 그녀의 인생은 이 때를 시점으로 방향 전환을 하게 된다.

"저는 파리 마치 기자입니다. 모나코 왕궁에서 그레이스 켈리 양과 그리고 레니에 공과 함께 사진을 찍고 싶습니다."

"모나코는 참 아름답다고 들었는데, 정말 한번 가 보고 싶어요."

그레이스 켈리는 함께 사진 찍을 사람이 독신인 줄도 몰랐고, 또 왕궁이 어떻게 생겼는지 본 적도 없었지만 흔쾌히 승낙하였다.

모나코는 칸에서 자동차로 두 시간 정도 걸리는 거리에 있었다. 왕궁에 도착하자 이미 연락을 받은 레니에 공이 나와서 손님들을 안내했다. 방이 300개나 되는 왕궁 내부와 정원, 그리고 작은 동물원까지 레니에 공은 그레이스에게 안내하면서 정성스럽게 설명해 주었다. 카메라 셔터가 눈부시게 터졌지만 레니에 공은 평소처럼 자연스런 표정을 지었다. 혹시라도 레니에 공이 그레이스에게 반해 어떤 말이라도 나올까 싶었지만 그저 자신의 집을 찾아온 먼 나라의 손님을 맞이하는 정도의 관심만 보일 뿐이었다. 그 때문에 모나코 왕궁에 갔다 온 후에도 배우인 그레이스에게 레니에 공과의 스캔들은 일어나지 않았다. 두 사람 모두 자기 관리를 잘 하는 사람들이었다.

그 후, 그레이스 켈리는 영화 〈백조〉 촬영에 들어가 정신없이 시간을 보냈다. 영화 〈백조〉는 한 나라의 왕자를 사랑해 두 사람이 결혼하는 내용이다.

그해, 그레이스는 크리스마스를 보내기 위해 필라델피아에 있는 부모님 집에서 머물고 있었다. 그런데 갑자기 모나코의 레니에 공이 필라델피아를 방문하여 그녀를 만나고 싶다는 뜻을 전했다.

그레이스 켈리는 다소 흥분되어 가슴이 두근거렸다.

"무슨 이유로?"

"미국에 오시는 목적은 건강 진단을 받기 위해서입니다. 그리고 모든 것이 비공식적인 방문이라 언론도 이 사실을 모릅니다."

그레이스는 흔쾌히 승낙했다. 지난번 모나코 왕궁에서 함께 사진 찍은 인연도 있고, 한 나라의 왕자가 직접 자신을 만나기 위해 집으로 오겠다는데 굳이 거절할 명분도 없었다. 사실 그레이스 켈리는 모나코 왕궁을 방문했을 때 그에게 호감을 갖고 있었다. 그가 독신이라는 점에 특히 마음이 끌렸다. 그런 그가 자신을 만나러 온다니, 그녀는 한 마디로 백조가 된 기분이었다.

두 사람은 서로 통하는 데가 있었다.

둘이 그렇게 만난 그해 마지막 날, 레니에는 한 파티에서 춤을 추며 그녀에게 청혼했다.

"그레이스, 나의 궁전은 혼자 지내기엔 너무 넓어요."

그레이스는 레니에가 무슨 말을 하는지 충분히 알고 있었다. 그녀는 행복한 미소를 지으며 이렇게 말했다.

"저는 제 남편이 그레이스 켈리 부군이라고 불리는 것을 원치 않습니다. 결혼한다면 남편의 성을 따르고 싶습니다."

모나코 왕비로 불리고 싶다는 말이었다. 결국 두 사람은 우회적이지만 결혼을 청하고 승낙하였다.

결혼 소식이 세상에 알려지기 전에 그레이스 켈리는 그 동안 교제해 오던 디자이너 오레그 카시나에게 이 사실을 전화로 짤막하게 알렸다.

"신문을 읽기 전에 내 입으로 말하고 싶어요. 저 레니에 3세 부인이 되기로 승낙했어요."

이것이 그레이스 켈리가 마지막으로 미국 사회에서 로맨스를 불태운 남자에게 했던 작별의 말이다.

망명한 러시아 귀족의 손자로 파리에서 태어난 오레그는 로마와 뉴욕에 가게를 갖고 있는 유명한 드레스 디자이너다. 그레이스는 오레그와 결혼하고 싶었지만 집안의 반대가 심했다. 오레그는 이혼 경력이 있는 데다 플레이보이로 소문이 나 있었기 때문이다.

원래 그레이스 켈리 집안은 부자였다. 아버지는 필라델피아 건축 회사의 사장이었고, 어머니는 모델 출신인 미인이었다. 그레이스 켈리의 백부는 퓰리처 상을 받은 바 있는 극작가였다. 그래서 그레이스 켈리는 돈 때문에 아무 영화에나 출연하지 않았다. 마음에 드는 배역과 영화만 선택해서 작품에 몰두했기 때문에 그녀가 출연한 11편의 영화는 모두 성공하는 진기록을 남기기도 했다.

세기의 결혼 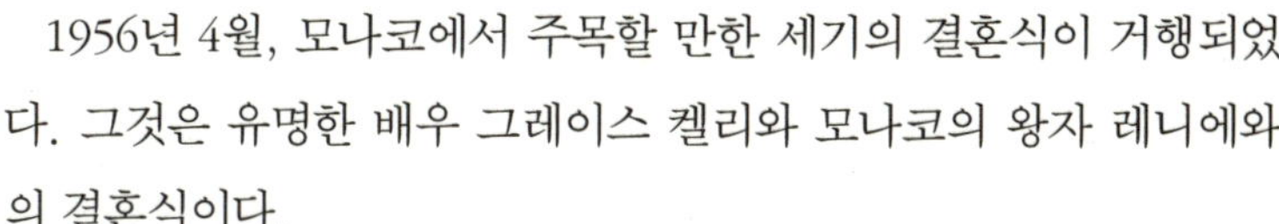

1956년 4월, 모나코에서 주목할 만한 세기의 결혼식이 거행되었다. 그것은 유명한 배우 그레이스 켈리와 모나코의 왕자 레니에와의 결혼식이다.

그레이스 켈리와 그의 가족들은 여객선을 타고 모나코로 향했다. 일행 모두는 그레이스가 이제 곧 황태자비가 된다는 생각에 가슴이 벅찼다.

모나코는 이미 오래 전부터 축제 분위기였다. 전야제에 뒤이어 결혼식은 18일과 19일, 두 차례에 걸쳐 거행되었다. 법률상의 결혼식과 종교상의 결혼식이다.

르네상스식 웨딩드레스를 입은 그레이스와 나폴레옹 시대를 연상케 하는 훈장을 가슴에 가득 단 레니에 공의 결혼은 바로 영화 속

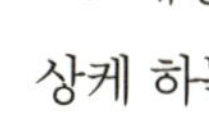

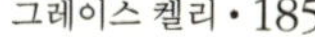

의 한 장면을 방불케 했다. 밤하늘을 수놓은 불꽃을 감상하며 사람들은 밤새 춤을 추웠다. 모두들 두 사람의 행복한 결혼 생활을 축복해 주었다.

세기의 결혼식인 이들의 결혼식을 보기 위해 세계 각국에서 수많은 하객들이 몰려들었다. 호텔마다 만원이었고 거리는 사람들로 붐볐다. 두 사람의 결혼식을 취재하기 위해 세계 각국에서 온 2,000여 명이나 되는 기자들은 열띤 취재 경쟁을 벌였다.

왕족이 있는 영국은 보다 특별한 관심을 보였다.

"우리 영국은 발레단을 보내겠소."

"우리 프랑스도 발레단을 보내겠습니다."

사실, 그레이스 켈리가 왕자를 낳지 못한다면 모나코는 프랑스에 합병당하는 위기에 처할 상황이었다. 그래서 프랑스 또한 그레이스 켈리에게 지대한 관심이 있었던 것이다.

유럽은 온통 축제 분위기였고 각 나라에서는 사절단을 보내 결혼식을 축복해 주었다. 군함에 탄 수병들이 모나코를 방문하여 결혼식을 축하하기도 하였다. 모나코 국민은 물론 수많은 관광객들이 한집안 식구처럼 즐거워하며 아름답고 화려한 두 사람의 결혼식을 축복해 주었다.

19일 저녁, 축복을 받으며 탄생한 이 부부는 레니에의 요트 '데오 쥬반테'를 타고 스페인으로 신혼 여행길에 올랐다. 세계의 이목을 집중시킨 이 결혼식은 일 주일씩이나 계속되었다.

모나코는 그레이스 켈리를 신부로 맞이함으로써 현실적으로 몇 갑절의 관광 수입을 올릴 수 있었다.

뜨거운 태양과 지중해의 에메랄드빛으로 둘러싸인 동화에 나옴 직한 작은 나라 모나코. 대부분 관광과 카지노의 수입으로 살아가는 모나코 국민들은 나라에 세금을 낼 필요가 없어 비교적 부유하게 살았다. 그런데 그레이스가 모나코 왕비가 되면서 미국인들의 모나코 여행이 급증했다. 결국 모나코의 관광 수입은 부쩍 늘었고 국민들은 이래저래 그녀를 사랑하게 되었다.

그레이스 켈리는 결혼 후, 단 한 편의 영화에도 출연하지 않았다. 팬들에게는 서운한 일이었지만 그녀는 인기 절정일 때 과감하게 배우의 길을 정리한 용기 있는 배우였다.

"성공이나 명성도 서로 나눠 가질 상대가 없으면 허무할 뿐이다."

그레이스는 더 이상 영화에 미련을 갖지 않았다. 작은 나라지만 왕비로서의 책임과 역할을 다하며 모나코를 이을 왕자 낳는 일에 더 많은 신경을 썼다.

결국 그레이스 켈리는 세 아이를 낳았고, 모나코를 프랑스에 합병당할 위기에서 구해 준다.

그레이스 켈리에게 있어서 왕궁 생활은 그리 쉬운 것이 아니었다. 엄격한 규칙이나 전통을 제대로 지켜야 하고, 언제나 긴장하며 위엄을 갖춘 모습을 보여야만 했다. 크게 웃을 수도, 누구와 잡담을 할 수도 없는 생활이었다. 게다가 살아온 방식과 가치관이 다른 레니에와의 생활은 자유롭게 살아온 그녀에게 있어서 다소 힘들기도 했다.

그러나 그녀는 탄탄하게 다져진 연기 훈련 덕에 무난하게 왕궁 생활에 잘 적응했고, 왕궁의 법도도 쉽게 익힐 수 있었다.

"내가 배우 생활에서 익힌 시간을 엄수하는 일, 같은 일을 몇 차례고 되풀이하는 일, 화장하는 방법, 걸음걸이, 남과 접촉하는 방법 등은 다시 배울 필요가 없었어요."

배우 그레이스 켈리는 한 나라의 왕비로서 만족해하며 아무 문제없이 지냈다.

작은, 이름 없는 꽃에 묻혀 잠들고 

그레이스 켈리는 1957년 1월에 공주 캐롤라인을, 이듬해엔 알베르도 왕자를, 그리고 1965년에는 스테파니 공주를 낳고 세상에서 가장 아름답고 행복한 어머니가 되었다.

그녀는 매일 분주하게 살았다. 왕비이며 한 사람의 아내이고, 세 아이의 어머니이면서 300개가 넘는 방이 있는 궁정의 안주인이기도 했던 그녀는 정말 바쁘지 않을 수 없었다. 하루에 서너 차례씩 옷을 바꿔 입을 정도로 바쁜 나날이 계속되었다. 낮에 입는 옷, 만찬을 위한 드레스, 발레나 오페라를 관람할 때 입는 옷 등 때로는 자선 무도회까지 개최하여 바쁜 시간을 보냈다.

모나코 왕궁에서 그레이스 켈리에 관한 이야기가 나오면 세계의 언론은 그 소식을 경쟁적으로 보고하기에 바빴다.

장녀 캐롤라인이 열여덟 살이 되었을 때다. 캐롤라인은 호텔왕의 아들 테니스 보그와 장 폴 벨몽드 등을 상대로 염문을 뿌리기 시작했다. 끝내 그녀는 부모의 반대를 물리치고 19년이나 연상인 플레

이보이와 결혼했다가 곧 이혼하고 만다.

세계의 언론은 캐롤라인의 염문을 대대적으로 보도하며 흥밋거리로 삼았다. 언제부터인가 모나코 왕궁은 스캔들의 온상으로 주목받고 있었다. 그래서 그레이스 켈리는 자녀 교육에 더욱 신경을 썼다. 하지만 자식만큼은 뜻대로 되지가 않았다.

훗날 모나코를 이끌고 나갈 알베르도 왕자도 심심찮게 스캔들을 뿌렸고, 차녀인 스테파니도 담배를 피우며 디스코에 열중하는 등 자식들이 성실하지 않았다. 그래서 그레이스는 세상의 평범한 부모들보다도 몇 배나 더 고달픈 세월을 보내야만 했다.

늘 세계적인 특종감이었던 그레이스 켈리의 자녀들의 염문, 그러나 가장 큰 특종은 그녀의 최후에 찾아왔다. 그레이스 켈리의 사고 소식이 모나코 왕궁에서 전해졌을 때 세상은 온통 슬픔에 잠겼다.

"1982년 9월 13일, 별장에서 스테파니 공주와 함께 왕궁으로 돌아오던 왕비께서는 산길에서 급커브를 돌다가 40m 절벽 아래로 추락하여 불길에 휩싸이고 말았습니다. 두 사람은 곧 몬테카를로 병원으로 이송되었으나 상태가 매우 위급한 것으로 알려졌습니다."

그레이스 켈리의 사고 소식은 전 세계로 빠르게 전해졌다. 모나코 왕국의 국민들은 가장 인기 있고 사랑받는 그녀가 다시 살아나기만을 기도하며 모두들 침울해했다.

그러나 안타깝게도 그레이스 켈리는 이튿날인 14일 오후 10시 30분경, 머나먼 나라로 떠난다. 26년간의 행복한 결혼 생활을 마감한, 아직 젊은 53세의 그레이스 켈리는 불꽃처럼 타올랐던 생을 마감한 것이다.

죽기 전 그녀의 입술이 가볍게 움직이며 이렇게 말하였다.

"난 작은, 이름 없는 꽃에 파묻혀 자고 싶어……."

미의 대명사로 불렸던 그레이스 켈리, 그녀가 남긴 주옥 같은 영화와 생전의 아름다움은 영원히 사람들의 가슴에 남아 오래도록 잊혀지지 않고 있다.

사랑없는 대영제국의 황태자비 자리를 과감히 벗어 던지고 진정한 사랑을 갈구했던 다이애나.
많은영국인들은 그녀를 가련한 황태자비로 생각하고 있다.

몰락해 가는 영국 귀족 스펜서 가의 딸로 태어나
전 세계인의 사랑과 흠모를 한몸에 받고 살다가 떠나간 행복한 여인 다이애나.
그녀는 열세 살이나 많은 찰스 왕세자의 눈에 띄어 결혼과 이혼,
그리고 곧 재혼할 도디와 함께 사고로 죽을 때까지
많은 염문을 뿌린다. 또한 그녀는 세계 무대를 상대로 자선 사업과
개인 지뢰 금지 등의 활동으로 짧지만
크고 아름다운 삶을 살았던 비운의 왕세자비였다.

도디와의 만남

"다이애나, 이건 진심이오. 당신과 결혼하면 왕족 못지않게 행복
하게 해 주겠소. 우리의 약혼 기념 선물로 이 반지를 드리겠소."

도디는 억만장자인 아버지 모하메드 알 파예드의 배경으로 할리
우드에서 영화 제작을 하는 사람이다.

다이애나와 불행하지만 행복한 순간을 함께했던 도디는 그녀가
찰스 왕세자와 이혼한 뒤 초호화판 파티에서 만났다.

"영화 제작자인 도디 파예드 씨입니다. 〈화차〉와 〈훅〉 등의 영
화를 제작하신 분이지요."

도디 파예드를 소개받은 다이애나는 다부진 몸매와 세련된 매너,
그리고 잘생긴 얼굴이 마음에 들었다.

이 날 이후, 두 사람은 급속도로 가까워졌다. 도디는 다이애나를
만날 때마다 엄청난 재력가라는 사실을 우아하지만 겸손하게 있는
그대로를 이야기해 주었다. 도디는 자신과 결혼을 하면 다이애나가
손대고 있는 자선 사업에 적극적으로 동참하겠다며 그녀와 결혼하
기를 원했다. 도디는 다이애나보다 다섯 살 연상으로, 영국 육군사
관학교를 졸업하고 장교로 근무했던 엘리트다.

또한 1987년, 미국 캘리포니아 출신 톱모델 수잔 그레가드와 결

혼했다가 8개월 만에 이혼한 경력이 있다. 그 때 위자료로 200만 달러를 주어 세간을 놀라게 한 인물이기도 하다.

그 후, 도디는 할리우드 영화 제작자로서 유명 인사들과 함께 아버지의 소유인 파리의 리츠 호텔과 뉴욕, 로스앤젤레스에 있는 자신의 저택과 별장에서 파티를 여는 일로 세월을 보내고 있었다.

도디와 염문을 뿌린 영화 배우 가운데는 우리에게 잘 알려진 줄리아 로버츠, 티나 시나트라, 브룩 실즈 등등 셀 수 없이 많다.

"사실 나는 그 동안 여러 유명 여배우들과 염문을 뿌린 것도 사실이오. 그러나 당신과 결혼한다면 남은 여생은 반드시 당신을 지상에서 가장 행복한 사람으로 만드는 일에 전념하겠소."

다이애나는 도디와 만나면 만날수록 그의 매력에 끌렸다.

'도디라면 내 인생을 맡기기에 충분해. 그는 나를 이해하고 사랑하고 있어!'

결국 다이애나는 결혼을 승낙하고 도디가 약혼 선물로 준비한 약 1억 8,000만 원을 호가하는 다이아몬드 반지를 손가락에 끼었다.

여름 휴가 때 프랑스의 휴양 도시 생 트로페즈에서 달콤한 휴가를 함께 보냈던 두 사람은 급속도로 가까워졌다. 지중해의 보랏빛 바다 위 초호화 요트에서 두 사람이 반라의 모습으로 포옹하며 키스하는 장면이 파파라치의 망원 렌즈에 잡혀 언론에 공개되었다.

그러자 영국 왕실은 비록 이혼한 다이애나지만 바람둥이 도디와의 뜨거운 사랑 관계에 대해 불편한 심기를 드러냈다. 이에 질세라 세계 각 언론은 그녀의 염문설을 대서 특필하였다.

다이애나의 연인들

찰스 왕세자와 별거 생활할 당시, 외로움과 고독을 이기지 못한 다이애나는 승마 교관 휴이트와 밀회를 즐겼다. 그 장면이 파파라치들에 의해 심심찮게 언론에 보도되었는데, 그 밖에도 여러 남자가 있었지만 다이애나는 침묵으로 일관했다.

그러던 어느 날, 다이애나의 전 동서인 퍼거슨이 책 한 권을 들고서 그녀가 살고 있는 캔징턴 궁으로 찾아왔다. 그 책에는 다이애나가 어려울 때 퍼거슨에게 털어놓았던 휴이트와의 불륜이 적나라하게 쓰여 있었다.

"지금 이 책을 출간하겠다는 겁니까?"

"이왕이면 더 솔직하게 쓰는 게 좋지 않을까?"

"아무리 돈이 필요해도 그렇지, 남의 사생활을 이렇게 마음대로 써도 되는 거예요?"

다이애나는 경악했고 다시는 자신을 찾아오지 말라며 쫓아 보냈다. 그러나 빚에 쪼들리던 퍼거슨은 결국 책을 출간하고 말았다.

세계의 언론과 사람들은 충격적이었다. 이 모든 것이 뜬소문이길 바랬다. 그러나 책을 낸 장본인이 측근인 동서라는 점에서 결국 모든 것을 믿을 수밖에 없었다. 그녀의 이미지는 추락하고 말았다.

그러자 다이애나는 모 방송국 대담 프로그램에 나와 휴이트와의 관계에 대해 솔직하게 털어놓았다. 그녀는 휴이트를 정말 사랑했으며 깊은 관계라며 울먹이기까지 했다. 텔레비전을 통해 본 영국 국민과 전 세계 사람들은 다이애나의 솔직하고 대담한 발표에 경악하였다.

처음에 여론의 반응은 나빴다. 아무리 남편인 찰스가 바람을 피우고 또 별거 상태에 있었다 하더라도 영국의 정신적 지주인 왕실의 왕세자비가 평범한 시민과, 그것도 교관과 놀아났다는 사실에 사람들은 실망이 대단했다. 영국 왕실은 이제 끝이라는 표현까지 서슴지 않았다.

그런데 얼마 후, 영국 국민과 세계 사람들은 인간 다이애나의 고독과 슬픔에 동정을 보내기 시작했다. 때맞춰 다이애나는 온갖 스캔들을 잊으려는 듯 전 세계의 후미진 곳을 돌아다니며 자선 사업에 맹열성이었다.

훤칠한 키에 빼어난 미모, 영국의 왕세자와 이혼한 35세의 전 왕세자비를 언론은 그냥 놔두지 않았다. 그녀가 가는 곳에는 늘 스캔들이 터져 나왔고 가십거리가 제공되었다. 전 세계 패션을 주도하며 염문까지 뿌리는 귀부인을 그냥 둘 언론이 아니다. 음유 시인 스팅이 노래를 부르면서 다이애나와 의문의 눈빛을 서로 주고받았다는 둥, 톰 행크스에게 구애했으나 그가 바쁘다는 핑계를 댔다는 둥, 심지어는 미 프로 농구의 악동 로드먼에게 추파를 던져 어느 해 여름 그녀가 묵고 있는 캔징턴 궁을 방문해 줄 것을 요청했다는 소문까지 나돌았다.

그러나 다이애나는 이런 모든 소문에 침묵으로 일관하며 자신의 일에만 열중하였다.

하지만 휴이트와 헤어진 뒤 해스냇 칸이라는 파키스탄 의사와 사랑에 빠진 사실만큼은 그녀도 인정하였다.

심장병 전문의인 칸은 다이애나의 친구가 입원해 있는 병원의 의사였다. 친구의 문병을 갔다가 강한 인상을 받은 다이애나는 그와 사랑에 빠졌고 곧 그와 결혼해서 딸을 낳고 싶다는 이야기까지 했다. 다이애나가 정식 이혼을 하고 난 후, 두 사람은 더욱 더 가까워졌다. 두 사람은 캔징턴 궁과 병원을 오가며 그들의 사랑을 불태웠다.

그런데 칸과 그의 가족은 모두 독실한 이슬람교 신자였다. 칸은 종교를 떠나 그녀를 사랑했지만 칸의 가족은 이슬람교도가 아닌 그녀를 받아들이지 않았다. 결국 두 사람은 헤어지고 말았다. 다이애나는 또 한 번의 시련의 아픔을 겪어야 했다. 그녀는 시련을 잊기 위해 세계를 돌아다니며 사랑과 평화의 사절로서 전념했다.

하지만 세상 남자들은 그녀를 그냥 놔두지 않았다. 다이애나는 혜성처럼 나타난 도디와 만나게 되었고, 결국 재혼까지 생각하게 되었다.

마지막 만찬 

다이애나는 주로 호텔에서 도디와 만나 장래의 일을 계획하며 밀월을 즐겼다. 여름 휴가 때 파파라치들에게 걸려들어 자신들의 사진이 언론에 공개된 후부터 그녀는 외부에서 도디와 만나는 것을 꺼려했다.

도디는 파리에 있는 자신의 소유인 호텔에서 주로 그녀를 만나 데이트하였다. 운명의 날인 8월 30일 오후, 두 사람은 리츠 호텔로 들어갔다. 그들은 그 곳에서 저녁 식사를 하기로 했다. 식사를 하기 전, 와인 한 잔을 앞에 놓고 그들은 사랑을 속삭였다. 그리고 도디는 다이애나에게 다이아몬드 반지를 끼워 주었다. 다이애나는 잔잔한 미소로만 대답할 뿐 두 사람은 아무 말이 없었다. 이윽고 도디가 저녁 식사를 끝내고는 한마디 했다.

"내 아파트로 갔다가 런던으로 가는 게 좋겠어요, 다이애나."

"밖에 파파라치들이 눈독을 들이고 있을 텐데요."

다이애나는 파파라치들이 따라붙는 것이 싫었다. 마음 같아서는 그냥 호텔에 머물고 싶었다.

"걱정 말아요. 내 모든 준비를 다 해 놓았으니까."

도디는 듬직한 말투로 다이애나를 안심시켰다. 그는 생 트로페즈에서 파리까지 파파라치들을 따돌리고 온 터라 다소 걱정이 덜 되었다. 도디는 호텔 전속 운전기사들을 불러 모았다.

"장, 자네는 내 리무진을 몰고 루브르 박물관 쪽으로 달리게. 그리고 샘, 자네는 호텔 VIP 전용차를 몰고 그 뒤를 따라가다가 개선문 쪽으로 달려. 파파라치들을 어떡하든 따돌려야만 해."

도디의 운전기사 장은 이미 파파라치들에게 잘 알려진 인물이었다. 그래서 눈속임을 하기 위해 도디와 다이애나는 장이 모는 차를 타지 않고 대신 도디의 경호원인 앙리 폴을 호텔로 나오도록 한 것이었다.

"폴, 자네가 벤츠를 몰아 내 아파트까지 가 줘야겠어."

"네, 잘 알겠습니다."

계획대로 준비를 마치고는 다이애나와 도디로 변장한 남녀 한 쌍이 계획된 자동차에 올라탔다. 그리고 10분 간격으로 출발하였다.

그러나 계획은 수포로 돌아갔다. 어찌 된 영문인지 파파라치들은 진짜 다이애나와 도디가 탄 자동차를 끈질기게 추적해 왔다.

"일곱 명이나 되는데요!"

"알마교를 빠져 나가!"

도디가 다급하게 소리쳤다. 이에 폴은 속도를 높이며 오토바이를 탄 파파라치들을 따돌리기 위해 전속력을 냈다. 차는 센 강 북쪽 강변로를 바람을 가르며 달렸고, 알마교 바로 앞 교차로의 터널로 접어들었다.

자동차가 지하 차도 안에서 급회전을 하자 귀가 찢겨 나갈 것 같은 금속 굉음이 났다. 다이애나는 그 순간 도디의 가슴으로 쓰러졌고, 곧이어 자동차는 벽을 들이박고는 폭발하고 말았다.

지하 차도 안은 굉음과 연기, 그리고 먼지로 온통 가득했다. 파파라치들은 그 순간에도 사람들을 구조할 생각은 하지 않고 오로지 사진 찍기에만 여념이 없었다. 뒤이어 따라온 자동차에서 내린 사람들은 파파라치들을 폭행하며 카메라를 빼앗았다. 그리고 곧이어 경찰차가 달려왔다.

도디는 그 자리에서 즉사하였고 다행히 다이애나는 응급실로 급히 후송되었다. 라 피티에 살페트리에르 병원에 후송된 그녀는 도착한 지 두 시간 뒤, 조용히 의사에게 한마디의 말만 남기고는 숨을 거두었다.

"날 홀로 내버려 둬요……."

다이애나는 흉부 과다 출혈로 새벽 4시쯤 영원히 세상을 떠났다. 이에 영국 왕실과 영국 국민들은 큰 슬픔에 잠겼다. 찰스는 두 아들을 데리고 가까운 교회에 가서 그녀의 영혼을 위해 기도하였다. 전 세계는 그녀의 죽음을 슬퍼하며 애도 전문을 보냈다.

"헌신적인 사랑으로 인류를 위해 봉사를 실천했던 다이애나 왕세자비의 사고 소식에 슬픔을 전한다."

"다이애나는 전쟁 고아와 에이즈 환자, 노약자들을 위한 평화의 사도였다."

영국 국민들은 다이애나를 추모하기 위해 곳곳의 지방에서 런던으로 올라왔다. 영국 정부가 임시 열차까지 마련할 정도로 그녀를 위한 추모객은 수백만을 넘었다. 그녀의 시신이 모셔져 있는 궁에는 점점 꽃다발이 쌓였다. 영국 국민은 물론 전 세계의 국민들은 다이애나의 죽음을 진심으로 슬퍼하였다. 그런데 정작 영국 왕실은 이렇다 할 행동을 보이지 않았다. 다이애나는 한때 왕세자비가 아니었던가! 영국 왕실은 국민들로부터 비난과 원망을 샀다.

"우리의 여왕은 왜 침묵하는가!"

"영국 왕실은 이제 끝인가!"

여론의 화살이 거세지자 영국 왕실은 대변인 성명을 통해 버킹검 궁에 조기를 내걸어 조의를 표했다. 또 크라이스 교구 교회에서 열린 다이애나 왕세자비 추모 예배에 엘리자베스 여왕을 비롯한 왕실 가족들이 참석하였다.

사실 다이애나에 대한 영국 왕실의 입장은 좋지 않았다. 다이애나는 찰스 왕세자와 정식으로 이혼하기도 전에 연인과 깊은 관계에 있었고, 또 이혼 후에도 도디라는 사내와 함께 있다가 자동차 사고를 당한 것이니 불만이 컸던 것이다.

다이애나는 권위적이고 점점 소원해지는 왕실에 대해 감정이 많았다. 그녀는 자신의 고문 변호사를 통해 '사랑의 매듭'이라고 불리는 시가 약 21억 원이나 나가는 왕관을 경매에 내놓으려고 은밀하게 알아보고 있었다. 이에 영국 왕실은 왕관이 다른 사람에게 넘어가는 것을 막기 위해 필사적으로 노력하였고, 그 때문에 다이애나와 왕실 사이의 감정의 골은 깊어만 갔다.

한편 다이애나가 경매에 내놓은 물건은 왕관 이외에 약혼식 때 받은 약혼 반지를 비롯하여 사우디아라비아 왕자가 선물한 사파이어 귀걸이 등이 있었는데, 하나같이 값이 나가는 물건들이었다. 그녀는 자신이 결혼해서 지금까지 입었던 각종 드레스 80벌을 경매에 내놓아 약 5,000만 달러의 판매 수익금을 올려 모두 자선 단체에 기부했다.

그녀가 이렇게 자선 사업에 관심을 갖게 된 것은 테레사 수녀를 만나고 나서부터다. 작고 보잘것없이 행색이 초라한 테레사 수녀를 처음 본 순간, 그녀는 마치 큰 산을 마주하고 있는 듯 큰 감동을 받았다고 한다. 사실 다이애나의 이런 행동은 영국 왕실에 대한 반발심, 특히 엘리자베스 여왕에 대한 반발심에서 시작되었다고 할 수도 있다.

이 세상에 다이애나만큼 세계의 언론과 축복을 받으며 결혼식을 올린 여자, 또 마지막 가는 길에 세계인이 함께 슬퍼하고 애도해 준 여자도 없다. 그녀는 개인적으로는 많은 염문을 뿌린 아름다운 여자였지만, 공적으로는 왕실의 권위를 과감하게 벗어던지고 아프고 어려운 세상 속 사람들에게로 당당하게, 그리고 다정하게 다가간 사람이다. 그래서 세계는 그녀에게 아낌없는 찬사와 애도를 보낸 것이다.

어쩌면 그녀는 영원한 세계의 연인으로 남아 있기를 바랐는지도 모른다. 그래서 신은 도다라는 한 남자에게 다이애나를 빼앗기지 않으려고 일찍 데려갔는지도 모른다.

20세기 마지막 신데렐라 다이애나의 36년간의 인생은 엘튼 존의 노래 가사처럼 그렇게 살다가 끝났다.

영국의 장미여, 안녕.
당신은 우리 마음에 영원히 피어날 겁니다.
당신은 생명이 갈갈이 찢긴 곳에 놓인 우아함 그 자체였습니다.
당신은 우리 조국을 소리쳐 구해 냈고
고통에 빠진 사람들에게 속삭여 주었습니다.
이제 당신은 천국에 계시고
별들은 당신의 이름을 수놓고 있습니다.

당신은 바람 속의 촛불처럼 사라졌습니다.
비가 몰려와도 해가 저물어도 꺼지지 않는
당신의 발은 항상 여기에 머물 것입니다.
영국의 가장 푸르른 언덕과 함께
영국의 촛불은 오래 전에 꺼졌으나
당신의 전설은 영원할 것입니다.
우리가 잃어버린 사랑스러움
당신의 미소가 없는 날들은 공허하기만 합니다.

우리는 이 횃불을 계속 운반해 갈 것입니다.
우리 나라의 황금빛 아이를 위해
우리가 아무리 참으려 해도
진실은 우리를 눈물 속으로 데려갑니다.
수많은 세월 동안 당신이 가져다 준 기쁨을 어떤 말로도 표현할
수 없습니다.

영국의 장미여, 안녕.
당신의 영혼을 잃은 이 땅에서 우리는 당신의 연민의 날개들을
당신이 생각했던 것보다 훨씬 더 그리워할 것입니다.

다이애나는 웨스트민스터 성당을 떠나 런던 북쪽 스펜서 집안 소유의 옛 교회당 터에 묻혔다. 두 아들이 수시로 엄마의 무덤에 찾아올 수 있도록 배려했다는 것이 왕실 측에서 밝힌 입장이다.

짧지만 파란만장한 삶을 살았던 다이애나는 그렇게 엘튼 존의 노래처럼 우리 곁에서 사라졌다. 하지만 그녀가 남긴 흔적은 영원히 '다이애나 왕세자비의 사랑의 전설' 로 인류의 가슴 속에 남아 있을 것이다.

찰스 왕세자는 30여 년간의 길고 긴 '밀애' 끝에 연인 커밀라 파커 볼스와 2005년 4월 9일 12시 30분에 윈저 시청 대강당에서 결혼식을 올렸다.

미국국적을 가진 유부녀의 신분으로 황태자의 사랑을 받았기에 영국인들로부터 비난을 받았던 심프슨 부인.
그녀의 마력은 어디에서 나오는 걸까!

심프슨 부인

불륜도 사랑에 속할까?
그것이 불륜이든 사랑이든 당사자들에게는 '진정한 사랑' 일 것이며,
타인에게는 비난의 대상일 것이다. 한 남자를 사랑함으로써
역사를 바꿔 놓은 여자가 있다. 유부녀인 심프슨 부인,
그녀가 사랑한 남자는 대영제국의 국왕. 이들의 왕관을 건 이 세기적 사랑은
온 세상을 발칵 뒤집어 놓고 끝내 사랑을 이루고야 만다.

세기적 사랑 

두 사람의 운명적인 만남은 1930년 겨울에 이루어졌다.

독일의 공습을 알리는 사이렌 소리에 사람들은 방공호로 대피하였다. 그 곳에는 세상을 놀라게 할 세기적 사랑의 운명적 주인공 둘도 포함되어 있었다.

영국 국왕의 자리를 빼앗아 버린 그녀는 과연 어떤 여자일까? 심프슨 부인은 첫 결혼은 실패해 이혼하고 두 번째 결혼하여 아이까지 낳아 행복한 가정을 꾸리며 살아가는 평범한, 그리고 아름다운 미국 여자다.

에드워드 황태자는 결혼 적령기를 훌쩍 넘은 미혼의 청년으로, 어떤 여자라도 가슴이 설렐 만큼 그런 미남이었다. 당시 유럽의 여러 공주들이 에드워드 8세의 프러포즈를 기다릴 정도였다고 한다.

그러나 정작 에드워드 8세의 마음을 사로잡은 여성은 윌리스 심프슨, 그녀는 미국 볼티모어의 평민 여성으로 이미 30대 중반의 나이로 접어든 기혼 여성이었다. 그때 황태자의 나이는 서른 여섯이었다.

방공호에 대피해 있던 그 날, 마침 윌리스는 감기에 걸려 있었다. 재채기를 하자 옆에 있던 황태자가 말을 걸어 왔다.

"이 곳엔 미국식 중앙 난방이 없군요, 그렇죠?"

그러자 그녀는 당황하지 않고 자연스럽고 부드러운 말투로 대답했다.

"전하는 저를 실망시키셨어요."

뜻밖의 대답이었다. 영국 황태자 앞에서 그런 언동을 한다는 것은 있을 수 없는 일이다. 그러나 황태자는 오히려 그녀의 말에 묘한 매력을 느꼈다.

"뭐라고요?"

그녀가 웃으며 다시 말을 이었다.

"영국에 와 있는 미국인은 어느 누구에게나 이런 질문을 받아요. 저는 전하께서 독창적인 말을 하시리라 기대했거든요."

그녀는 또박또박 한치의 떨림도 없이 말하였다. 그것도 눈웃음까지 흘리며 말이다.

황태자는 그런 그녀의 모습에서 신선한 충격을 받았다. 지금까지 자기 앞에서 속마음을 그렇게 솔직하게 또박또박 이야기 히는 사람은 없었다.

심프슨은 그런 여성이었다. 재치가 넘치고 주위 사람들의 마음을 편안하게 해 주는 그런 매력을 지닌 여성이었다. 가정 생활은 평범했지만 뭔가 비범한 기질을 타고났던 것이다. 방공호에서의 첫 만남, 그 짧은 대화로 황태자의 마음을 사로잡은 것 역시 그런 타고난 매력 때문이었을 것이다.

그 이후 황태자는 말 잘하고 언제나 편안한 웃음을 주는 이 미국인 유부녀를 자주 만나게 된다. 은밀히 황태자의 별장에서 둘만의 시간을 갖기도 하고, 때로는 귀족들 파티에 심프슨 부인과 함께 나

타나기도 했다. 정해진 수순처럼 이는 곧 상류 사회의 이야깃거리
가 되기 시작했다.

두 사람의 관계가 세상에 알려지자 심프슨 부인은 당당하게 자신
의 가족들에게 에드워드 8세를 소개하기로 했다. 그녀는 어느 날 저
녁 식사때 황태자를 자신의 집에 초대하였다. 황태자가 집에 온다
는 사실에 그녀의 남편과 아이들은 가슴 설레여했다. 그러나 그 이
후로 두 사람의 관계는 더욱 친해져 공식적인 파트너가 된다.

황태자는 심프슨에게서 지금까지 만난 여자들에게는 없는 뭔가를
발견했다. 상류 사회의 영국 여성은 장갑을 낀 채 악수하는 듯한 그
런 느낌이었으나, 심프슨에게서는 맨손의 따뜻한 감촉을 느꼈다.

심프슨의 미소와 밝은 웃음소리는 참으로 매력적이었다. 황태자
는 그간의 삶 속에서 소리를 내어 웃는다는 것은 품위 없는 행위로
여겨 왔기에, 그녀의 웃음은 황태자에게 있어서 오히려 그 가치를
더욱 발휘할 수 있었다. 윌리스는 잘 웃었다. 그것도 유쾌한 소리로
웃었다. 가식없이 마음껏 웃을 뿐만 아니라 재미 있는 말을 하여 주
위 사람들이 폭소를 터뜨리기도 하였다. 그녀가 있는 자리엔 늘 웃
음이 넘쳤으며 사람들이 모여들었다. 사실 두 사람을 맺어 준 것은
바로 그 웃음이다. 황태자는 그녀와 같이 있으면 마음이 편안하여
해방감을 맛볼 수 있었다.

두 사람이 자주 만나 웃음을 나누는 동안 사랑도 점점 깊어갔다.
그러자 그녀는 더 이상 욕심을 내서는 안 된다고 생각했다. 황태자
는 평범한 남성이 아니었기 때문이다. 그는 언젠가는 국왕이 될 사
람이고, 윌리스 역시 자유의 몸이 아닌 엄연히 한 남자의 부인이며

아이들을 키우는 어머니인 것이다.

황태자는 자주 윌리스 집 앞으로 자동차를 보냈다. 또 그는 자주 드나들며 그녀를 사교계에 데리고 나갔다. 그러자 그녀의 남편은 불안해하기 시작했다. 게다가 잦은 파티 참석으로 화려한 의상을 해 입는 바람에 심프슨의 가계 지출은 점점 부담되기 시작했다. 결국 그녀의 남편은 한 가정의 가장으로서 더 이상 이 상황을 내버려 둘 수 없어 그녀에게 말했다.

"윌리스, 황태자의 청을 딱 잘라 거절할 수는 없겠어?"

윌리스는 커다란 눈을 동그랗게 뜨면서 말했다.

"이것은 전하의 명령이에요."

"알아. 하지만 당신은 한 가정의 어머니야. 당신 신분에 맞게 생활해야 돼!"

"지금 나에게 설교하는 거예요? 난 전하의 명령에 따라 파티에 가는 것뿐이에요."

그녀는 자신이 저지르고 있는 행동이 얼마나 큰 고통과 위험이 따르는 것인 줄 알면서도 황태자의 명령이란 말로 모든 사실들을 정당화하려 했다.

"당신은 지금 정상이 아니야. 불장난을 하고 있어!"

그녀의 남편은 걱정스러운 눈길을 보냈다. 그러나 이미 그녀는 평범한 시민에 불과한 남편 따윈 안중에도 없었다. 아이들에게도 신경 쓰지 않고, 오직 사교계의 모임에 들락거리는 데에만 온통 정신이 빠져 있었다.

아내가 말을 듣지 않자 남편은 황태자에게 직접 자신의 뜻을 전하고 싶었다. 하지만 그는 용기가 없었다. 아무런 대책도 없이 아내와 황태자의 불장난을 지켜보며 그저 매일매일 가슴앓이만 했다.

그녀의 가정은 점점 더 엉망이 되어 갔다. 아내, 그리고 엄마의 자리가 비자 가정의 모든 질서는 무너져 버렸다. 윌리스가 황태자와 함께 파티에서 춤을 추는 날이면 그녀의 남편은 술로 마음을 달랬다.

"내 아내를 유혹하지 마시오!"

그는 그저 혼자 소리를 쳤다.

그는 아내를 잃고 싶지도, 그렇다고 막강한 황태자와 맞서 싸울 수도 없었다. 그렇다면 방법은 하나, 그 고독하고 처절한 시간을 감내하면서 언젠가는 아내의 불장난이 끝나 가정으로 돌아오기만을 기다리는 수밖에 없었다.

"황태자의 마음이 식으면 윌리스는 다시 돌아오겠지. 전에도 황태자는 몇 명의 유부녀들과 사귀다가 결별했으니까."

하지만 심프슨은 다른 유부녀들과는 달랐다. 그는 황태자의 마음을 완전히 빼앗았다. 남편의 기대와는 달리 두 사람의 사이는 점점 불타올랐고, 결국 남편은 그녀에게 더 이상의 미련을 갖지 않았다.

왕관을 벗어던지더라도 결혼하겠소! 

1936년, 부왕 조지 5세가 별세하자 황태자는 그 뒤를 이어 에드워드 8세가 되었다. 이는 곧 국민의 신망에 부응해야 하는 공인이

되었다는 의미이기도 했다. 황태자의 자리와 국왕의 자리는 연장선
상이라기보다는 전혀 별개의 세계인 것이다. 이제 영국 전국민의 정
신적 지주인 국왕이 스캔들을 일으키며 시시하게 생활할 수는 없는
일이었다.

"미국 여자와 너무 깊어지지 않도록 하십시오."

영국 왕실은 국왕을 염려하는 마음으로 충고했다. 비난의 화살이
빗발치자 월리스도 웃으며 이렇게 말했다.

"영국 국민들이 결혼한 여자를 왕비로 맞이할 수 없다는 것은 당
연해요. 나도 왕비가 되고 싶은 생각은 조금도 없어요. 형식에 얽
매이는 건 딱 질색이거든요. 저는 그저 폐하의 좋은 친구로 남고
싶어요."

그녀는 그저 국왕의 애인으로 영영 있고 싶었다. 가끔 국왕이 그
녀를 불러 주거나 집을 방문해 주기만 하면 그것으로 충분했다. 그
러나 국왕은 월리스와의 결혼을 준비했다.

"나는 당신과 결혼할 생각이오."

그 말을 들었을 때 월리스는 새파랗게 질리지 않을 수 없었다.

"그건 미친 짓이에요."

그녀는 겁이 났다. 수많은 영국 국민들의 비난과 손가락질을 어
떻게 견딜 것인가!

"난 당신 없이 국왕이 되고 싶지 않소."

"폐하, 전 이대로 더 이상 바랄 게 없습니다."

그녀는 울먹이며 국왕에게 말했다. 그러자 국왕은 그녀의 흔들리
는 어깨를 살며시 껴안고는 단호하게 말했다.

"당신과 절대로 헤어지지 않겠소. 왕관을 벗어던지는 한이 있더라도 말이요."

"폐하, 절대 그럴 수는 없습니다."

월리스는 사교장에서나 왕가에서 퍼부을 비난을 감당하지 못할 것 같았다. 잘못했다간 미국으로 쫓겨날지도 모른다. 그렇게 되면 국왕과는 영원히 끝날지도 모른다는 생각이 들었다. 그러자 그녀는 곧 불안해졌다.

"국왕의 자리를 떠나는 일이 발생한다 해도……."

국왕은 그녀의 입술을 가져다 살며시 키스하였다. 그녀는 감격의 눈물을 흘렸다.

월리스의 귓가에서 국왕의 나지막한 음성이 맴돌았다. 월리스는 몸이 떨렸다. 그녀는 국왕의 사랑이 진정이라는 것을 온몸으로 온전히 느낄 수 있었다. 지금 이 순간, 영국의 운명은 월리스의 대답한 마디에 달려 있었다. 그녀는 냉정히 자신을 추스리며 말했다.

"폐하! 그건 안 돼요. 당신이 저하고 결혼을 한다면 전 세계 사람들이 날 비난할 거예요. 그리고 영국 국민들은 국왕으로부터 자신들이 버림 받았다고 생각할 겁니다."

"잘 알고 있소. 하지만 난 당신 없이는 국왕으로서의 직무를 단 하루도 해낼 수 없소."

"폐하, 지금처럼 곁에서 폐하를 돕겠습니다. 언제고 절 만나러 오실 수도 있고, 부르시면 언제든 달려가겠어요. 그것으로 충분하지 않겠어요?"

"당신이 다른 사람과 함께 있다는 것이 난 싫소. 나 혼자만 당신을 가까이 하고 싶소. 이건 내 진심이오."

두 사람은 만날 때마다 이 문제로 심하게 다투었다. 만약 월리스가 본심과는 다르게 완강하게 거절했다면 사태는 달라졌을 것이다. 그러나 그녀는 국왕의 지위로서가 아니라 한 인간으로서의 국왕을 진정으로 사랑했다. 그를 놓치고 싶지 않았던 것이다. 남편과 아이들과 헤어진다 해도 국왕과 함께 남은 생을 불꽃처럼 살다 가고 싶었다.

월리스는 이렇게 말했다.

"결혼 같은 걸 생각한다는 것은 불가능해요. 모두가 우리 두 사람을 결혼시키지 않으려고 하거든요."

월리스의 이 교묘한 말이 국왕의 마음을 자극하고 말았다.

"누가 우리 두 사람을 갈라놓을 수 있단 말이오. 난 무슨 일이 있어도 결혼하고 말겠소."

이 순간, 두 사람의 운명은 결정되고 말았다. 더 이상 이 문제에 대해 다툴 일도 없었다. 국왕은 그녀의 남편을 직접 만났다.

"나는 이 사람과 결혼을 해야겠소. 당신과 가족에겐 미안한 일이오만, 난 이 여자가 옆에 없으면 단 한 시간도 살 수가 없소."

"폐하, 일시적인 감정으로 모든 걸 결정하지 마십시오. 지금 폐하를 지켜보는 눈들이 많습니다."

"난 세상의 비난 따윈 두렵지 않소. 오직 그녀와 함께한다면……."

더 이상 그녀의 남편은 국왕을 설득할 수가 없었다. 모든 것이 끝났다는 생각이 들었다. 남편은 서둘러 그녀와 이혼을 하였다.

이혼이 결정된 후, 월리스와 국왕은 두 사람만의 보금자리를 꾸미기 위해 준비를 서둘렀다. 이 사실이 알려지자 세계의 언론들이 연일 떠들었고, 영국 국민들은 흥분하기 시작했다. 왕가의 반발 역시 만만치 않았다. 자존심 강한 영국 국민들은 달라진 세상, 달라진 국왕을 한탄했다.

"영국은 국왕이 이혼 경력 있는 여자와 결혼하는 걸 인정하지 않습니다. 심지어 두 차례의 이혼 경력을 가진, 애까지 낳은 여자와는 하늘이 두 쪽이 난다 해도 인정할 수가 없습니다."

이미 두 아이를 낳은 중년의 나이 때문에 왕가의 혈통을 이을 자손을 출산하지 못할 거라는 불안감도 많았다. 왕실에서는 국왕이 다른 나라의 공주와 결혼할 것을 강력히 종용하였다.

그러나 국왕은 뜻을 굽히지 않았다. 그러자 내각은 심프슨 부인과 결혼을 하면 모두 사퇴하겠다며 으름장을 놓았다. 사태가 이렇게까지 되자 국왕 혼자의 힘으로는 사태를 해결할 수 없게 되었다. 외롭고 힘든 싸움이 계속되었다.

"폐하, 저 한 사람으로 인해 나라가 어지럽습니다. 더구나 폐하께는 고통만 전해 드리고……."

나라 안팎에서 거센 반발이 일자 국왕과 왕실은 연일 회의를 거듭했다. 그러나 국왕의 의지는 변할 줄 몰랐다.

"폐하, 고집을 꺾으세요. 이제 저를 잊어 주세요. 당신과 당신 나라를 위해서 저는 미국으로 떠나겠어요."

그녀는 더 이상 영국에 머무는 것은 국왕에게 도움이 되지 않는다고 생각했다. 그러나 국왕의 생각은 단호했다.

"난 결코 당신을 포기할 수 없소. 만일 나라에서 우리의 결혼을 인정하지 않는다면 난 왕위를 물러나겠소."

국왕은 그녀를 껴안고 통곡했다. 한 여자와의 사랑 때문에 영국의 국왕은 울었다. 국왕은 왕실과 국내외의 비난에 이미 자제심을 잃고 지쳐 있었다.

이러한 사실이 알려지자 영국 수상 볼드윈이 나섰다.

"폐하, 국왕으로서 국민의 소리를 들어 주십시오. 이 말이 제가 국왕께 드리는 마지막 청이옵니다."

수상은 눈물을 흘리며 마지막 부탁을 하였다. 하지만 국왕의 대답은 냉정했다.

"국민에겐 미안한 일이오만, 나는 그녀와 결혼할 작정이오."

볼드윈 수상도 더 이상 국왕의 결정을 바꿀 수 없었다.

왕실과 내각은 에드워드 국왕의 퇴위를 준비하기로 하였다. 국왕 즉위식을 준비한 지 1년도 채 안 되어 퇴위식을 준비해야 하는 관리들은 너무나 비통했다.

드디어 12월 10일, 에드워드 8세는 퇴위 선언서에 서명을 하였다. 국왕에 즉위한 지 불과 1년도 안 된 325일 13시간 57분 만이었다.

사랑의 승리자

국왕의 퇴위 소식을 들은 영국 국민들은 놀라움과 허탈감에 빠졌다.

"도대체 어떻게 이런 일이 일어날 수 있단 말인가!"

아무리 사랑해도 그렇지 이혼을 두 번이나 한 유부녀와 결혼하기 위해 국왕의 자리까지 차 버릴 줄은 정말 몰랐던 것이다.

영국 사람들은 너무나 실망한 나머지 국왕의 퇴위 소식에 차갑게 침묵했다.

오래 전부터 그녀와 가까운 사람들은 '만일 국왕이 퇴위하고 당신과 결혼한다면 당신은 세상에서 가장 미움 받는 여성이 될 것' 이라며 우려했다. 그 우려는 바로 현실로 나타났다. 윌리스는 사방이 적으로 둘러싸인 상태가 되어 버렸다. 외출은 물론 사교 모임에도 나가지 못하고 집에서 두문불출했다.

언론은 세계의 비난과 침통함을 재빠르게 전해 주었다. 증오와 살의가 가득한 내용의 편지들이 연일 그녀의 숙소로 배달되었다. 수천 통의 편지들이 수북이 쌓여 갔다.

영국 자존심의 상징이며 그녀가 가장 사랑한 남자 에드워드 8세는 사람들로부터 국민을 배반한 배신자로 낙인 찍혔다. 가는 곳마다 사람들은 두 사람의 관계를 이야기하며 입에 담지 못할 욕을 퍼부었다. 두 사람의 사랑은 이렇게 매도되었다.

결국, 국왕 에드워드 8세는 2년 동안 영국을 떠나 있으라는 유배의 명을 받게 된다. 전 국왕은 국민에게 라디오 방송을 통해 작별을 고했다.

"여러분은 내가 왕위를 물러나지 않으면 안 될 이유를 잘 알고 있습니다. 그러나 난 오랫동안 봉사하고 노력해 온 국가의 일들을 결코 잊지 않을 겁니다. 이것만은 국민도 이해해 주었으면 합니다."

모든 것을 이미 포기한 상태인지라 그의 음성은 차분했다. 오히려 이 고별 방송을 듣는 국민들의 심정이 더 착잡했다. 윌리스는 칸에 있는 친구 별장에서 그 방송을 들으며 눈물을 흘렸다. 그 동안

국왕과 함께했던 시간들이 주마등처럼 스쳐 지나갔다. 오스트리아
의 스키 여행, 요트 여행, 스페인에서의 피크닉, 마요르카 섬의 한
적한 해변, 남편과 별거 후 집으로 매일 보내왔던 국왕의 장미꽃,
하루에도 몇 차례씩 걸어 주었던 전화, 밤마다 함께 사랑을 나누었
던 아름다운 날들…….

"왕위를 버리면서까지 한 사람을 사랑할 수 있는가 생각할지 모
릅니다. 하지만 내 사랑하는 여성의 도움 없이는 국왕으로서의
중책과 의무를 다할 수 없다는 것을 나는 알고 있습니다."

월리스의 눈에서는 쉴새없이 눈물이 흘러내렸다. 월리스는 국왕
한 사람만을 사랑했지만, 국왕은 그녀를 위해 자신의 왕실과 국가와
온 세계를 버렸다. 그녀의 눈에는 한없는 죄책감에 눈물이 어려 있었
다. 그러나 언제까지 그렇게 울고만 있을 수는 없었다. 그녀는 자신
을 위해 희생양이 되어 버린 전 국왕을 맞이할 채비를 서둘렀다.

한편, 윈저 공으로 불리게 된 전 국왕은 자신을 월리스에게로 태
워다 줄 영국 해군의 구축함 갑판에 서서 어둠 속으로 사라져 가는
조국을 바라보며 중얼거렸다.

"이러한 결정은 내가 또다시 태어난다 해도 마찬가지일 것이다.
사랑에 관한 한 나는 영원한 승리자다."

조촐한 결혼식

월리스와 윈저 공의 결혼식은 그녀의 이혼이 성립된 지 6개월 후

인 1937년 6월 3일에 거행되었다. 초대 손님은 고작 16명으로 친한 친구와 친척들뿐이었다. 물론 윈저 공은 영국 왕실을 초대하였지만 아무도 참가하지 않았다.

많은 사람들이 참석할 거라고는 생각지 않았지만 식장 안이 너무 썰렁해 참가한 사람들조차 슬픈 표정을 지었다.

"행복한 얼굴을 지어 주십시오."

카메라맨이 웃으며 주문을 하였다. 그러자 윌리스는 행복한 미소를 지으며 이렇게 말했다.

"우리들은 언제나 행복해요."

윌리스의 말에 윈저 공은 조용히 미소를 지었다.

에드워드 8세를 왕위로부터 끌어내려 파멸시킨 윌리스에게 왕실은 공작 부인의 칭호를 주지 않았다. 윌리스는 비록 공작 부인의 칭호를 받진 못했지만 언제나 행복하게 살 자신이 있었다.

결혼 후, 두 사람은 파리로 거처를 옮겼다. 그들은 며칠 이상 떨어져 있는 일이 거의 없었다. 언제나 함께였다.

어느 날 그의 조카인 엘리자베스 공주가 결혼하게 되었다. 윈저 공은 그 결혼식에 아내와 함께 아니면 참석하지 않겠다고 말했다. 그러나 왕실에서는 끝내 그녀를 받아들이지 않았다.

왕실의 태도는 여전히 두 사람에게 냉대했다.

한번은 여왕이 프랑스를 방문할 계획이 있었다. 그것이 두 사람에게는 무언의 압력이 되었다.

"여왕께서 파리에 오시는데, 자식 된 입장으로 안 만날 수도 없고, 그렇다고 만나자니 세상에 또 한 번 이야깃거리를 만들어 주는 꼴이 되고……."

결국 윈저 공 부부는 여왕이 파리를 방문하는 동안 은밀하게 파리를 떠나 있기로 하였다.

1972년, 윈저 공에게 죽음의 그림자가 드리워졌다. 그의 어머니는 처음으로 윈저 공이 누워 있는 병실에 찰스 왕자와 함께 찾아왔다. 윌리스는 우아하고 위엄을 갖춘 그의 어머니를 따뜻하게 맞이하였다. 이리하여 두 부부와 왕실의 관계는 호전되는 분위기였다.

어머니가 다녀간 얼마 후, 그녀는 버킹검 궁으로부터 결혼을 인정받게 되었다. 그러나 안타깝게도 윈저 공은 그녀가 공작 부인의 작위를 받기 전에 세상을 뜨고 만다.

장례식엔 100여 명 정도의 조문 행렬이 이어졌다. 영국을 떠날 때와는 달리 이제 국민들의 감정도 많이 수그러들었다. 오히려 사랑을 위해 과감하게 왕관을 벗어던진 그의 용기에 찬사를 보내는 사람들도 있었다.

두 사람은 35년간의 행복한 결혼 생활을 이렇게 마무리했다.

"시계 바늘이 거꾸로 돈다고 해도 나는 똑같은 결정을 할 것이오."

그녀는 영국 왕실 공동 묘지로 향하는 남편의 관을 바라보며 옛날 일들을 떠올렸다.

세월은 흘러 심프슨 부인에서 윈저 공의 공작 부인으로 신분이 바뀐 그녀도 죽음을 맞이하였다. 그녀는 당당히 영국 왕실 공동 묘지 구역에 고이 묻혔다.

죽은 자는 말이 없지만 두 사람의 사랑이야기는 세기적 사랑으로 오늘날까지 사람들의 입에서 입으로 이어져 내려오고 있다.

고급 창녀에서 퍼스트레이디가 되어 아르헨티나 국민의 사랑을 받았던 에바 페론.
그녀의 전설은 세계로 퍼져 나가 '에피타'의 주인공이 되었다.

아르헨티나를 사랑했던 성녀

에바 페론

1997년, 전 세계는 한 여자의 사랑과 이별 그리고 죽음을 그린 영화
〈에비타〉에 주목했다. 이미 그녀에 대한 전설적인 삶과 사랑은
〈아르헨티나여 울지 말아요 Don't cry for me Argentina〉라는 노래로
세인의 주목을 받아온 지 오래다. 한마디로 이 노래 덕분에 '아르헨티나' 라는
나라가 있다는 사실을 알게 될 정도로 이 노래의 영향은 컸다.
에바 페론, 미국이나 유럽도 아닌 남미의 개발도상국 아르헨티나의
대통령 안주인이었던 그녀는 죽었지만 지금도 우리들 가슴 속에 살아 있다.

거리의 부나비에서 대통령의 부인으로 

에바 페론, 그녀는 1919년 아르헨티나의 대초원 로스 톨도스라는
마을에서 태어났다. 그녀의 어머니는 자신이 일하던 농장 주인과의
사이에서 다섯 명의 사생아를 낳았다. 그 가운데 넷째가 바로 에바
다. 이런 그녀의 출생과 유년시절의 환경은 그녀가 권력의 정점에
있을 때 권력의 최고 자리에까지 오르게 되는 밑거름이 된다.

아무도 기뻐하거나 돌보지 않았던 불행한 사생아 시절부터 타고
난 미모와 총명, 그리고 정열적인 야심으로 페론 대통령의 안주인
이 되기까지 그녀가 겪은 인생 역정은 그대로 한 편의 드라마처럼
모든 사람들에게 공감을 준다.

에바는 열네 살이 되는 해에 간단한 옷 가방 하나만을 들고 고향
을 떠나 부에노스아이레스로 향했다.

도시 생활이란 것이 모든 게 낯설고 어려운 삶이었지만, 타고난
미모 덕에 그녀의 삶은 일반적인 공장 노동자의 생활과는 처음부터
달랐다. 낮에는 삼류 배우로 활동하고 밤에는 이 남자 저 남자의 품
을 전전했다. 때로는 하룻밤의 열정으로, 때로는 짧은 동거까지 서
슴지 않았다.

부나비처럼 떠돌던 그녀가 후안 페론이라는 육군 대령과 만나 긴

동거에 들어가게 된 것은 그녀의 인생 역전에 중요한 계기가 된다. 당시 그녀의 나이는 스물넷, 후안의 나이는 마흔여덟이었다.

정국이 어수선한 틈을 타 후안 페론은 히틀러의 사회주의를 내걸고 선거를 치러 대통령에 당선되었다. 사실 페론이 대통령이 된 것은 뒤에서 앞뒤 가리지 않고 불도저처럼 밀어붙이면서 선거운동을 했던 에바의 절대적인 역할 덕이었다.

그녀의 존재가 페론에게 얼마나 절대적이었던가를 증명할 수 있는 사건은 많다. 페론이 자유민주주의 성향이 큰 '반 페론주의자들'에게 감금되었을 때, 그녀는 미모와 정열, 수류탄과 돈을 이용해 밤낮으로 노동운동가들을 찾아다니며 매수하고 사주했다. 그 결과 노동자들의 총파업이 이루어졌고, 그 덕택에 후안 페론은 감옥에서 나올 수 있었다.

대통령 선거 때 '에바 신화'에 감동한 노동자들이 후안 페론을 지지한 것은 두말할 것도 없나. 후안은 에바의 힘을 잘 알았다. 자신이 지니지 못한 하층 계급의 지지율을 그녀는 충분히 끌어들일 수 있었다.

"에바, 우리 결혼합시다."

후안은 대통령으로 선출되기 직전에 오랜 동안의 동거 생활을 청산하고 떳떳하게 결혼하자며 에바에게 청혼했다. 에바가 하층 계급을 단결시키면 그 힘이 자신의 지지 세력으로 직결된다는 것을 후안은 이미 잘 알고 있었다.

페론주의를 내걸고 선거에서 승리한 것은 후안이었지만 페론주의를 주동하고 선봉에서 이끈 것은 바로 에바였다.

페론주의는 우선 애국 자본주의를 아르헨티나에서 몰아냈다. 그 위험하고도 과감한 조처를 그들은 페론주의에 입각해 거침없이 취해 나갔다. 자신들의 지지 기반인 노동자들의 생활과 권익을 위해 법을 만들고 곧 실행에 옮겼다. 한순간에 노동자들의 생활이 신장되었다.

남녀 노동 임금에 대한 차별도 거의 사라져 여성의 평균 임금이 남성 임금의 약 90%에 달했다. 자본주의 사회에서 이 같은 현상은 사실상 힘든 일이었지만 페론주의는 이것을 가능하게 했다. 또한 여성들의 친권과 혼인에서 남녀 평등을 입법화했다. 그리하여 여성들이 정계에 진출하는 등 여성의 활동이 눈부시게 발전하였다.

노동자들은 에바와 후안을 환호하며 그 동안 고통받고 억압당하며 살아왔던 자신들의 운명을 바꿔 줄 인물로 믿어 광적인 지지와 열광을 보냈다.

독재자의 면모

대통령의 아내가 된 에바는 안정된 정권 유지를 위해 교묘히 자기 사람들을 내각에 임명했다. 또한 자신과 남편에 대한 우상화 작업에 들어갔다. 한마디로 정권을 유지하기 위한 독재의 시작인 것이다.

초등학교에서는 매주 페론 부부를 찬양하는 글짓기 숙제를 냈고, 에바를 찬양한 자서전 〈내 인생의 사명〉을 가르쳤다.

우상화 작업이 한창 진행되는 동안 그녀의 독선을 염려한 나머지 반대하는 자들이 나타났다. 그러나 그녀를 반대하는 자들은 소리 소문 없이 잡혀가 고문당하고 심지어는 살해당하기 일쑤였다. 이제 그녀 때문에 흘린 눈물은 그녀가 닦아 준 노동자들의 눈물을 넘어서기 시작했다. 그녀한테서 도움을 받은 사람들 사이에서는 성녀로 통했지만, 고통을 당한 사람들은 그녀를 악녀라 불렀다. 그녀는 거룩한 악녀였고, 천한 성녀로 평가 받게 되었다.

에바의 생활은 나날이 사치스러워졌고, 군부의 권력은 하늘을 찔렀다. 대통령의 안주인에게 내맡겨진 아르헨티나 정부는 나눠 먹기 식으로 이권을 챙기는 등 부패하기 짝이 없었다. 게다가 국가의 기간산업을 확충한다는 미명 아래 무리한 중공업 계획이 추진되어 경제가 흔들리고 혼란이 가중되었다.

이런 와중에 에바는 척수백혈병과 자궁암 선고를 받게 된다. 그녀는 자신의 병을 인정하고 받아들여 남은 생을 의미 있게 살고자 더욱 바쁘게 움직였다. 그녀는 노동자와 빈민들을 만났다. 여성들이 정치적인 기반을 잡을 수 있도록 조직을 강화하는 일에 전념했다.

그러던 어느 날, 그녀는 모든 권력과 열정을 뒤로 한 채 말없이 세상을 떠난다.

힘겨운 사람들의 눈물을 닦아 주고, 또 한편으로는 고통의 눈물을 흘리게 했던 에바 페론. 그녀의 장례식은 아르헨티나 국장으로 치러졌다. 아르헨티나 사람들은 '에바' 라는 한 여인의 죽음을 슬퍼하기도 하고 기뻐하기도 하는 혼란 속에서 한 달을 보냈다.

에바 페론이 없는 아르헨티나는 곧 혼돈 그 자체였다. 후안 페론은 더 이상 대통령으로 있을 수가 없었다. 후안 페론에 대한 카톨릭 교회의 반대가 심해지자 그는 권력을 이용해 카톨릭을 탄압하기 시작했다. 이 때문에 페론은 자신의 지지 기반이었던 군부에게서 쫓겨나 1955년, 해외로 망명하는 불운을 겪게 된다.

20년간 떠돈 에바의 시신 

아르헨티나의 정권을 잡은 새 군부는 제일 먼저 '페론주의'를 없앴다. 그리고 에바 페론에 대한 지지가 노동자와 여성을 중심으로 뿌리 깊게 남아 있다는 사실에 그녀의 시신을 비밀리에 이탈리아로 빼돌리는 어이없는 행각을 벌인다. 이는 곧 페론주의자들을 자극하여 반발을 사게 된다.

"에바 페론의 시신을 당장 돌려보내라!"

페론주의를 지지하는 일부 국민의 거센 반발과 압력에 의해 1971년, 이탈리아에 있던 그녀의 시신은 후안 페론이 망명 가 있는 스페인 마드리드로 넘겨진다. 그런데 이미 죽어 사라진 에바가 후안 페론을 위해 또 한 번의 기적을 일으킨다.

당시 아르헨티나는 잦은 정권 교체와 악성 인플레이션, 엄청난 실업률로 인해 나라는 온통 혼란과 빈곤 그 자체였다. 노동자와 빈민들은 당연히 그 옛날 '에바 시절'을 그리워하지 않을 수 없었다. 에바를 정신적 지주로 삼아 좌경 세력을 결성하고 투쟁의 기치를 내세우는 집단들이 늘어났다. 하루에도 수십 차례씩 총파업이 이어지고 유혈 충돌이 곳곳에서 벌어졌다.

에바는 소원대로 죽어서도 그들의 우두머리가 되어 후광을 보내고 있었다. 정국의 혼란을 수습할 기력이 없는 군부는 망명 가 있던 후안 페론의 귀국을 허용했고, 뒤이어 선거를 실시했다.

1973년 10월, 대통령 선거에서 에바의 후광을 업고 후보로 나온 일흔여덟의 후안 페론은 아르헨티나 선거 사상 가장 높은 지지율을 얻어 대통령에 재당선되는 기적을 보여 준다. 그를 지지하는 노동자들과 여성들은 에바가 저승에서 눈물을 흘리며 아르헨티나를 도와 주었다고 말했다.

그러나 페론 대통령은 노령에 심장마비로 권자에 오른 지 열 달 만에 사망하고 만다. 결국 망명지에서 페론과 결혼한 이사벨 페론 부통령이 대통령 자리를 잇는다. 이사벨 페론은 대통령이 되어 제일 먼저 에바의 관을 자신의 관저로 옮겨 놓았다. 비록 죽었지만 에바가 있는 한 자신의 정권은 안정되게 유지될 것이라는 계산에서였다.

하지만 그런 그녀의 판단은 빗나가고 말았다. '성 에비터의 효험'은 그녀에게서는 일어나지 않았다. 남편을 가로챈 여인을 죽은 사람인들 좋아할 리 있을까? 결국 세계 최초의 이 여자 대통령은 21개월 만에 군부의 쿠데타로 물러나고 만다.

이후 대통령의 관저에 극진히 모셔져 있던 에바의 관도 레콜레타 공동 묘지의 가족 묘역에 안치되었다. 죽은 지 24년 만에 비로소 그녀는 정열을 바쳐 일했던 조국 아르헨티나의 흙으로 돌아갈 수 있었던 것이다.

누가 그녀를 깊은 잠에 들지 못하게 하였는가?

1997년, 영화 〈에비타〉로 그녀의 전설적인 이야기는 다시 한 번

회자되었고 세계인들의 가슴에 커다란 울림을 남겼다.

거리의 창녀에서 대통령의 안주인으로, 독재자로, 그리고 노동자와 여성을 사랑한 가장 높은 지위에 오른 입지전적인 여자 에바 페론. 그녀는 아직도 아르헨티나에서 살아 있는 '성 에비타'로 추앙받고 있다.

죽음보다 강한 사랑

'송도삼절'이라 불린 사랑의 용광로 **황진이**

사랑으로 불행해진 1000일의 왕비 **앤 블린**

여명의 눈동자 **마타 하리**

현해탄에 잠긴 조선의 가수 **윤심덕**

조선 최고의 미인 황진이. 어릴 때부터 가야금과 춤을 배워 기녀가 되었던 그녀.
16세기에 살았으나 21세기처럼 살았던 그녀의 사랑을 향한 기행은 전설처럼 전해오고 있다.

'송도삼절'이라 불린 사랑의 용광로

황진이

스스로 '송도삼절'이라 부르며 노래와 춤과 시로 당대의
문장가들과 세도가들을 무릎 꿇게 했던 황진이.
기녀이기 전에 철학자요, 예술가의 삶을 살았던 그녀는 동서고금을 통해
몇 안 되는 여장부였다. 30년을 수행한 지족선사를
하룻밤에 파계시킨 미모, 화담 서경덕과의 우정, 그녀가 그리워한 벽계수,
당대의 가인 송순과의 만남, 그녀가 죽은 뒤 그녀의 무덤에
술을 올렸다 하여 관직에서 파면당한 백호…….
그녀는 모든 사람들의 가슴을 울리며 아직도 우리의 마음속에 맴돌고 있다.

황진이가 기녀가 된 까닭 

한창 물오른 황진이의 그 뛰어난 미모와 천부적인 문장 실력 때문에 그녀를 흠모하는 남자들이 주변을 맴돌았다. 비록 황 진사의 서출로 태어난 그녀였지만 여느 여염집 여자아이보다도 총명하고 아름답기 그지없었다. 그런데 황진이가 집을 뛰쳐나가 기생이 된 까닭은 무엇일까? 그것은 다름 아닌 그녀의 미모 때문이었다.

황진이가 사는 마을의 한 총각이 먼 발치에서 그녀의 아름다운 자태를 보고는 그만 상사병에 걸려 앓다가 결국 죽고 말았다. 이 사실을 알 리가 없는 황진이는 어느 날 집 앞에서 상여 소리를 듣는다. 사람들이 오랫동안 웅성거렸다. 황진이가 사는 집 앞에서 상여가 움직이지 않는다는 것이었다.

"예로부터 상사병에 걸려 죽은 사람은 자기가 사랑하는 사람 집 앞에서는 꿈쩍도 하지 않는 법일세. 그러니……."

더 이상 이야기를 듣지 않아도 황진이는 사람들이 무엇을 원하는지 알았다. 그녀는 옷장 속에 곱게 접어 둔 적삼과 치마를 꺼내 상여꾼에게 주었다. 상여꾼들이 그 옷을 관 위에 얹어 놓자 신기하게도 상여를 움직일 수 있었다.

황진이는 자기 때문에 죽은 자의 상여를 물끄러미 바라보았다.

그때부터 그녀는 인생에 대해, 그리고 사랑에 대해 곰곰이 생각하기 시작했다.

'나의 외모 때문에 한 남정네가 죽었다. 내 용모가 사람을 죽인 게야. 내가 그냥 있다가 시집 간다면 다른 남정네들이 또 죽게 될지 몰라. 아마도 내 팔자는 박복해서 이렇게 태어났는가 보다.'

황진이는 여러 모로 생각 끝에 기생이 되기로 결심한다.

황진이는 기생이 된 지 얼마 되지 않아 내로라하는 문장가와 풍류객들에게 이름이 알려지게 되었다. 세상의 풍류객들은 황진이를 만나러 먼 길을 달려 송도로 몰려들었다. 그들은 황진이를 두고 하늘에서 인간 세계로 내려온 선녀라며 찬사를 아끼지 않았다. 황진이가 노래를 하면 모두들 이렇게 심금을 울리는 절조는 처음이라며 감격해 마지않았다. 잘 빠진 몸매, 온몸 구석구석에서 나오는 정열과 색의 향기에 남정네들은 모두 그녀 앞에 무릎을 꿇었다.

그녀는 시를 잘 지어 시인 판서 소양곡과 사랑을 나누었으며, 노래를 잘 불러 당대 최고의 가인 송순과 친하게 지냈다. 또 풍류를 알아 당대의 풍류가인 이사종과 6년 동안 환상적인 사랑을 나눌 수 있었다.

삽시간에 송도는 물론 한양에서 소문을 듣고 달려온 풍류객들을 휘어잡은 그녀는 점점 화류계에서 오만해지고 도도해져 갔다. 그도 그럴 것이 내로라하는 남정네들이 그녀 앞에선 맥도 못 쓰고 비실거렸기 때문이다.

그녀는 이제 이런 부류의 남자들 말고 보다 차원 높은 남자들을 농락해 보고 싶은 생각이 들었다. 자신처럼 아름다운 여자의 유혹을 뿌리칠 남자가 과연 있을까? 결국 그녀는 모험을 시도하기로 했다.

하룻밤에 파계된 30년 생불 

당시 30년 동안 불도를 닦아 '생불(生佛)'이라 불리던 지족선사
가 그녀의 첫번째 유혹 대상이었다.

천마산 청량봉 아래에 있는 지족암으로 스님을 찾아간 날, 지족
선사는 산 아래에서 이름 석 자만 들어도 알 만한 기생 황진이가 자
신을 찾아온 것에 그만 황망하기 그지없었다. 더구나 산에서 불공
만 드리던 스님은 눈이 부시게 빛나는 황진이를 제대로 쳐다볼 수
가 없었다. 이미 스님의 마음을 꿰뚫어본 그녀는 슬슬 스님을 농락
해 보고 싶은 충동이 일었다.

"스님, 저로 인해 상사병에 걸려 죽은 총각이 있나이다. 남자들은
예쁜 여자를 못 잊어 죽을 수도 있나이까?"

"허허! 나무관세음보살!"

지족선사는 황진이의 요염한 자태에 그만 넋이 나가고 말았다.
제대로 황진이를 바라볼 수가 없었다. 잘못하다간 30년 수도가 도
로아미타불이 될 판국이었다.

'과연 빼어난 미모를 가졌구먼. 저 정도의 얼굴이면 상사병에 걸
릴 만도 하겠지.'

시간이 흘렀다. 산사의 밤이 깊어지자 지족선사는 더 이상 참지
못하고 그녀를 덥석 안아 버렸다. 지족선사의 가슴에 안긴 그녀는

요염한 표정을 지으며 본격적으로 유혹했다. 그날 지족선사와 밤을 함께한 그녀는 쓴 웃음을 지으며 새벽녘 암자를 내려왔다. 30년 불공을 하루아침에 무너뜨린 기녀의 묘한 웃음 뒤에는 자만감과 허탈감이 교차했다.

유혹에 넘어가지 않은 화담 서경덕 

지족선사를 하룻밤 사이에 파계시킨 황진이는 이번에는 화담 서경덕에게 화살을 겨눴다.

만약 대학자 서경덕이 넘어간다면 사내들은 늙은이고 젊은이고 모두 계집 치마폭에서 놀아나는 존재라고 단언할 수 있을 것 같았다. 그녀는 서경덕 선생을 점찍은 다음부터 도전해 보리라는 욕망의 불길이 타올랐다.

시정 잡사를 멀리하고 오로지 초당에 기거하며 학문에 정열을 불태우는 화담 선생. 만인의 존경을 받는 대학자를 반드시 자신의 미모로 유혹해 그의 고매한 인격과 높은 학문을 일시에 땅에 떨어뜨려 보겠다는 일종의 오기가 충만했다.

그러나 화담을 처음 만나는 순간부터 상황은 달랐다. 지족선사는 황진이의 미모에 너무 당황해 얼굴조차 똑바로 쳐다보지 못했는데, 화담은 그렇지가 않았다. 황진이가 큰절을 올리자 편히 앉으라며 대수롭지 않게 대했다. 황진이의 미모 따위엔 안중에 없는 그런 무덤덤한 표정이었다.

“그래, 어쩐 일로 날 만나러 왔소?”

“일찍이 선생님의 고매하신 인격과 높은 학문의 경지를 들었사옵
니다. 미천한 제가 선생님의 고매한 정신을 배우기 위해 이렇게
불쑥 찾아뵙게 되었나이다.”

황진이와 화담은 서로 학문과 시를 겨루어 보았다. 밤이면 술과
춤으로 화담 선생을 유혹했다. 그러나 화담은 황진이가 하는 행동
을 그저 귀여운 어린아이가 재롱 떠는 정도로만 여겼다. 황진이는
오기가 발동해 끝까지 해볼 마음에 며칠 동안 화담을 유혹했다. 그
러나 화담 선생은 전혀 관심이 없었다.

황진이는 생각다 못해 마지막으로 육탄 공세를 취하기로 했다.
비가 부슬부슬 내리는 초저녁부터 황진이는 비를 맞고 싸돌아다녔
다. 탄력 있는 유방, 가는 허리, 물기를 머금은 그 자태는 한 마리의
학을 연상시켰다.

황진이는 온갖 교태를 다 보이며 드러난 물기 어린 몸으로 화담의
방에 들어갔다.

“선생님, 너무 추워요.”

황진이는 화담 선생이 앉아 있는 곁으로 바짝 다가앉았다. 화담
과 그녀의 살갗이 살며시 닿았다.

“허허, 이런. 온몸이 비에 젖었구려. 어서 옷을 벗고 이리 들어오
시오.”

옷을 벗으라는 화담의 말에 황진이는 ‘옳거니 너도 별수 없구나’ 하
며 화담 앞에서 옷을 하나하나 벗었다. 이윽고 눈부신 그녀의 알몸이 드
러났다. 그러나 화담은 아무렇지 않은 듯 젖은 옷을 주섬주섬 챙겼다.

'아니, 내 벗은 몸을 보고도 아무런 동요가 일지 않는단 말인가!'

그녀는 잠시 당황한 표정으로 화담을 쳐다보았다.

"젖은 몸으로 그대로 있으면 감기에 드니 어서 이불 속으로 들어가 있으시게. 내 옷을 말려 줄 터이니."

화담은 알몸인 그녀에게 이불을 덮어 주고는 옷을 말리기 시작했다. 그리고 한참 후에 그는 황진이와 조금 떨어진 곳에서 코를 골며 이내 잠이 들었다.

'비로소 내가 남자를 만났구나.'

황진이는 저절로 화담의 인격에 고개가 숙여졌다. 한 여자가 남자를 유혹하기 위해 모든 방법을 다 동원했지만 대수롭지 않은 듯 잠이 든 화담의 모습을 보면서 황진이는 많은 것을 깨닫게 되었다. 황진이는 그날 밤 화담에게 존경의 눈길을 보냈다.

이튿날 그녀는 마른 옷을 주섬주섬 챙겨 입고는 화담에게 큰절을 올렸다. 그리고 무릎을 꿇은 채 이렇게 말했다 .

"선생님, 송도의 삼절(三絶)을 아시나이까?"

"송도삼절? 글쎄, 그게 무슨 뜻인고?"

"송도에는 삼절이 있사온데, 하나는 박연폭포이고, 또 하나는 소첩 황진이옵고, 나머지 하나는 화담인가 하옵니다."

화담은 대답 대신 미소를 머금고는 황진이를 물끄러미 바라보았다. 자연에서는 박연폭포이고, 여자 세계에서는 자신이며, 남자 세계에서는 화담이란 말이었다.

송도에서 가장 으뜸이라는 그녀의 말처럼 황진이는 문장의 대가들과 시를 지으면서도 절대로 뒤떨어지는 법이 없었다고 전한다.

멋진 남자를 그리워한 황진이 

그러나 황진이도 여자인지라 사랑을 그리워했다. 내로라하는 양반들이 그녀 앞에서 기어다니다시피하였지만, 마음에 드는 사내가 있으면 언제 그를 다시 만날까 하는 그리움으로 밤잠을 설쳤다. 이렇듯 남자를 그리워하는 그녀의 외로움은 결국 시가 되어 오늘날 고전문학으로 이어져 내려오고 있다.

산은 옛 산이로되 물은 옛 물이 아니로다
주야로 흐르니 옛 물이 있을소냐
인걸도 물과 같아야 가고 아니 오더이다.

어져 내일이여 그릴 줄을 모르던가
이시라 하더면 가랴마는 제 구태여
보내고 그리는 정은 나도 몰라 하노라.

황진이의 유혹을 뿌리치고 유유히 떠나간 사람이 화담 말고 또 한 사람이 있었으니 그가 바로 벽계수다. 벽계수는 황진이의 아름다움을 익히 들어 알고 있던 터라 아무리 황진이가 유혹을 한다 해도 절대로 넘어가지 않겠다는 마음을 단단히 하고는 황진이와 풍류를 즐겼다.

황진이는 귀인 벽계수를 유혹하기 위해 별 수단을 다 써 보지만 결국 벽계수는 도도히 흐르는 물처럼 스쳐 지나갔다.

황진이는 벽계수를 그리며 그 외로움을 시심으로 달랬다.

그녀는 자신에게 어울리는 남자를 그리워하며 밤마다 외로움과 싸워야 했다. 한 가정을 이루지는 못해도 사랑을 향하는 그리움은 여느 여염집 여자와 다를 바 없었다.

황진이는 결국 임을 기다리다 지쳐서 그 뜻을 펴지도 못하고 그만 세상을 뜨고 만다. 40이 채 안 된 그녀는 그때까지도 아름다움을 고스란히 간직한 채 눈을 감았다.

생을 마감할 때는 누구나 자신을 뒤돌아보듯, 황진이 역시 여자로서 뭇 남자들의 애간장을 태우며 살아온 팔자에 대한 죄책감을 유언 속에 담았다.

"내가 살아 생전 내 몸을 사랑하지 못했으니 내가 죽은 후에는 관에 넣어 매장하지 말고 동문 밖 모래 틈에 시체를 버려 세상 여인들로 하여 경계하게 하라."

　　그러나 황진이를 아는 이웃들은 결코 유언을 따를 수가 없었다. 사람들은 그녀의 시체를 장단 근교 구정고개 남쪽 길가에 고이 묻어 넋을 위로해 주었다.

　　후에 당대의 문장가 백호 임제가 관의 일로 송도에 왔다가 제일 먼저 황진이의 안부를 물었다. 황진이가 죽었다는 사실을 안 그는 즉시 묘소를 찾아가 술잔을 올려 제사를 지내 주었다. 그 때 임제는 다음과 같은 시를 지어 자신의 심정을 토로했다.

　　청초 우거진 골에 자는다 누웠는다
　　홍안을 어데 누고 백골만 묻혔는다
　　잔 잡아 권할 이 없으니 그를 슬허하노라

　　지체 높은 양반의 신분으로 일개 송도 기생의 죽음을 안타깝게 여기며 제사를 지내 주었다는 소식이 장안에 퍼져 나갔다. 결국 조정에까지 이 사실이 알려져 그는 공직에서 파면을 당한다.
　　"나라의 녹을 먹는 관리가 하찮은 기생 따위의 죽음을 슬퍼하여 넋을 위로하다니, 당장 파면시켜라!"
　　백호는 덤덤한 심정으로 관직을 내팽개쳤다. 당대의 손꼽히는 문장가였기에 노래와 시에 뛰어난 그녀의 죽음을 두고 슬퍼했던 것이다.
　　동서고금을 통해서 황진이만큼 많은 사람들에게 사랑 받고 존경 받은 기녀는 없었다. 그녀는 기녀이기 전에 예술과 철학을 통달한 신화적인 존재였다.

황진이는 가장 완숙한 아름다움이 꽃피울 때 세상을 등졌다. 그녀가 천수를 다하고 죽었다면 그녀에 대한 그리움은 지금처럼 이렇게 많이 남아 있지 않았을 것이다.

〈천일의 앤〉 영화의 한 장면. 헨리 8세로 하여금 교황청과 맞서 싸워 성공회를 탄생시킨 장본인이다.
그러나 그녀도 결국 헨리 8세의 애정 편력에 의해 단두대의 이슬로 사라졌다.

사랑으로 불행해진 1000일의 왕비

앤 블린

헨리 8세가 교황청과의 결별을 선언하고 스스로 영국 국교회를 만든
역사의 무대 뒤에는 앤 블린과의 운명적인 사랑이 있었다.
대영제국의 국왕을 굴복시킨 강한 자존심과 명민한 두뇌,
그리고 타고난 미모로 왕비의 자리에까지 오른 앤 블린.
사랑에 있어 철저히 폭군이었던 헨리 8세의 왕비로 그녀가 궁궐에서 보낸 시간은
불과 1,000일밖에 안 되지만, 단두대에서 이승을 하직할 때까지
그녀와 헨리 8세가 남긴 일화들은 오늘날까지도 소설과 영화로 만들어지면서
끝없이 전해져 내려오고 있다.

국왕을 사로잡은 여인 

　소문난 바람둥이 헨리 8세는 1509년 열여덟 살의 나이에 왕위에 올라 1547년까지 38년 동안 영국을 다스렸다. 왕위에 있는 동안 이루어 놓은 치적도 만만치 않지만, 그보다는 여왕을 여섯 명이나 맞이한 이력 때문에 '사랑의 폭군' 이란 별명이 그를 더욱 유명하게 만들었다. 그는 사랑에 관한 한 한 치의 양보도 없이 쟁취한 다음 쉽게 버리는 냉정한 바람둥이였다.

　헨리 8세의 첫 결혼은 잘못된 만남으로 이루어진다. 그의 아내 캐더린 왕비는 죽은 형 아더의 부인이었던 것이다. 부왕 헨리 7세는 장남 아더가 죽자 맏며느리를 둘째 아들에게 대물림하였다. 헨리 7세의 이 같은 행동은 다분히 국가의 이익을 우선으로 한 것이었다. 캐더린은 그 당시 세계 최강인 에스파니아의 왕 페르디난트의 딸이었다. 문화적으로나 군사적으로나 영국보다 월등히 우세했던 에스파니아의 공주를 그대로 며느리 자리에 앉혀 두어야 했던 것이다. 에스파니아의 비위를 거슬려서는 안 되었기에 며느리를 생과부로 언제까지 그대로 둘 수는 없는 입장이었다.

　때문에 헨리 8세는 울며 겨자먹기로 사랑없이 형수였던 캐더린과 결혼식을 올린다. 이렇게 되기까지 문제가 전혀 없었던 것은 아니다.

형제의 부인을 아내로 삼아서는 안 된다는 성서의 구절이 걸렸다. 결국 이 문제는 로마 교황에게 특별히 부탁하여 면죄부를 받는다.

헨리 8세는 처음부터 마음에도 없는 형수 캐더린과의 결혼 생활에 싫증이 났다. 그래서 그는 전부터 점찍어 두었던 처녀 앤 블린을 얻기 위해 은밀히 이혼을 서둘렀다. 이미 캐더린과 20년을 함께 살아 온 터고, 더구나 그녀는 헨리 8세보다 여섯 살이나 위였다. 또한 박색의 얼굴에 키만 엉성하게 큰 그녀의 용모로는 호색한이었던 헨리 8세를 만족시킬 수 없었다.

하지만 이혼의 기회는 좀처럼 오지 않았다. 에스파니아는 날이 갈수록 국력이 강해져 갔다. 신대륙을 발견하고, 멕시코와 아즈테카 문명을 정복하였다. 또한 1525년에 프랑스를 크게 무찔러 그 기세가 유럽을 뒤덮고도 남았다. 섬나라인 영국의 운명은 에스파니아의 입김에 따라 좌지우지될 형편이었다.

그러는 사이에 앤 블린은 어느새 스무 살이 되었다. 헨리 8세를 만나 연애를 한 지도 2년이 흘렀다. 헨리 8세는 점점 더 캐더린이 싫어져 아예 각 방을 쓸 정도였다.

헨리 8세가 앤 블린에게 보내는 애타는 연서는 날이 갈수록 더해만 갔다. 편지의 말미에는 언제나 ‘당신의 충실한 종이며 친구인 헨리로부터’ 라는 말을 잊지 않았다.

국왕을 이토록 사로잡은 여인, 자존심 강하고 강직한 성격의 앤 블린은 국왕의 열렬한 사랑의 호소에도 그저 덤덤해할 뿐이었다. 헨리 8세는 원래 바람기가 많기로 소문이 나 있기도 했지만, 그녀의 언니와 어머니에게까지 염문을 뿌린 적이 있었기 때문이다.

‘흥! 이번엔 내 차례란 말이지? 나는 절대로 안 넘어갈 거야.’

그녀는 다른 여자들처럼 국왕이라고 해서 호락호락 넘어가지 않았다. 그러다 보니 헨리 8세의 마음은 조급해졌고 몸이 달아오를 대로 달아올랐다. 헨리 8세는 자신의 진실이 담긴 편지를 거의 매일 앤 블린의 집으로 보냈다.

여자의 마음은 갈대와 같다고 했던가. 앤 블린은 점점 국왕에게 마음이 기울기 시작한다.

"하지만 절대로 국왕의 연애 상대로 남지는 않겠어. 난 왕비의 자리에 오르지 않는 한 절대로 헨리 8세와는 결합하지 않을 거야."

그녀는 이미 자신의 앞날을 내다보았다. 국왕의 마음을 사로잡은 다음 반드시 국왕의 비가 되겠다는 야심을 갖고 있었다.

"국왕 폐하, 저도 폐하를 마음속 깊이 사랑하고 있사옵니다. 하지만 국왕께선 엄연히 왕비님이 계신데 제가 감히 어떻게……."

"캐더린과는 벌써 이혼하려고 준비하고 있소. 하지만 로마 교황청에서 좀처럼 이혼을 허락해 주지 않아 지금까지 기다리고 있다오."

헨리 8세는 솔직하게 캐더린과의 이혼에 대해 앤 블린에게 알려 주었다.

"폐하, 그렇다면 캐더린 왕비님과 이혼을 하고 저와 결혼을 하시겠다는 말씀이신가요?"

"물론이오. 당신 없는 이 세상은 나에게 아무 의미가 없단 말이오."

국왕은 그녀의 손을 잡고는 정성을 다해 구혼했다. 그녀는 비로소 국왕이 자신을 사랑하고 있다고 생각했다.

두 사람은 급속도로 가까워졌고, 다른 사람들의 눈을 피해 자주 사랑을 불태웠다. 헨리 8세는 이윽고 캐더린 왕비와 이혼을 하기 위해 본격적으로 음모를 꾸미기 시작했다.

카톨릭 국가였던 영국은 로마 교황청에서 이혼을 인정하지 않는 원칙을 줄곧 고수해 왔다. 그 바람에 헨리 8세의 온갖 노력은 번번이 거절당했다. 더구나 캐더린은 당시 로마 교황인 카알 5세의 숙모였다. 그러니 캐더린 숙모와 이혼하려는 헨리 8세의 청을 수락할 리가 없었다.

"빌어먹을 카알 5세, 당신이 죽기 전까진 절대로 캐더린과 이혼할 수 없단 말이지. 하지만 두고 보라고, 난 반드시 그 못생긴 늙은 여자와 이혼하고 말 테니."

헨리 8세는 앤 블린을 위해 새로운 궁전을 짓기 시작했다. 앤 블린은 헨리 8세가 사신을 위해서 화려한 궁전을 짓고 있는 것에 매우 만족해했다.

"조금만 기다리면 캐더린은 반드시 이혼당하고 말 거야. 그런 다음 헨리 8세와 결혼하여 왕비의 자리에 오르는 거야. 조금만, 조금만 더 기다리자."

앤 블린은 현명한 여자였다. 헨리 8세의 마음을 꽉 잡고는 고무줄 놀이를 하듯 잡아당겼다 풀어 주었다 하며 사랑놀이를 즐겼다. 헨리 8세는 그녀에게 빠져 정신이 없었다.

그러던 어느 날, 앤 블린은 슬픈 얼굴로 헨리 8세의 가슴에 얼굴을 묻고는 흐느꼈다.

"무슨 일이오, 누가 당신을 이토록 슬프게 했단 말이오?"

"……."

앤은 말없이 흐느꼈다. 그러자 안달이 난 헨리 8세가 다그쳐 물었다. 그녀는 울음을 거두고는 알 수 없는 미소를 머금으며 헨리 8세의 얼굴을 쳐다보았다.

"국왕 폐하!"

"어서 말해 보라니깐!"

"사람들이 저를 보고 국왕의 정부라고 손가락질을 하옵니다."

"뭐, 정부라고?"

앤 블린은 또다시 흐느껴 울기 시작했다. 이번에는 가냘픈 어깨까지 들먹이며 슬피 울었다. 헨리 8세는 그녀의 떨리는 어깨를 보듬으며 나직이 말했다.

"앤, 조금만 기다려요. 캐더린과의 이혼도 얼마 남지 않았다오. 그때까지만 참고 기다립시다. 새로 지은 궁전에서 당신은 곧 살게 될 것이오."

"폐하, 그 궁전은 빈 집이 될 것이옵니다."

"그 무슨 말이오? 오로지 앤 당신을 위해 지은 궁전이오."

사실 그랬다. 앤 블린을 위해 지은 새 궁전에서 두 사람은 아예 살다시피했다.

앤은 공공연히 헨리 8세의 아내 노릇을 하며 나라 일에 간섭하기도 하였다. 때로는 신하들이 어떤 일을 결정하기 위해 앤에게 자문을 구하고 그 결정에 따르는 경우도 있었다.

왕비에서 대역 죄인으로 

　헨리 8세는 반 에스파니아 색채가 짙은 중산 계급 출신의 하원 의원들과도 모임을 가졌다. 그래야만 자신이 꾸미고 있는 법률을 통과시킬 수 있기 때문이었다. 그만큼 그는 철저하게 앤 블린과의 결혼을 준비했다.

　그가 결혼을 서두르고 있는 또 다른 이유는 이미 앤의 뱃속에 아기가 자라고 있었기 때문이다.

　"폐하, 아기를 가졌사옵니다."

　"오호 앤, 드디어 당신이 엄마가 되는구려."

　국왕은 너무 기뻐 앤을 안고는 빙글빙글 돌았다. 하지만 캐더린이 이혼하지 않은 상태여서 앤이 아기를 낳는다는 것이 마음에 걸렸다. 헨리 8세는 자신이 오래 전부터 계획했던 일을 서둘러 실천에 옮겼다.

　헨리 8세는 국내외적으로 인기가 있으며 덕망이 높은 학자 토머스 모어를 대법관 자리에 앉혔다. 게다가 로마 교황청을 못마땅하게 생각하는 중산층 계급의 하원 의원들과도 비밀리에 만나 그들을 설득하는 데 성공했다. 하원 의원들은 원래 헨리 8세가 좋아하지 않는 중산층이었지만 자신이 만든 법률을 통과시키는 데 있어서 가장 중요한 계급층이었다. 그러니 앤 블린과 결혼하기 위해서는 어쩔 도리가 없었다. 이 중산 계급들은 한창 잘 나가고 있는 에스파니아의 독주를 싫어했다. 따라서 반 에스파니아 국민 정서를 일으키는 데는 중산 계급 하원 의원들을 이용하기에 안성맞춤이었다.

자신의 지지 기반을 구축해 놓은 헨리 8세는 1530년, 형식적으로 다시 한 번 로마 교황청에 캐더린과의 이혼을 허락해 달라고 요청했다. 결과를 뻔히 알면서도 그렇게 한 건 국민들의 분위기를 자신 쪽으로 돌리려는 속셈에서였다.

"나 헨리 8세는 형수 캐더린이 과부가 되어 하는 수 없이 결혼할 수밖에 없었습니다. 이 결혼을 무효로 해 주시길 간청하나이다."

하지만 교황청의 결정은 매번 똑같았다. 이에 헨리 8세는 세계 역사상 전대미문의 결정을 내린다.

"이제부터 교황청과는 단절하겠다."

카톨릭 국가에서 교황청과의 인연을 끊는다는 것은 고립을 자초하는 것과 다를 바 없다. 헨리 8세는 역대 유럽의 수많은 군주들이 교황청의 결정에 도전했다가 권력을 잃은 사례들을 잘 알고 있었다. 물론 아비뇽 사건 때처럼 교황청의 권력이 그렇게 막강한 것은 아니었지만, 카톨릭 국가에서 교황청의 입김은 여전히 무시할 수 없었다.

하원은 재빠르게 반교황청 법률을 통과시켰다. 그리고 국내의 수도원 및 수녀원에 대해 무서운 탄압을 시작했다. 그리고 헨리 8세는 새로운 교회를 탄생시키며 그 교회의 최고 자리에 오른다. 오늘날의 '성공회'가 바로 헨리 8세의 결혼을 위해 만든 종교인 것이다.

영국 국교회는 앤 블린이라는 한 여자와 결혼하기 위해 헨리 8세가 반강제적으로 만든 교회였다. 헨리 8세는 1533년 신임 '캔터베리 대주교'로 하여금 캐더린 왕비와의 결혼 무효화를 선언함과 동시에 앤을 왕비로 인정함을 정식으로 포고하였다.

이미 두 사람은 아무도 모르게 결혼식을 한 상태였다. 앤이 헨리 8세의 아이를 잉태했기 때문이었다.

드디어 앤과 헨리 8세의 대관식이 화려하게 치러졌다. 그러나 대법관 토머스 모어는 대관식에 참석하지 않았다. 더구나 헨리 8세가 영국 국교회의 수장이 되는 것을 인정하지 않아 그는 하루아침에 대법관에서 대역 죄인으로 자리가 뒤바뀌게 된다. 토머스 모어는 대학자답게 의연한 자세로 투옥됐으며, 2년 후인 1535년에 단두대에서 처형을 당한다. 자신에게 대항하는 자들은 모두 없애 버리겠다는 헨리 8세의 공포 정치가 시작되는 신호였다.

토머스 모어는 두 눈을 가린 채 의연한 자세로 단두대의 이슬로 사라졌다. 훗날 사람들은 그의 고매한 인격과 높은 학식을 기려 그가 죽은 지 400년이 지난 1925년 7월 6일에 성인으로 추앙하였다.

이미 토머스 모어는 헨리 8세가 잘못된 길로 들어섰다는 것을 잘 알고 있었다. 토머스 모어를 처형한 것은 헨리 8세 최대의 실수였다. 이로 인해 국민 대다수는 앤이 왕비가 된 것을 무척 싫어했다. 민심은 헨리 8세에게서 떠나가고 있었다. 민심만큼이나 헨리 8세의 마음도 앤에게서 멀어져 가기 시작했다. 천성이 바람둥이인 헨리 8세가 앤을 차지한 뒤 일편단심으로 그녀만을 사랑하리라고는 기대할 수 없었다. 그는 어느새 한눈을 팔기 시작했다.

그러나 자존심 강한 앤은 그냥 넘어갈 여자가 아니었다. 아름답긴 했으나 깐깐하고 오만한 그녀의 성격은 결국 궁궐 안에서도 많은 적을 만들었다. 인간의 운명은 바람에 날리는 것과 같다고 했던가. 토머스 모어가 단두대로 사라진 지 10개월 만에 앤은 런던 탑에 갇히는 신세가 되고 만다.

헨리 8세는 공주를 낳은 앤 블린이 매사에 자신을 피곤하게 하는 데 화가 났다. 그래서 그녀와 헤어지기로 마음을 먹고 또다시 계략을 꾸미기 시작한다.

"앤, 당신은 국왕과 결혼한 후 3년 동안 다섯 명의 남자와 밀통을 했소. 그 죄가 너무 커 극형에 처함이 옳으나 재판을 받기까지 일단 런던 탑에 수감될 것이오."

대법관의 준엄한 판결에 앤은 비웃음으로 대답을 대신했다. 그녀와 밀통을 했다는 사람 가운데에는 그녀의 오빠도 끼여 있었다.

"억울하다. 누가 이런 누명을 씌웠는가?"

"누명이라고? 당신 오빠의 부인이 직접 고발을 해왔다."

"뭐, 뭐라고? 새언니가!"

하늘도 웃을 일이었다. 앤의 방에서 오빠가 서너 시간 머물다 간 적이 있었는데, 그걸 빌미로 삼아 오누이가 간통을 했다고 고발한 것이다. 모두 헨리 8세가 시킨 일이었다.

고문 앞에는 장사가 따로 없다고 했던가. 앤의 오빠를 비롯해서 다섯 명의 남자들이 모두 앤 왕비와 간통을 했다고 진술하고 말았다.

'이제 국왕의 마음이 나를 떠났구나.'

앤은 비통한 심정으로 어두운 굴 속 같은 런던 탑으로 향했다. 왕비에서 대역 죄인의 몸으로. 헨리 8세는 기분에 따라 사람의 운명을 저울질하는 자리에 있었다.

헨리 8세의 권력은 하늘을 찌를 듯했다. 자신을 괴롭히던 토머스 모어도 간단하게 단두대에서 처리해 버렸으며, 로마 교황청의 간섭

도 없는 영국 국교회의 수장임과 동시에 이젠 까다로운 앤도 런던 탑에 가둬 놓았으니 자신의 행동을 저지할 사람은 아무도 없었다. 그의 말 한 마디면 하루아침에 그의 정적들은 단두대의 이슬로 사라졌다. 한마디로 공포의 왕정이 펼쳐진 것이다.

런던 탑의 앤 

앤은 죄인의 신분으로 1536년 5월 6일, 런던 탑에 갇힌 상태에서 헨리 8세에게 편지를 썼다. 간사한 무리들의 말을 듣지 말고, 공주의 앞날을 위해서라도 결코 자신에게 부끄러운 오명을 뒤집어씌우지 말라는 애절한 편지였다.

그녀는 공정하게 재판해 줄 것을 부탁하면서 만약 잘못된 판결이 나올 때에는 반드시 하느님 앞에 헨리 8세와 나란히 앉아 재판을 받을 수 있도록 기도하겠다고 했다. 그리고 이번 일로 인해 다른 사람들이 다치지 않게 해 달라고 간곡하게 부탁했다. 한때 앤을 사랑했던 정이 있다면 이 청을 반드시 들어주시리라 믿겠다는 말과 함께 말미에는 '런던 탑의 슬픔에 잠긴 감옥에서 폐하에게 그지없이 충실하고 항상 성실했던 아내 앤 블린' 이라고 썼다. 이 편지는 곧장 헨리 8세에게 전달되었다. 헨리 8세는 비통한 심정으로 편지를 읽어 내려갔다. 지난 일들이 주마등처럼 스쳐 지나갔다. 그녀를 위해 왕궁까지 새로 짓고 또 교황청과 싸우면서까지 결혼한 사이가 아니던가.

하지만 그녀의 매운 성격이 문제였다. 런던 탑에서 그녀가 다시 나온다면 반드시 또 자신을 괴롭힐 게 뻔했다. 그녀의 마지막 애절한 호소는 결국 헨리 8세를 움직이지 못했다.

1536년 5월15일, 앤이 밀통했다는 전대미문의 거짓 재판이 진행되었다. 헨리 8세에게 충성을 다짐한 귀족 26명이 이 사건을 놓고 재판을 시작했다. 재판은 그저 형식적인 것이었다. 결과는 예상했던 대로 여섯 명에 대해 사형이 확정되었다.

앤은 런던 탑에서 나와 그들과 함께 재판을 받았다. 아직도 앤은 아름다운 얼굴을 하고 있었다. 햇빛을 보지 못해 핏기 없는 얼굴에 독기가 서려 있어서 재판관들은 그녀의 얼굴을 제대로 바라볼 수가 없었다.

"나 왕비 앤은 절대로 이 재판을 인정할 수 없다. 더구나 나와 밀통을 했다는 이 사람들은 전혀 알지도 못하는 사람들이며, 따라서 이들은 죄가 없다."

그녀는 원래의 성격대로 한 치의 굽힘도 없었다. 사람들은 수군거렸지만 누구 하나 그녀의 편을 들어주지는 않았다. 헨리 8세가 짜 놓은 각본대로 움직일 뿐이었다.

재판이 있은 이틀 뒤인 17일, 앤의 오빠를 비롯해 다섯 명의 사내들은 단두대 위에서 목이 잘려 나갔다. 자신과 밀통했다는 남자들이 죽었다는 사실을 전해 들은 앤은 자신의 죽음을 기다렸다. 헨리 8세를 지옥에서 만나 반드시 재판을 받게 해 주겠다는 독기를 품으며.

"간통죄는 불에 태워 죽이는 형벌로 규정되어 있지만, 전 왕비에 대해서만큼은 배려하여 단두대에서 죄값을 치르도록 하라."

헨리 8세가 그녀에게 마지막으로 해 줄 수 있는 배려는 고작 단두
대에서의 죽음이었다. 헨리 8세와 앤 블린과의 결혼 무효 발표가
있은 지 이틀 만인 19일이 그녀가 형장의 이슬로 사라지게 되는 날
이다.

그녀는 런던 탑에서 나오기 전에 머리를 고치고 옷매무새를 아름
답게 꾸몄다. 그녀를 도와 주는 하녀는 눈물을 떨구며 이승에서 마
지막이 될 그녀의 차림새를 정성스레 다듬고 매만졌다. 앤은 말없
이 하녀가 하는 대로 몸을 내맡겼다.

수많은 관중들이 야유하며 또는 겁먹은 얼굴로 단두대가 설치되
어 있는 곳을 지켜보았다. 앤이 단두대에서 목이 잘려질 것인지 믿
을 수 없다는 표정이기도 했다. 더러는 헨리 8세가 미쳤다고 생각하
는 사람들도 있었다.

오랜만에 햇빛을 받으며 앤은 사형 집행인들에 의해 끌려 나와 천
천히 걸음을 옮겼다. 그녀가 나타나자 백성들은 웅성거리며 야유를
보냈다. 앤의 간통을 믿는 사람들은 없었지만, 오만하고 건방졌던
앤을 좋아하는 사람들도 별로 없었기에 그녀의 죽음에 대해 슬퍼하
는 사람들은 그리 많지 않았다.

사형 집행인은 그녀의 죄명을 조목조목 읽기 시작했다. 자신의
죄목을 들으면서 그녀는 시종일관 의연한 자세를 잃지 않았다. 죽
음을 체념한 왕비의 품위를 마지막까지 지키고 싶은 것이 그녀의
간절한 바람이었다. 또한 죽음 같은 건 두렵지 않은 그녀였다. 그녀
의 성격이 워낙 대범하고 고집이 있던 터라 절대로 비굴하게 죽고
싶은 마음은 없었다.

"마지막 가는 길에 소원이 있다면?"

사형 집행인은 큰 소리로 그녀에게 물었다. 그녀는 씩 웃으며 이렇게 말했다.

"단두대의 도끼로 목이 잘리는 건 싫다. 칼로 내 목을 잘라라."

그 바람에 시퍼런 칼을 든 사형 집행인이 올라왔다. 그녀의 가느다란 목이 여러 사람에게 잡혀 형틀 위에 올려졌다. 사형 집행인이 그녀의 하얀 목 위로 칼을 내려치려다가 움찔했다.

"고개를 아래로 숙여요. 날 쳐다보지 말아요!"

그녀는 눈에 독기를 품고는 칼을 든 사형 집행인을 당당하게 쳐다보고 있었던 것이다. 독기 서린 그녀의 눈을 보면서 목을 내려칠 사람은 아무도 없었다. 일설에 의하면 그녀는 "너무 아프게 자르지 말아요. 제 목은 너무 가느니까……" 라는 말을 남기고는 저세상으로 갔다고 한다. 또 한편에서는 그녀가 간통을 인정만 하면 목숨만은 살려 주겠다는 헨리 8세의 말을 거절하며 형장의 이슬로 사라졌다고 한다.

뛰어난 미모와 재치 있는 화술로 헨리 8세의 마음을 사로잡아 왕비의 자리에까지 올랐던 한 여인의 삶은 이렇게 허무하게 끝났다. 그녀의 나이 스물아홉 살이었고 왕비가 된 지 1000일이 되던 날이었다.

그 후 원래 여자를 좋아했던 헨리 8세는 네 번이나 다시 결혼했다. 그러나 헨리 8세의 결혼 생활은 언제나 불만투성이었고, 또 언제나 음모가 도사리고 있었다. 실제로 다섯 번째 왕비 캐더린 하와드는 바람기 있는 여자였는데, 여러 남자와 간통한 사실이 밝혀져

처형된다. 이때 앤을 간통으로 고발한 오빠의 부인도 연좌제에 걸려 목숨을 잃고 만다.

헨리 8세는 기분에 따라 사람의 생명을 마음대로 처리한 폭군이었다. 그러나 막강한 권력을 휘두르던 헨리 8세도 죽음 앞에서는 어쩔 수 없었다. 앤 블린을 처형한 지 11년째 되는 해에 헨리 8세도 병석에 눕고 말았다. 워낙 여색을 좋아하다 보니 닥치는 대로 여자들과 잠자리를 하는 바람에 매독에 걸려 그 병균이 뇌에까지 침범해 죽음에 이르렀던 것이다.

권력을 남용하고 음모를 일삼으며 향락을 쫓던 헨리 8세도 끝내 다가오는 죽음의 그림자를 내칠 수는 없었다. 이미 그는 노쇠한 몸이었고, 앤 블린이 그토록 원망의 눈초리를 보내며 떠났던 그 길을 따라서 가고 있었다.

"앤, 앤 블린! 수도승 이놈들, 수도승놈들!"

병색이 짙은 헨리 8세는 결국 이 말을 남기고는 저세상으로 떠났다. 1548년, 그의 나이 쉰일곱이었다.

끝내 비굴하게 목숨을 구걸하지 않고 자존심을 지키면서 저세상으로 떠난 앤 블린. 그녀를 헨리 8세는 잊지 못하고 있었던 것일까, 아니면 앤 블린의 원귀가 저승 사자가 되어 죽음의 길을 안내한 것일까?

"나는 단두대에서 사라지지만 내 딸은 훗날 존경과 사랑을 받는 여왕이 될 것이다."

런던 탑에서 의연하게 죽음의 길을 떠나기 전에 앤은 하녀에게 이렇게 말했다.

어머니 앤 블린의 말대로 그녀의 딸은 엘리자베스 1세가 되어 영국 역사상 가장 위대한 여왕으로 칭송을 받는 인물이 되었다. 그녀는 1588년 에스파니아의 무적 함대를 격파하여 영국의 국위를 선양하고 전성시대를 만들었다. 또한 그녀는 문화 정치에도 관심이 많아 당대에 셰익스피어를 비롯해 베이컨 등 다수의 세계적인 문인들을 배출하였다.

제1차 세계대전의 희생양 마타 하리. 사랑하는 사람을 위해 이중간첩 노릇을 했다는 이유로 총살형에 처해진 여인. 숱한 남자들과 애정 행각을 벌였던 유럽 최고의 무희였다.

여명의 눈동자

마타 하리

1차 세계대전 당시 세상을 떠들썩하게 만들었던 여간첩 마타 하리.
'여명의 눈동자'로 불리며 이국적인 얼굴과 관능적인 춤으로
사교계를 평정했던 동양에서 온 무희!
이중 간첩 활동을 하며 독일로 군사 기밀을 빼돌렸다는 죄목으로
총살형당해 사라진 비극의 여인 마타 하리!
과연 그녀는 사랑하는 사람을 위해 간첩 활동을 했던 것일까,
아니면 1차 세계대전의 암울한 상황 속에서 '마녀 사냥'의 일환으로
억울한 죽음을 맞이한 것일까?

알몸으로 총살당한 여인 

1917년 10월 15일 아침, 여명이 트기 전 파리 교외 반센느 둑에 병사들에게 한 여인이 끌려왔다. 검은 머리에 올리브빛 피부, 커다란 갈색눈, 팔등신으로 잘 빠진 육감 있는 몸매, 한눈에 봐도 아름다운 여인이었다.

"제3군법 회의의 판결로 M.G.젤러를 스파이 혐의로 사형에 처한다!"

사형 선고문이 낭독되는 동안 그녀는 어떤 두려움도, 울부짖음도 없었다. 생에 대한 모든 것을 체념한 듯했다.

이윽고 먼동이 트자 12명의 사수가 마타 하리를 향해 정렬했다.

사형 집행인이 그녀에게 천을 들고는 눈을 가려 주기 위해 다가갔다.

"내 몸에 손대지 마세요. 눈가리개를 치워요!"

그녀는 눈가리개를 거부하고는 마지막 세상의 모습을 눈에 담으려는 듯 강변을 응시했다.

그녀의 두 눈은 너무도 평온했다. 잠시 후, 입고 있던 외투마저도 벗어 던지고 거의 알몸을 드러내고는 병사들 앞에 섰다.

아, 눈부신 마성의 육체! 강변의 안개와 어우러진 그녀의 몸은 미의 여신 비너스 그 자체였다. 그녀를 향해 총을 겨눈 병사들이 잠시 머뭇거렸다. 그녀는 41년 세월을 정리한 듯 차분히 하늘을 향해 두 눈을 뜨고는 당당히 섰다.

"탕탕탕!"

이윽고 강변을 흔드는 총소리와 함께 방금 물 속에서 뭍으로 올라온 한 마리 인어는 쓰러졌다. 깊은 잠을 자는 듯 그녀의 모습은 평온했다. 죽어서도 아름다운 여자, 그녀의 이름은 마타 하리, 본명은 M.G.젤러(Margaretha Geertruida Zelle)로 네덜란드 출신의 무희이자 고급 콜걸이었다.

인도네시아에서 온 이국적인 댄서 

1차 세계대전 당시 세상을 떠들썩하게 만들었던 여간첩 마타 하리는 네덜란드 레바르댐에서 태어났다. 어린 시절은 모자 상인이었던 아버지 덕택에 비교적 부유한 가정에서 자랐다.

마타 하리가 13세 되던 해, 부친의 사업 실패가 연속적으로 겹치고 어머니마저 세상을 떠나자 가세는 급격히 기울기 시작했다. 어려서 부족함을 모르고 자랐던 젤러는 이때부터 가난과 결핍이란 단어를 배워야 했다.

친척집을 전전하며 생활해야 했던 젤러는 어느 날 신문에서 신붓감을 구한다는 인도차이나 주둔군 장교의 '신부 구함' 광고를 보고는 응한다. 당시에는 식민지 경영에 참여하는 남자들은 본국의 백인 여성과 결혼하기 위해서 이렇게 광고를 내야만 했다. 젤러는 지긋지긋한 떠돌이 생활과 가난을 피하기 위한 방편으로 결혼을 선택한다.

1895년, 젤러는 스코틀랜드 출신 장교인 네덜란드 식민지군 소속 캠벨 매클라우드 대위와 결혼했다. 결혼 생활은 그다지 행복하지 못했다. 남편의 근무지인 인도네시아 자바와 수마트라에서 함께 생활하는 동안 남편은 자주 바람을 피웠고, 그나마 두 사람의 결혼 생활을 이어 주던 아들까지 사고로 잃는다. 그녀의 파란만장한 결혼 생활은 결국 7년 만에(1901년) 끝나고 만다.

이혼녀가 된 그녀는 1902년에 일자리를 찾아 무작정 파리로 갔다. 파리에서 젤러는 프랑스 외교관 앙리 드 마게리의 정부가 되어 동거에 들어갔고, 또 자신의 외모를 내세워 무희로 나서게 된다.

젤러는 1905년, 몽마르트 클리 시 거리에 새롭게 개장한 물랭루주(Moulin Rouge)에서 프렌치 캉캉과 함께 명물이 된다. 그녀의 춤은 정통 발리 댄스라기보다는 일종의 알몸을 드러낸 스트립 쇼에 가까웠다. 그물 스타킹을 신고 다리만 올리는 그런 시시한 캉캉춤이 아니었다. 이국적인 스트립 댄서의 자극적인 몸놀림은 유럽 남성들의 눈을 삽시간에 사로잡았다.

인기가 치솟자 젤러는 이름을 마타 하리(Mata Hari)로 바꿨다. 마타 하리는 인도네시아 말로 ‘낮의 눈동자’, 즉 ‘여명의 눈동자’ 라는 뜻이다.

마타 하리는 물랭루주뿐 아니라 작은 살롱의 어두운 무대, 파리의 올랭피아 극장, 밀라노의 스카라 극장의 무대 등으로 자리를 옮겨 다니며 화려한 스트립 쇼를 펼쳤다. 그녀는 보석으로 장식한 브래지어와 허리띠 차림으로 무대 위에 등장하여 스트립 쇼나 다름없는 선정적이고 관능적인 춤을 추어 사람들의 시선을 단번에 매료시켰다. 더구나 그녀는 대중 앞에서도 알몸으로 춤을 출 정도로 대담했고 당당했다. 그녀가 가진 무기라고는 오직 눈부신 육체뿐이었다.

고혹적인 댄서 상류 사회에 진출하다 

마타 하리의 아버지는 북부 네덜란드 출신이었고, 어머니는 독일 혈통이었다. 태어날 때부터 타고난 미모의 소녀였던 젤러는 올리브 빛 피부, 검은 머리카락, 커다란 갈색 눈을 가진 다소 이국적인 외모였다. 그녀의 검은 머리카락은 훗날 그녀가 이국적인 댄서로서 활동하는 데 대단한 힘을 준다.

마타 하리는 자신의 외모가 인도네시아 인과 비슷하다는 사실을 알고는 자신의 출생에 대해 그럴듯하게 거짓말을 했다.

"나는 인도네시아에서 태어났어요. 내 몸 속에는 동양인의 피가 흐르고 있지요. 나의 할머니는 마두라의 총독 딸이었답니다. 아 버지는 귀족 출신의 고급 장교였지요."

그녀의 이국적인 모습을 본 사람들은 대부분 그렇게 믿었다. 동양에서 온 신비한 여인, 게다가 인도네시아 발리 춤을 추며 대중 앞에서도 스스로 나체 춤까지 즐기는 그녀의 인기는 순식간에 파리의 술집을 점령하였다. 당시 프랑스는 여자들의 발언권이 제한될 정도로 보수적인 사회 분위기였다. 그런데 하물며 술집이지만 여자가 나체 쇼를 한다는 사실은 사회적으로도 대단한 이슈였다. 마타 하리가 된 젤러는 인도네시아의 배꼽춤을 곁들인 에로틱한 춤을 통해 숱한 남성들을 사로잡게 된다.

'가장 고혹적이고 이국적인 외모를 갖춘 댄서' 의 등장은 신선한 여자에 목말라 있던 장교들의 시선을 독차지하기에 이르렀다. 마타 하리는 타고난 미모와 누드에 가까운 무용수로 이름을 날리며 프랑스 사교계에서 만인의 연인으로 군림한다. 마타 하리에 대한 소문은 순식간에 상류 사회로 번졌고, 급기야는 내로라하는 유명인들의 정부로 모습을 드러내게 된다.

독일의 황태자, 네덜란드의 수상을 비롯해서 당시 유럽의 중심이자 세계의 중심이었던 파리의 외교관, 고급 관료, 장성들과 거리낌 없이 육체를 불태웠다. 마타 하리의 직업은 댄서였지만 사실은 일종의 고급 콜걸이었다.

여기저기 불려다니며 웃음과 몸을 파는 일은 그녀에게 고되고 그만큼 피곤한 일이었다. 마타 하리는 영양가 없이 여기저기 불려다니느니 확실한 물주 하나를 꿰차기로 했다. 그녀는 안정된 거처를 마련하기 위해 프랑스 어느 은행가와 내연의 관계를 맺는다. 그러나 하필이면 그 은행가의 은행이 파산하는 바람에 도리어 빈털털이가 되고 만다. 다시 댄서가 되려고 했지만, 어쩔 수 없는 세월에 이제 그녀의 아름다움도 시들어 어렵게 되었다. 결국 마타 하리는 한창 경제적으로 떠오르는 베를린으로 떠난다. 베를린은 파리보다는 경제가 활발했지만 문화적 세련미로는 아직 파리를 따라가지 못했기 때문이다. 마타 하리는 이 곳에서 다시 한 번 재기를 노린다.

1914년, 베를린에 도착한 마타 하리는 이 곳에서 경찰과 교제를 한다. 마침 중부 유럽의 새로운 강국으로 부상하고 있는 독일에 대해 민감한 첩보 활동을 하고 있던 영국 정보부는 그녀가 독일의 스파이로 포섭된 것이 아닐까 의심하기 시작한다. 때마침 독일이 프랑스에 대해 선전 포고를 하자 마타 하리는 베를린에서의 재기를 포기하고 다시 파리로 돌아가기를 희망한다.

제1차 세계대전이 발발하자 마타 하리는 파리로 가기 전 자신의 고국 네덜란드로 돌아간다. 영국 정보부는 마타 하리가 헤이그에 도착한 뒤에도 지속적인 감시의 끈을 늦추지 않는다. 그리고 곧 한 정보원의 제보로 그녀가 독일 대사관에서 돈을 받고 있다는 사실을 알아내고, 그녀가 프랑스와 벨기에의 정관계 고위 인사들과 돈독한 관계를 맺고 있다는 사실도 알아낸다. 그들은 증거는 불명확하지만 마타 하리가 독일로부터 중요한 임무를 받고 프랑스에서 활동하고 있는 스파이일 개연성이 높다고 단정했다.

네덜란드에 잠시 머물던 그녀는 어떤 독일 고관의 조언을 받아들여 1915년 12월, 영국을 경유하여 프랑스 파리로 돌아가기로 한다. 그녀는 프랑스로 돌아가기 위해 영국을 경유할 때 폴크스톤 항에서 영국 방첩 요원들에게 체포되고 말았다.

그들은 마타 하리를 면밀히 심문했다.

당시 심문을 맡았던 영국 정보국 S.S. 딜론 대위는 "그녀는 모든 질문에 성실하게 대답하기는 했지만 매우 적대적인 인상을 주었다. 그녀를 오랫동안 면밀하게 관찰한 결과 연인이었던 네덜란드 중령

을 만나러 헤이그에 왔다는 사실 이외에는 더 이상 아무것도 밝혀
낼 수 없었다.”고 술회했다. 영국 정보부는 마타 하리를 체포해 둘
만한 아무런 이유도 찾아내지 못한 것이다.

당시 영국 정보부의 보고에 따르면 그녀는 심문을 받으면서도 매
력적이고 대담하며 의상에서도 당시 최고의 패션을 자랑했다고 기
록하고 있다.

마지막 사랑을 찾아 프랑스 행을 결심한 마타 하리

프랑스와 영국 두 나라로부터 입국을 거부당한 마타 하리는 프랑
스 정보부의 중요 인사였던 조르주 다두(대위)에게 접근해 파리로
돌아갈 수 있도록 도와 달라며 요청한다.

“전투에서 부상을 당한 애인이 비텔 병원에 입원해 있어요.”

1916년 여름, 마타 하리보다 20세나 연하인 러시아 소속의 비행
기 조종사 블라디미르 드 마슬로프를 만나러 가기 위한 목적이었
다. 블라디미르는 그녀에게 끈질기게 애정 공세를 펼쳐 온 마지막
남은 남자였다.

“조건이 있소. 프랑스를 위해 스파이 활동을 해 주시오. 그러면
프랑스 입국을 허가해 주겠소.”

그녀는 독일로부터 군사 정보를 빼온다는 조건을 허락하고는 애
인을 만나기 위해 스파이가 되기로 한다. 그 전에 독일 측으로부터
이와 비슷한 제안을 받았다는 사실을 이야기하지 않고서는……

마타 하리가 만약 독일에 고용된 여간첩이었다면, 그녀는 그다지 유능한 간첩이 아니었을 것이다. 영국 정보부에 체포된 뒤, 그녀는 묻는 말에 최대한 친절하게 대답하기 위해 노력했으며 시키지 않은 말들까지 늘어놓았으니 말이다. 어쩌면 그녀는 이런 에피소드들을 가지고 자신을 좀더 그럴 듯하게 포장하여 다시 사교계에서 유명세를 얻으려 했는지도 모른다. 그녀는 자신이 벨기에 장교에게 고용되어 일하고 있다고 말하기도 했고, 프랑스 영사가 자신에게 오스트리아에서 러시아 스파이가 되어 달라고 요구했다고 말하기도 했다.

그녀에게서 스파이 혐의의 증거가 될 만한 그 어떤 증언도, 물증도 없었지만 마타 하리는 애인 블라드미르마저 러시아로 돌아간 다음 1917년 2월 17일, 프랑스 당국에 체포된다.

체포된 후, 마타 하리는 자신이 독일인에게서 돈을 받긴 했지만 그것은 스파이 활동 및 정보 제공의 대가는 아니었다고 주장했다. 그러나 아무도 그녀의 말을 믿어 주지 않았다. 프랑스 군부와 정보부는 그녀를 독일 스파이 'H21'이라고 주장했다. 그들은 마타 하리가 독일을 위해 프랑스를 배신한 스파이라고 주장했다.

프랑스 정보부는 마타 하리가 프랑스와 연합국 진영의 정관계 고위 인사들을 통해 입수한 정보를 독일에 팔아넘겼다고 밝혔다.

물론 그녀가 여러 나라의 많은 사람들과 연인 관계를 맺은 것은 사실이다. 그녀의 애인들 중 유명한 사람들은 프랑스 장관 줄르 캄프론, 프로이센 황태자, 네덜란드 수상, 브론스위트 백작, 독일 장교 폰 카레 등이 있었고, 그녀 자신도 마음만 내키면 남창을 사들여 섹스 그 자체를 기꺼이 즐기는 여인이었다.

일설에는 마타 하리가 프랑스 정보 기관에 체포될 당시 호텔 소파 위에 속옷 하나 걸치지 않은 알몸으로 입가에는 요염한 미소까지 흘리고 있었다고 한다. 그녀가 간첩 혐의로 체포되자 불안에 떤 사람들은 그 동안 그녀와 욕망을 불태웠던 사교계의 거장들이었다.

그녀와 부적절한 관계를 맺었던 많은 인사들이 재판정에 나타났고, 그들은 모두 자기 한 몸 살아남기에 바빴다. 그녀를 위해 변호를 해 주는 사람은 단 한 사람도 없었다. 그녀는 체포된 지 8개월 만에 '마타 하리가 빼낸 군사 기밀은 연합군 병사 5만 명을 죽일 수 있을 만큼의 가치가 있다.' 는 재판관의 말과 함께 사형을 언도받는다.

한때, 프랑스뿐만 아니라 전 유럽의 군인들 사이에서 가장 각광받는 핀업 사진의 주인공이었던 마타 하리, 만인의 연인이었던 그녀는 자신의 이름답게 여명이 트는 새벽에 형장의 이슬로 사라진다. 이후 그녀의 아름다운 시신은 해부 실험용으로 사용되었다.

1999년, 비밀 해제된 영국 정보부(MI5)의 제1차 세계대전 관련 문서에는 마타 하리가 그 어떤 군사 정보도 독일 측에 넘긴 증거가 없다고 밝히고 있다.

어쩌면 그녀는 1차 세계대전이라는 혼란 속에서 '마녀 사냥' 에 의해 억울하게 희생당한 사람들 중 한 사람일지도 모른다.

Mata-Hari.

〈사의 찬미〉를 불러 세상 사람들의 사랑을 한 몸에 받았던 여가
수 윤심덕. 유부남 김우진을 사랑한 죄로 현해탄 푸른 파도에 몸
을 던져 영원한 사랑을 이루었다.

현해탄에 잠긴 조선의 가수

윤심덕

조선의 가수 윤심덕, 뛰어난 미모와 가창력 덕에
그녀에겐 많은 남자들이 따랐다. 그러나 그녀가 사랑한 사람은 단 한 사람,
김우진이란 남자다.
유부남이었던 김우진을 사랑한 대가로 윤심덕이 치러야 했던
숱한 곤욕과 시탄은 이루 말할 수 없다.
그러나 그녀는 사랑을 위해 모든 시련을 감내했다.
그 감내의 결과는 죽음의 일본행으로 이어진다.
그리고 부산으로 향하는 여객선 갑판 위에서 두 사람은
마지막 사랑을 나누다 검푸른 바닷속으로 멀고 먼 이별 여행을 떠난다.

조선 역사상 가장 인기 있었던 노래 

1925년 당시 최고의 인기 가요는 〈사의 찬미〉다. 그 인기는 5, 60년대 이미자의 〈동백 아가씨〉를 훨씬 압도할 정도였다.

사랑에 실패하거나 사랑을 얻거나 모두들 이 노래를 부르며 마음을 달랬다. 우울한 식민지 지배 하의 백성들에게 〈사의 찬미〉는 암울한 사회의 저변에 깔린 분위기에 딱 들어맞는 곡이었다.

윤심덕은 사랑을 위해서 모든 것을 바친 여자다. 돈도 명예도 다 싫다고 외치며 오직 사랑하는 유부남 김우진과 한평생 살고 싶었던 평범한 여자다. 그런데 왜 현해탄 검푸른 바닷속으로 죽음의 여행을 떠나야 했을까? 혹자는 그녀가 우리 땅에서 많은 남성 편력과 유부남과의 불륜 관계로 지탄을 받아서, 또 폐병을 앓고 있어서, 혹은 일본에서 취입한 음반이 별로 반응이 없어서 사랑하는 사람과 죽음을 택한 게 아닌가 추측하기도 했다.

그러나 그녀는 사랑하는 사람과의 영원한 사랑을 위해 죽음을 택한 것이다.

1926년 8월 4일, 연락선 도쿠슈마류는 부산을 향해 검푸른 물살을 헤치며 나아갔다. 모두들 잠든 사이 두 사람은 갑판 위에서 정열적인 키스를 나누다가 검푸른 바다에 눈길을 보냈다. 바다가 자꾸

손짓하며 두 사람을 유혹하고 있었다.

　윤심덕은 일본에서 레코드 취입을 끝낸 노래 〈사의 찬미〉를 조용
히 부르기 시작했다.

광막한 광야에 달리는 인생아

너의 가는 곳 그 어데이냐.

쓸쓸한 세상 적막한 고해에

너는 무엇을 찾으려 하느냐.

눈물로 된 이 세상에 나 죽으면 고만일까.

행복 찾는 인생들아 너 찾는 것 허무.

우는 저 꽃과 우는 저 새들이

그 운명이 모두 다 같구나.

삶에 열중한 가련한 인생아.

너는 칼 위에 춤추는 자도다.

눈물로 된 이 세상이 나 죽으면 고만일까

행복 찾는 인생들아 너 찾는 것 허무.

허영에 빠져 날뛰는 인생아

너 속였음을 너 아느냐.

세상에 것은 너에게 허무니

너 죽은 후는 모두 다 없도다.

　　새벽 어둠에 잠겼던 바다도 윤심덕의 노래를 듣고 우는 듯 파도를 일렁였다. 노래가 끝나자 두 사람은 부둥켜안고 통곡했다. 그들의 울음소리는 파도에 휩쓸려 먼 바다로 사라졌다. 두 사람이 이렇게 현해탄 바다 한가운데에 오기까지는 너무도 많은 시련과 고난의 세월이 흘렀다. 모든 것이 사랑 때문이었다.

　　그녀가 사랑한 남자 김우진. 그는 목포 갑부의 아들로 태어나 일본 구마모토 현립 농업 학교를 졸업하고 와세다 대학 영문과를 나온 연극 학도였다. 그는 동경 유학생들의 연극 단체인 동우회를 조직하여 국내 순회 공연에 혼신을 바치고 당시 유행처럼 번진 신극 운동을 활발히 전개하던 촉망받는 극작가였다.

　　두 사람은 일본 동경에서 신극 운동에 참여하다 만났다. 말이 별로 없고 조금은 수줍음을 타는 김우진과 키가 늘씬하고 눈이 부시도록 아름다운 윤심덕의 만남은 운명적이었다. 장래가 유망한 성악가와 젊고 능력 있는 극작가와의 만남, 두 사람은 많은 사람들로부터 부러움을 샀다.

　　그러나 김우진은 이미 고향에 처자를 두고 온 유학생이었다. 유부남을 사랑하게 된 윤심덕의 마음은 갈기갈기 찢어지는 듯했다. 하지만 김우진에 대한 사랑의 열정을 막을 수는 없었다. 성격적으로 다소 내성적이었던 김우진은 윤심덕의 끈질긴 구애에 손을 들고 말았다. 맘에 드는 물건이든 사람이든 일단 갖기로 생각하면 절대로 놓치지 않는 그녀는 사랑의 부나비가 되어 김우진의 가슴으로 깊숙이 파고들었다.

그 당시 윤심덕은 동경 우에노 음악학교 졸업 기념 공연에서 제국극장 경영주의 눈에 띄었다. 사장은 매달 150원의 출연료를 주겠다며 전속 계약을 맺자고 했다. 그러나 윤심덕의 대답은 '아니오'였다. 주위의 친구들이 놀랐고, 그녀 자신도 놀랐다. 그토록 노래를 부르고 싶었던 가수로서 동경 제국극장에서 노래를 부른다면 그것은 단연 출세가 보장된 것과 다를 바 없는 것이다. 그러나 그녀는 김우진이라는 한 남자를 자기의 사람으로 만들기 위해 과감히 일본을 떠나기로 했다. 부귀와 명예를 모두 버리고, 사랑을 찾아서 말이다.

뜨거운 사랑 

1921년 7월 9일부터 8월 18일까지 약 한 달간 22명의 동우회 회원들은 동경에 유학 온 고학생들의 학비 마련과 회관 건립 기금 모금을 위하여 순회 공연을 떠났다.

부산, 김해, 마산, 경주, 대구, 목포, 서울, 평양, 진남포, 원산 등지를 거치며 윤심덕과 김우진은 사랑을 불태우며 뜨거운 관계로 발전한다.

그 후 김우진이 집안 사정으로 귀국해 목포에 내려가 있었다. 그러자 윤심덕은 출세를 버리고 사랑을 찾아 귀국한다. 그녀는 초등

학교에서 음악을 가르치면서 목포에 내려가 있던 김우진에게 뜨거운 사랑의 편지를 보냈다. 그러나 그녀의 편지는 단 한 번도 제대로 전달된 적이 없었다. 중간에서 누군가가 편지를 가로챈 것이었다. 윤심덕에게는 소식 없는 김우진이 첫째 걱정이요, 가족의 생활고를 해결해야 하는 가장의 노릇이 두 번째 걱정이었다.

그녀는 눈만 뜨면 음악회에 나가 노래를 불렀다. 기회만 있으면 음반 취입에 열을 올렸다. 게다가 방송 출연까지 하며 인기 스타로 발돋움하고 있었다. 한편 사랑하는 남자 김우진은 포근한 가정 생활에 만족하며 그녀를 잊었는지 여전히 소식이 없었다. 그녀는 돈 버는 것도 짜증이 났고 정신적으로나 육체적으로 모든 게 힘이 들 지경이었다.

많은 한량들이 미모의 여가수 윤심덕에게 추파를 던졌고 곧 중매가 들어왔다. 그녀는 동대문 갑부 이용문이란 사내와 가깝게 지냈다. 두 사람이 결혼한다는 소문이 장안에 파다하게 퍼졌다. 결국 윤심덕도 돈 앞에서는 약해진 것일까?

윤심덕은 욕심이 있었다. 돈만 있으면 꿈에 그리던 이태리 유학도 갈 수 있다는 생각이었다. 그러나 갑부 이용문과는 곧 헤어졌고 또 다른 남자들과의 염문이 끊이지 않고 나돌았다. 그녀에 대한 좋지 않은 소문이 가는 곳마다 따라다녔다. 일종의 스타에 대한 스캔들이었다.

"윤 선생, 가수 활동을 그만두든지 학교를 그만두든지 하세요."

교육계의 반발이 심했다. 윤심덕은 더 이상 조선 땅에 머물며 노래하고 아이들을 가르칠 수가 없었다.

"전 하얼빈으로 떠나겠습니다."

자신을 향한 비난을 끝내 감내하지 못하고 그녀는 선교사의 도움을 받아 하얼빈으로 떠난다. 그녀는 오매불망 애타게 찾던 김우진과의 사랑을 잊은 듯했다.

1년 6개월 뒤, 사라진 윤심덕을 찾기 위해 뒤늦게 김우진 역시 하얼빈으로 향한다. 그러나 안타깝게도 윤심덕은 이미 서울로 떠난 뒤였다. 김우진은 낙담하여 서둘러 서울로 향했다.

숨바꼭질하듯 엇갈렸던 두 사람은 드디어 서울에서 다시 만나게 된다. 두 사람은 오랜만에 해후를 풀며 사랑을 불태웠다. 그들은 여관을 전전하며 사랑과 예술에 대한 진지한 이야기를 나누면서 떠돌이 생활을 했다. 그녀는 '토월회'와 '백조회'로 옮겨다니며 생활비를 벌었다. 그러나 살림은 갈수록 형편없었다. 더 이상은 서울에서 생활할 수 없을 지경이 되었다.

"일본으로 가는 게 어떨까요?"

"일본?"

김우진은 다소 놀란 표정으로 그녀의 얼굴을 바라보았다. 이미 그녀는 결심이 서 있는 듯했다. 김우진 또한 견디기 힘든 생활고를 걱정하던 참이었다.

두 사람은 곧 호구지책으로 일본행을 선택한다. 다행히 윤심덕은 오사카 닛토 음반 회사에서 〈사의 찬미〉를 비롯해 10편의 노래를 취입할 수가 있었다. 노래의 반주는 동생 윤성덕이 맡았다.

동생 윤성덕은 그녀가 음반 취입을 끝내자 요코하마에서 미국 유학 길에 오른다. 이화여전을 나온 성덕은 클리 클럽의 지휘자로, 서울에선 소문이 자자한 사람이다. 동생을 미국으로 보낸 윤심덕은 이제 홀가분한 마음이 들었다. 또 음반을 취입해서 받은 돈으로 주머니 사정도 좋아졌다.

"목포 오빠!"

그녀는 김우진을 그렇게 불렀다. 김우진은 밝게 웃으며 쳐다보았다.

"오빠, 우리 도쿄 시모노세키까지 해안선을 따라 여행해요."

"돈이 많이 들 텐데……."

"제가 가지고 있는 돈 모두 써 버리자고요."

"배 표는?"

"우리의 사랑 여행표, 그건 사야죠."

두 사람은 마지막 불꽃을 불태우며 약속이나 한 것처럼 마음껏 사랑을 누렸다. 죽음 앞에 선 연인들처럼 그들은 정열을 아낄 필요가 없었던 것이다.

현해탄에 던진 사랑 

김우진은 그녀의 손을 꼬옥 잡고는 〈사의 찬미〉를 경청했다. 윤심덕의 두 눈에서 눈물이 주루룩 흘러내렸다.

죽음이 기다리고 있는 1926년 8월 4일 새벽 4시, 두 사람은 그 동안 사랑했던 과거를 떠올리며 눈물지었다. 그리고 서로 부둥켜안고 뜨거운 입맞춤을 나누었다.

이제 서울에 돌아가도 남은 건 아무것도 없었다. 더 이상의 사랑을 나눌 힘도 없었다. 이대로 둘만의 사랑을 영원히 간직하기 위해서는 오로지 죽음뿐이라고 생각했다.

두 사람의 눈빛이 강렬하게 빛났다. 두 사람은 서로 약속이라도 한 듯 검푸른 바닷속으로 몸을 날렸다. 순식간에 파도는 두 사람을 휘감고 먼 곳으로 실어갔다. 그들의 사랑 뒤에 따라올 세속의 비난과 조소를 뒤로 한 채.

'더 이상의 비난과 조롱은 싫다. 아무도 비난하지 않는 그 곳으로 가자. 영원한 사랑을 찾아서.'

영원히 꺼지지 않는 사랑을 위해 윤심덕은 죽음을 택했다. 그녀가 현해탄에 몸을 던진 지 어언 80여 년이란 세월이 지났지만, 아직도 가수 윤심덕의 정열적인 사랑 이야기는 신화처럼 전해 오고 있다.

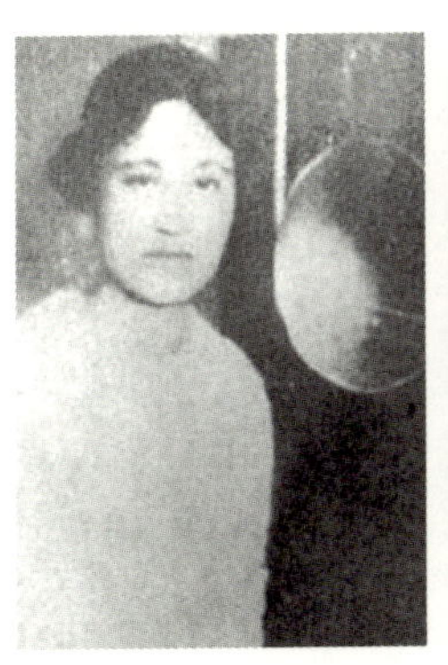

"세계를 뒤흔든 악녀들의 신화"

곧 나옵니다!

세계를 놀라게 했던 전대미문의 악녀들!
그들이 보여준 애증의 편력과 엽기행각!

세계 역사의 현장을 살펴보면 보통사람으로서는 상상도 못할 잔인한 여성들이 간혹 눈에 띈다. 이른바 권력과 미모로 온갖 악행을 저지른 악녀들.
인간이 지닌 광기와 욕심이 얼마나 추악하고 끔찍한 결과를 가져오는지 여실히 보여주는 동ㆍ서양 악녀들의 만행을 통해 우리는 '여자' 때문에 바뀌게 된 역사의 이면을 목격하고, 아울러 인간의 부질없는 욕망의 실체를 경험하게 된다.

한 시대를 풍미했던 악녀들의 굴곡적인 삶을 통해 오늘을 사는 우리들의 모습을 반추해 보고, 모범적인 삶의 한 방편을 제시하고자 한다.

1장 치마 속의 위력
조선 역사상 가장 표독했던 왕비 장희빈
폭군 연산군을 사로잡은 색녀 장녹수
창녀에서 왕비가 된 뒤 바리 부인
밤이 외로웠던 희세의 바람둥이 진성여왕

2장 불륜으로 일생을 마친 여인들
남성 편력의 화신 캐럴라인
침실을 지배한 여황제 에카테리나
두 형제 임금을 섬긴 색녀 우 왕후
광기와 성도착증의 여인 조르주 상드
조선 제일의 호색녀 어우동

3장 광신적인 음모와 독살의 여인들
처녀만 죽인 전대미문의 살인마 엘제베트 버틀리
음모와 독의 화신 브랑빌리에 후작 부인
독살의 향연을 벌인 마녀 스팔러

4장 독재와 권력과 애증의 종말
중국 역사가 기록한 희대의 살인마 여태후
권력욕에 눈먼 독재자 서태후
중국 역사상 가장 잔혹했던 여장부 측천무후
화려했던 애정 편력의 처녀왕 엘리자베스
네로를 폭군으로 만든 어머니 아그리피나
왕이 되고 싶었던 여자 문정왕후